S.F. V.

Keri Hulme

DER WINDESSER
TE KAIHAU

Aus dem Englischen von
Christine Frick-Gerke

S. Fischer

Einige der Geschichten sind bereits früher in den Zeitschriften *Islands, Landfall, Broadsheet, Untold, New Zealand Listener* und *Manawata Evening Standard* gedruckt worden.

›Pipi manu es‹ in ›Lied für den Kuckuck‹ ist von Hirini Melbourne.

Die Originalausgabe erschien unter dem Titel
›The Windeater. Te Kaihau‹

Die englische Originalausgabe erschien 1987
bei Hodder & Stoughton, London Sydney Auckland Toronto,
in Zusammenarbeit mit dem Verlag
Victoria University Press, Wellington, New Zealand.
Deutsche Ausgabe:

Einbandgestaltung: Jan Buchholz unter Verwendung
einer Grafik von Debra Bustin
Satz: Wagner GmbH, Nördlingen
Druck und Einband: Franz Spiegel Buch GmbH, Ulm
Printed in Germany 1989
ISBN 3-10-031903-6

Für Pamela Tomlinson:

eine starke und feine Lektorin,
eine warme und lebendige Frau,
eine zu früh gestorbene Freundin.

Viele der Geschichten in diesem Band wären ohne das ICI-Stipendium, das ich 1982 erhielt, nicht geschrieben worden. Autoren-Stipendien sind in Neuseeland selten, besonders die nicht staatlichen, und Schriftstellerinnen und Schriftsteller, die diese Stipendien erhalten, wissen sie aufrichtig zu schätzen – ich ganz besonders. Dank der ICI-Company und dem Stipendienausschuß jenen Jahres.

Bill Manhire – weißt du, daß diese Sammlung dein
Verdienst ist? Du hattest die Idee dazu.
Fergus Barrowman, deine Toleranz und Geduld als
Lektor sind beispiellos – du hast noch etwas bei mir gut.

Inhalt

Vorwort

TARA DIPTYCHON

der erste Flügel

Du liegst einfach da am trockenen Hang, nahe dem Gipfel, in der Nachmittagssonne. Deine Hände sind hinter dem Kopf gefaltet, Finger verkreuzt, deine angewinkelten Arme bilden seitlich spitze Flügel. Dein Körper streckt sich zur fernen See. Möwen gleiten still und leicht im Aufwind über dir. Kein einziger Gedanke geht dir durch den Kopf: du siehst Möwe, Berg, See, mehr nicht.

Du liegst einfach da am Hang in der heiligen Nachmittagssonne, und die Bilder durchfluten dich, jetzt ein Melodram – dieser Mitspieler weint künstliche Tränen, und dieser Mitspieler hat Gesicht und Herz und Stimme aus Stein, und *dieser* Mitspieler quält sich immer noch ein tapferes Lächeln ab, während sein Rückgrat getroffen ist – und jetzt eine lebensechte, blutrünstige Tragödie (die Pistole blitzt, und der Kopf ruckt, und sterbend verzerrt sich das Gesicht, ähnliche Fratzen bei Täter und Opfer), und jetzt sickert ein kaum langweiliger, kaum interessanter Bericht über Miss Fingerring 1993 durch die Atome deines linken Knöchels.

Das ist kein Hirngespinst: ganz und gar nicht. Zum Beispiel schallt der gotische Choral einer einsamen Buckelwalkuh aus hundert Meilen Entfernung durch eine Taucherin vor Kap Fear, ohne daß sie etwas davon ahnt, und ihre Mutter, die in England gerade in einem dicken Sessel döst, steht auch unter Beschuß: Aberdutzende schwerer Partikel und streunende Mikrowellen und gebündelte Kurzwellen vom Fernseher nebenan ganz abgesehen, du liebe Güte, ohne daß *sie* etwas davon ahnt.

Das ist doch kein Hirngespinst: ganz und gar nicht. Wir sind Stationen im Durchgangsverkehr, pulsierende Bahnen und zeitweilig wandelnde Bildschirme; tatsächlich sind wir endlich viel Dinge für jeden Lichtstrahl, Lichtpartikel, Tonpartikel, jede Tonwelle, doch gewöhnlich schnelle Straßen ohne Pardon und Wiedersehen.
Solche Gedanken denkst du nicht, während du Möwe und Berg und See siehst – sie kommen später. Während du siehst und siehst wie du siehst, und siehst wie du siehst wie du siehst, etcetera und so weiter, in unendlicher Regression/Progression, ist es viel angenehmer, jenen spitzen Grashalm zu pflücken und zu kauen, der wie alles hier am Hang grau und verdorrt ist (von den Disteln abgesehen), und dich zu fragen, wann hier zuletzt Schafe waren, ob und wann sie regelmäßig behandelt wurden, und – träger, blitzschneller Nebengedanke – die Entwicklungsstadien des Lungenwurms.
Du kaust gedankenverloren – schöne Spirale, Möwe – Zähne hinterlassen zuerst silbrige Kerben, zerfasern dann den Stamm, und – die Schlucht ist mir früher nie aufgefallen – deine andere Hand spielt mit jener Rassel, Tohu, Nadel; langer Dolch aus Punamu neben dem Silberkreuz an deinem Hals, und inzwischen kocht dich gekonnt die Sonne, und die Möwen kreisen, und die Wellen rollen an Land, und der Berg bleibt, wo er ist.
Und dann klirrt es.
Tara, denkst du faul und schielst auf seine ganze grüne Länge, und im Hinterkopf denkst du

grün: Pounamu / Grünstein / Plasma / Pras

Plasma / Pras: Moeraki = Puketapu

na so was!
Ein verirrter Grashalm kitzelt und kratzt deine Nase, und eine Faser des zerkauten Halms kitzelt und kratzt deine Kehle, und gerade als du niesen willst, kitzelt und kratzt das Wort Tara die Nischen und Spalten deines Hirns

(alles geschieht in Lücken und Winkeln), und es klirrt noch einmal, und du niest.
(Viel später, als du alles bedenkst, bist du beinah sicher, daß nicht nur das zweite Klirren lauter war als das erste, sondern auch, daß es nicht das Tara an deinem Hals war, das geklungen und gesungen hat.)
Die Sonne läßt den Schweiß aus deinen Schultern perlen. Er läuft dein Rückgrat entlang, in die Pospalte, keine Perlen mehr, sondern Rinnsale, und aus den Rinnsalen werden plötzlich Sturzbäche. Schweiß überschwemmt deinen Körper.
Weil du ein Schatten geworden bist in einem anderen Kopf und Körper, kein Wanderschatten mehr –
das zu behaupten, wäre dumm. Ich bin Schatten geworden in einem anderen Körper und Kopf, während ich hier auf meinem heiligen Hügel ein fester Körper bin. Und nicht nur jener Augenblick, ein ganzer Nachmittag durchdringt mich, ein hitziges, weinschweres, geschwätziges Fest, ein Streit und ein Treffen mit dem Liebsten, und solche Liebe! ... und ich *bin*, *ich* bin, ich bin immer noch in meinem Schädel, kaue Gras und schwitze stark in der Nachmittagssonne ... aber hier ist keine Sonne und Gewitterwolken blähen sich und hier brät mich die Sonne und hier regnet es in kalten Strömen und die schwarze Nacht bricht herein. Und ich erzähle, was sich erzählen läßt, und kaue stöhnend und staunend meinen Grashalm und du bist nicht ich und *du* bist nicht ich und ich bin ich allein.
Wieder.
Ich weiß, daß es Wellen gibt, die uns durchrieseln, weil wir nicht wirklich da sind – oder dort – und ich weiß, daß Tara viele Bedeutungen hat, von Geschwätz bis Strahlen. Vielleicht lag es daran, daß alles auf ähnlichen Hügeln geschah, gleich benannt, oder vielleicht lag es daran, daß ein Niesen und ein Klang mich durch einen anderen Ort stieben und wirbelnd tanzen ließen durch andere Menschen und durch andere Zeit. Kümmere dich nicht um

meinen Kopf: richte das Gerüst – ein Wunderwort aus vielen Worten, voller Abwechslung – ich binde es nur zusammen, gebe den Klängen einen Sinn – ich binde es neu.

Der sagen wollte, woher alles kommt, ist kühn, ich denke, das Wort bringt alles ins Rollen ...

TARA
der andere Flügel

(Für
all die einsamen Meere von Menschen,
die das Leben nicht kennen, bis sie sterben)

Hier in der Nachmittagssonne, die minderen Strahlen
stehlen sich durch eine Fenstersperre / draußen
Distelkopfdämonen mit hellen Teufelsgesichtern
blasen auf dem stillen Wind – und drinnen
noch klingt das Zirpen der Zikaden, Schwatzen
Tratschen von Mast zu Baum
zu heiligem Gipfel in meinem Kopf.

Ich umklammere einen Pfirsich mit meinen Händen /
während er spricht
– Es war bitter sagt er ... der Duft des Pfirsichs
süß auf meinen Händen ... bitter für wen?
und tief drinnen, der Blausäurekern.

Du störst mich sagt er ... der Pfirsichsaft rinnt
ein Finger weist auf sein Geschlecht er nimmt ihn
bis Blut ihn steif schwillt – ich habe diesen diesen
unbedachten Schmerz

Ich lächle über den gelungenen Scherz
mein eigenes Dazutun
– das Lachen

die großen Wolken blühen am Horizont /Perlblasen

andere Gäste beäugen uns beäugen sich beäugen die kommende
Kälte und Sturm / ein greinender noch klagender König
gesellt sich zu den Aasfressern.

Ein Feuer? Ein Feuer.
Die Flammen züngeln überschwenglich
beschwingen mich mit brenzliger Energie
ein Tanz kunstvoll wie Tätowierung
und verwandt / den weiten Spiralen gebrannt in die Erdenhaut
verwandt den quirligen Wirbeln auf meinen Fingerkuppen
verwandt –

es blinkt blitzt an ihrer Brust ein langer Dolch
Nadel, eine äugige Jade, die viele Namen hat
dunkel grün reich mit apfelfarbenen Einschlüssen
klare Linse ... Ich habe ähnlichen Dorn im Schwanz des Rochen
Zorn anzeigen sehen, Warnzeichen an einer Fischflosse,
Farbe aller Gesichter
des gehörnten Sichelmonds.

Zikadensang stockt   schweigt plötzlich   still

meine Haut hebt sich / Gänsehaut / Warzen / rauhe Haut
natürlich gegen die kommende Kälte – sieh da! Puketapu!
er nickt kühl / geht / wirft ein Abschiedswort über seine Schulter

(hat keiner aufgefangen hat
keiner erwartet)

Unvermeidlich letzte Schlucke und unvermeidlich letzte
Witze und dann
ein Schwarm von Abschiedsworten fliegt kichernd in den
Regen
und   Stille

Was kann ich dir sagen?
Das klar ist, neu, frei,
nicht schmierig und muttersprachenfrisch?
          und rundherum regnet es

Nadeln durchbohren einen Mantel aus Fleisch.

»Einsame hohe Berge
bewegen sich ab und zu, treffen sich ab und zu«

(Seliger Hügel / heiliger Gipfel / Puketapu)

»und aus alten Hallen Wällen Kammern
spinnt sich aus goldener Vergangenheit
ab und zu, der Klang der Worte,
ein Name.«

(O Freibeuter! Seevögel ziehen hoch oben und
Hügel regen sich und die Wolken sind auf der Flucht)

– das Lachen
diese Gratisgabe
einzig gänzlich zur Freude ewig

– das Lachen

der Stille drinnen:
verborgen im Blumenweich Rosaweich du denkst weich wie Haut
gereinigt zart neugeboren lächelnd also weich / doch es ist erregter Blitz
gehärteter Stahl   ein Magnet bereit frei flink wie plötzlich
Sonnenlicht / stärker als jedes je geschmiedete Eisen / eine Gabe /
Verbindung zwischen Geist und Türkisgehirn / Seelengewölbe / eine unmögliche Mischung
die Zote und das Ziemende / die Frau und der / die / das andere / das Kind
und die Mutter der Welten

– das Lachen
wilde Funken rasen durch den Schornstein
eine lodernde Sternkarte wird gänzlich Nacht
eine Sekunde später

ein rubinroter Blick, jenes Maß und jene Linie für eine neue Peilung
Puketapu

– das Lachen

Hei! he atua pi
koikoi! Hu!

– das Lachen
die Freude, die wir allein tragen / gemeinsam im Boot auf
einer großen Reise –
und der Tod an meiner Hauswand
würde mir passen . . .

[Ich meine ich bin schon alt und fertig
die Stille die Säuernis der Hintergedanke
gespiegelt im Tief der Augen

selbst wenn ich lächeln kann (Sieh!
silbereckiges kariesfleckiges dreckiges Grinsen
kein Elfenbein sondern ein modriges Mosaik aus Schmelz
und Plomben.)]

»Sind wir denn mehr
als 20 mal 10 Knochen und ein Dutzend Löcher?«

»Um genau zu sein, zehn.«

– Das Lachen

der Selbstbilder
gezeichnet von Wunschgedanken

– na klar
viel mehr als Haut und Knochen und Zellen

Hirnmasse / Augensaft / Energieanwandlung
ich bin mein hart-am-Wind-Segler, der Fischer der Zukunft
ich habe Launen ich denke
was für einen schönen Schädel ich gäbe
aber noch besser ein Haarschopf

ohne
all den Raum

jetzt wenden
reichlich bedacht mit jener Gratisgabe

das Lachen ...

der Wind der Leere
soll ruhig alles mitnehmen.

Hier neben
einem sterbenden Feuer
Mitternacht / Zikaden klirren gereizt und zögern / der Löwenzahn
ist zugeschlossen

der Wind seufzt
ein Rest Wein / eine Stunde noch?
Es gibt immer ein Morgen und im Fortgehen

ist es so still:
der Mond ist nah im Norden

(um zwei Uhr früh sich an die Welt lehnen,
da sind Sie spät dran, meine Dame ...)

und über den Hügel flattert
glücklich heimlich
ein Eulen-Kind / Liederlicht / Regnen
Kinderlied / Lichtflügel / Regenschein
Eulen-Licht: Regenkind / sonst nichts

KAIBUTSU-SAN

Das habe ich gehört:
Hör doch hör doch he Mann hör doch
doch ich habe nichts gehört. Als ob mich jemand am Ärmel gezupft hätte
Hör doch eigentlich war gar nichts los typisch Freitag abend wir saßen nur herum hör doch
Zuerst dachte ich, es sind die Bäume. Lach nicht. Ich saß ruhig auf dem Platz zwischen den Leuten ruhig auf dem Pflaster bei den Kübeln mit den sterbenden Bäumen. Hörst du genau hin hörst du sie mit den Blättern rascheln und keuchen LUFT LUFT. Wäre ich sie, ich nähme meine Wurzeln und machte, daß ich in den nächsten Busch käme. Und morgens wäre der Platz irre leer.
Doch die Bäume waren es nicht. So wirklich war es nicht.
Hör doch bitte hör doch aaah
Ich sah mich vorsichtig um. Keiner da. Ich sagte: »Ich höre.«
Aaaaaah endlich endlich endlich ... hörst du mich wirklich?
Finger an die Nase und winke winke?
O nein. Nicht das noch. Doch ich winke.
Gut. Wir nahmen uns im Spielland zwei halbe Portionen vor. Die sahen nur Mi mit seiner harten Fresse, dann unsere Orden, und schon quiekten sie wie angestochen. Reichten ihr Geld rüber und nichts wie weg. Wir natürlich wieder nach draußen und warten auf neue Opfer, drehen eine harmlose Runde um den Block, wartet da ein Dämon,

als wir wiederkommen, wippt auf großem Fuß und zeigt uns seinen Knüppel. Schlaue kleine Monster, denke ich. Ich könnte wahrhaftig was sagen, doch *den* Ratten, das lohnt nicht.

Ich konnte etwas – hören. Dabei – dachte ich: das klingt wie reine Erfindung. Hört sich nicht echt an. Und als ich das dachte, fühlte ich – jemanden. Hockt sich zu mir und will mir was erzählen. Mehrere jemande.

Ja, wir sind zwei. Me und Mi. Mi sagt nicht viel. Kein wandelndes Wörterbuch, alter Mi. Er kennt nur Essen, Trinken, Sex und Aufregung. Aufregung heißt Streit oder Quälerei oder sonst was, Aufregung muß sein. Ich glaube, damit er in Bewegung bleibt. Bei zwei Metern (fast) mit siebzehn, braucht man mehr als Sprit und Laune, um in Gang zu blieben, he?

»Ja.«

Ich bin Me und brauche nicht viel. Ich brauche nur was zum Hassen, und das findet sich leicht. Die Welt ist voll davon. Ich hasse sogar die Gang, bei der wir Ehrenmitglieder sind. Jede ernstzunehmende Gang hätte uns auf den ersten Blick erschlagen. Ich meine, wer will schon Den Klotz, der dich und deine Zentrale mit einem Bissen runterkriegt. Oder Das Ding mit seinem grünen Grind, das bis in alle Ewigkeit kein Wort von dir vergißt? Laßmallesenwasdudenkst hörenwasdusagst und plop! Alles registriert, jederzeit abrufbar. Wir sind Mutationen, Freaks. Doch die Gang dekoriert uns mit Orden, duldet uns, bis es sie anödet. Freitag war öde ... Bist du noch da?

Ich nickte.

Verrückt, Mann. Du bist da, und du bist nicht da. Jedenfalls, Freitag und wir mit den Fünfdollar. Kaum was zu machen. Mi meint Port? Besaufen und vergessen: eine Idee. Doch Fünfdollar bringen höchstens ne halbe Ladung, alles halb: besaufen und vergessen. Ich sage also Nee, und Mi, für den ich Gott bin, nickt. Steht da schief und riesig in voller Rüstung. Die Rüstung legt er nie ab. Die ist nicht seine zweite Haut. Eher seine erste. Ich lebe hm gesünder. Ich trage Unterwäsche. Und auf der Brust verschlungen eine grüne Waage – bei offener Jacke zu besichtigen – erkennst du sie?

»Leider nicht.«

Ach, Schit. Machtnix. Also, da sind wir, freitagnachts ruhig in der Menge, raus aus dem Spielland. Mi schlurft und fummelt mit den Karten. Seine Macke, ein Tick, mischt die Karten im hohen Bogen. Hat immer ein Spiel in der Rüstung, blitzblank in geheimer Innentasche. Das wahre Wunder, wie sie jungfräulich dem stehenden Dreck entspringen. Ich habe auch meine Macke. Lesen, was sich lesen läßt: Schaufenster Neon Laden Bus. Ich singe Schrift und Schilder, bis da wieder ein Dämon steht, keine hundert Meilen weg, glotzt neugierig widerlich. »Markt«, sage ich, ziehe Mi am Ärmel und die Karten verschwinden zauber zauber in ihrem jungfräulichen Loch. Markt ist wo – kennst du den letzten echten Baum? Den Kübelkrüppel meine ich nicht.

Kenn ich. Der große, der sich mit dem CH^2 Dreck verbündet hat und Ruß statt Licht in Blattgrün verwandelt. Der Baum, den ich besuchen wollte – bis.

Richtig. Unser Markt. Unsere Rettung. Ich hocke mit Mi auf den Wurzeln, und die Freitagnachtmenschen machen um uns einen Bogen. Die guten ordentlichen Leute kommen uns nicht zu nah. Es könnte etwas überspringen und sich mit kleinen Dreckzähnen festbeißen ARRGGGHH! schon sind sie wie wir, vogelfrei, straßenfroh. Die guten Leute können mich. Für sie habe ich 94 Worte, alle extrem zersetzend. Ich sage sie heimlich und leise. Mi mischt wieder Karten und sieht ins Nichts.

Eine Schlange japanischer Touristen marschiert vorbei, vorn Führer und Fahne. Sie würdigen Mi und mich keines Blickes. Sie sehen uns gar nicht, glaube ich. Wir stehen nicht im Prospekt. Nur der am Schlangenschwanzende, die Warze auf der Schwanzspitze schwankt und wankt, aufrecht und in Schweiß gebadet und offensichtlich kopflos. Er sieht mich, zwinker, sieht Mi, zwinker zwinker,

und löst sich aus der Schlange. Er ist eins fünfzig, schlaff und zeigt beim Lächeln Ekelzähne. Große, gelbe Pferdezähne, feucht. Er verbeugt sich, klappt zusammen wie ein Taschenmesser, und durch die Zähne zischt er:
»Karten spieren?«
Mi grunzt. Typisch, denkt er, nur denkt er nicht: typisch, er sieht eine kleine gelbe Witzfigur, die kein L sprechen kann.
»Karten spieren?« drängelt der Gnom. Er hockt neben uns, und ich höre klimper klimper und plötzlich ist da ein Koffer.
Und ich keuche. Er ist aus weichstem Wildleder, beige, samtig, schmerzlich schön. Ich kannte einen Hund mit solcher Haut, den wollte ich stehlen und häuten. Doch das war nicht alles. Der normal große Koffer hat einen Wundergriff. Kleine eingebaute Wählscheiben, Lichter wie gefangene Glühwürmchen, winzige blinkende Zahlen und Zeichen. Eine unerklärlich kleine Mattscheibe, 2 cm Durchmesser, doch ich beschwöre, darauf flimmern winzige Menschen. Der Koffer sieht reich aus, technisch, elegant, auch irgendwie schwer. Ich will nur den Koffer.
Das Klimperklimper kommt von einem Kettchen, das Koffergriff und Männchenhandgelenk verbindet.
»Kartenspieren«, wiederholt er mit der Beharrlichkeit eines Sehr-Betrunkenen.
Und Mi kichert. Er kichert, bis es fast einen Kartenerdrutsch gibt.
Glaub mir, Mi ist fett und schwer und riesig. Von den Hornhautfüßen (nicht mal ordentliche Stahlspitzenstiefel kann er stehlen) bis hinauf in die verfilzten Haarspitzen, ein Dummkopf. Was er anpackt, ist Matsch. Keinerlei Fingerspitzengefühl. Dabei ist er der geborene Kartenspieler. Kennt alle Mittel, Wege, Kniffe, Griffe. Messerscharf schätzt er seine Gegner ein. Was gespielt wird, weiß er nicht, er riecht es. Wer ihn kennt, spielt nicht gegen ihn. Er macht dich fertig, Spiel für Spiel. Deshalb mischt er ständig Karten. Mehr hat er nie zu tun.

Und da opfert sich dieser Winzling freiwillig.
Ich stehe unter Strom. Dieser Koffer wiegt echte Dollars, Hunderte ... ein furioser phantastischer Freitag, von Zeittotschlagen keine Rede! »Gibmaldenfünfer«, sagt Mi und kichert sein schrillstes Kichern. Ich mit ihm hihihi und hier ist das Geld. Mi legt es auf die Baumwurzel.
»Kartenspieren um Gerd«, sagt er langsam und deutlich,
»Ach so«, kicher kicher. Gipfel des Humors, he.
»Dorrars akay.«
Er drückt seinen Koffer an die Brust, damit wir nicht reinsehen können. Er drückt den Griff in meine Richtung, Mann, auf der Minimattscheibe flimmern winzige Menschen. Wenn mir der Grind auch die Augen verklebt, ich sehe scharf. Dann flip. Karten. Frische Karten in Knisterzellophan. Flip flip. Fünfdollarscheine. Garantiert Hundert, Zehnerbündel, wie auf der Bank mit blütenweißen Banderolen. Eine reißt er auf, breitet einen Fächer Geld vor uns aus. Pellt die Karten aus und schiebt sie Mi hin. Vorsichtig setzt er den Koffer ab klingelklimper und strahlt uns an.
»Ach so. Karten o-kay. Gerd. Viere Dorrars. Gut.« Er verbeugt sich tief. »Trinken?« fragt er. »Trinken«, beschließt er. Nimmt wieder den Koffer. »Was Herren trinken?« fragt er uns.
Ich glotze. Ich will den Koffer, und wenn ich ihn dem Zwerg persönlich von der Hand sägen muß. Doch erstmal sage ich: »Die Herren lieben leidenschaftlich Bourbon. Jenes löbliche Getränk labt uns«, und packe soviele L's in den Satz, wie mir einfallen.
Er glotzt. Er murmelt Japanisch, und ich schwöre, aus der Tasche kommen Geistertöne.
»Bourbon«, sagt der Zahn und greift in seinen Wunderkoffer und fördert Glitzergläser ans Licht. Sie sind groß, und sie sind voll.
Nicht nur eine elektronische Wundertüte, auch eine Wanderbar! Mi vergeudet keine Gedanken an den Zauberkoffer, er nimmt sein Glas und schluckt und AaaH. Ich nippe.

Weich und rein, heiliger Bourbon, guter Gott.
Der kleine Gelbe kippt auch einen. Streckt die Hand aus, nimmt die Gläser, füllt sie wieder (vielleicht ist drinnen eine Flasche mit Pumpe?), dann leckt er sich die Lippen.
»Jetzt Kartenspieren«, sagt er entschlossen.
Und die Schlacht beginnt. Mi, die schnurrende Spielmaschine, kommt locker in Fahrt. Er spielt Den Zahn, prüft seine Stärken (nicht vorhanden), seine schwachen Seiten (reichlich). Er verliert unsere Fünfdollar, gewinnt sie und zwei andere wieder, verliert ... Oh, du weißt genau wie ich, wie man jemanden einwickelt. Der Fünfdollarfächer schrumpft. Mi kichert. Der Kleine schwitzt. Er öffnet oft den Koffer. Japanisches Wasserfallgemurmel, klick, Geisterstimme, dann das feuchte Geräusch. Es klingt wie »Dreimalbesterbourbon«, und die Tasche sagt: »Jawohl, Zahn-san« und abrakadabra ... Mikrochipzauber!
Wir haben sechssieben nette fette Gläser hinter uns, und um die Kartenspielerbeuteundopferinsel klingt gedämpfter Straßenlärm. Der Zahn sagt L-los gebrochen:
»Keine Dorrars, fast arre, Ungrückstag«,
doch keiner von uns hört richtig zu. Ich starre gebannt auf das Spiel, den Koffer, den kleinen Mann mit den hoffnungslosen Karten, seine klimpernde Armkette. Mi spielt und sieht nur sein Spiel.
Mehr Bourbon aus der Kofferbar. Blechstimme, Männchengeflacker auf Minimattscheibe. Keine Freitagabendmenschenmenge mehr. Bourbon. Der Zahn schwitzt, feuchte Backen, feuchter Nacken. Er kichert ununterbrochen. Serviert uns den Bourbon weiter mit Verbeugung. Die Karten fallen ihm aus der Hand. Die Kofferkette am Arm macht klimper klimper.
»Worum jetzt spieren, Herren?«
Durchdringend. Der Fünfdollarfächer ist zusammengeklappt. Sitzt hinten in der Hosentasche und hält unsere alten Glücksfünfdollar warm. Ich schubse Mi. Im Bourbondunst kommt mir der Teufelsgedanke.
»Kein Geld, kein Spiel«, sagt Mi. Er legt seine Riesen-

hand auf den Kartenpacken und und hebt ab, liebevoll. Seine Augen leuchten. Er sieht die Zukunft. Heute nacht heißt sie Taumel und Toben, wilde Nacht. Verschwendung. Frauen, Fäuste, Saufen, was willst du, die Fächerdollars zaubern es herbei. Doch ich will, ich will
Der Gelbe ringt die Hände, daß die Kette klingelt.
»Oh, ich *riebe* Karten, bitte Karte spieren.«
Ich schubse Mi.
»Geld oder gar nichts«, sage ich ungnädig. Und lege meinen Köder aus. »Was ist sonst Dollars wert?«
Er besieht geknickt den schuppenberieselten blauen Anzug, die blanken Schuhe, zeigt am anderen Arm die billige Blechdigitaluhr. Ich schüttle den Kopf. Wie Tränen läuft ihm der Schweiß übers Gesicht. Ich grinse. Verzweifelt hält er den Zauberkoffer. Meine Augen glitzern garantiert vor Gier.
»Sehr kostbar, Koffer«, sagt er. »Mein Alles. Mein Leben, mein Vergnügen. Was bietet ihr dagegen?«
Okay, normalerweise hätte dieses plötzliche Sprachenwunder selbst Mi gewarnt. Es stank geradzu nach »Dämonen«, einer ihrer Witze. Doch in unseren Köpfen wütete der Bourbon, und ich sah nur noch den Prachthautprunkkoffer, und Mi sah vor seiner dreckigen Nase den größten Gewinn seiner Kartenkarriere. Zum Zuschlagen nah.
Also sage ich: »Gut, wir setzen alles, was wir haben, gegen deinen Koffer. Gerecht, oder?« Und Mi echot: »Alles, alles.«
»Alle Dollars? Alles?«
»Alles.«
»Kleider, Schmuck, Haut, alles?«
»Ja, ja, *alles*«, verfluchte Fledermaus, denke ich, und meine Finger jucken.
»Alles, was ihr habt und seid?« wimmert der Zahn. »Alles?«
»Verdammtverfluchtalles«, knurrt Mi. Seine Kartenhaikrallen lassen das Spiel schwirren.

»So. Alles?« Er reicht den Bourbon.
»Ja ja ja«, wir schmelzen vor Ungeduld, und Warnungen hätten uns winken oder würgen können, wir hätten sie nicht verstanden. Wir klammern uns an unser letztes Glas.
»Ach so«, sagt der Zahn, und verbeugt sich höflich und unendlich zufrieden.
Die Karten werden ausgeteilt, gespielt, und Mi verliert, natürlich.
Der kleine fremde Mann steht flinkt auf und verbeugt sich lächelnd ein letztes Mal.
»Behaltet das Geld«, sagt er. Sein Gesicht wird magerer. »Behaltet eure Klamotten.« Er schwitzt nicht mehr. »Eure Sonnenbrillen könnt ihr auch behalten.« Er richtet den Koffergriff auf uns. Wir sitzen gebannt, mit offenem Mund, Mis Hände hängen schlapp. »Ich will nur euch.« Seine Zähne sind spitzer. Es blitzt und klickt, als würden wir fotografiert. In meinem Bauch fühle ich Leere, leblos, wesenlos, und Mi fühlt es auch, denn er schreit, und die Karten springen ihm aus der Hand.
Zwei weitere kleine Figuren erscheinen auf der Mattscheibe. Ich kann es sehen, ich glaube es nicht. Meine Ohren hören im Koffer Gewinsel.
Der Zahn lächelt glatt, zum letztenmal.
»Sorry«, sagt er und löst sich in der Freitagnachtmenge auf. Überall sind wieder Freitagnachtmenschen, laut und eilig und böse, und wir sind *hier*. Mann he Mann, hör doch, kannst du uns rausholen?

Das war's was ich gehört habe. Sehen konnte ich sie nicht, doch ihre Hölle war echt. Einer von den Freitagnachtmenschen hatte mich unter dem gefangenen Baum sitzen und in die dünne Luft reden sehen, und dich gerufen. Hier bin ich jetzt wieder, erkläre alles, Verstehst du, was du hörst,
du
und dein schöner
kleiner schwarzer Koffer?

KÖNIG FISCH

Ich glaube, das war's. Ich meine, Küstenleute haben ihr eigenes Nachrichtensystem, es läuft über ehemalige Küstenleute. Von denen sickern die Nachrichten durch zu Freunden – Verwandte nicht vergessen – und über kurz oder lang weiß das ganze Land, was los ist. Also, vielleicht wissen es alle schon, oder sie wissen es nicht, noch nicht. Hier bin ich, drehe und wende mich, mache viele Worte, wittere ein Geheimnis und bin sehr unsicher, was ich dazu sagen soll. Doch das ist der springende Punkt: König Fisch.

Eine Sache an der Küste kennt jeder, Köderfisch. Die Sprotte. Jenen nahrhaften kleinen Fisch, flink und durchsichtig, den ein altes Haiku »Geist der Wasser« nennt –

Die Sprotte:
als ob der Geist der Wasser
sich rührte.

Und immer zu Frühlingsanfang ziehen die Küstenleute in Scharen an die kleinen und großen Flüsse und schöpfen und schaufeln und fördern so viele Sprotten wie möglich aus ihren Verstecken. Ist die Saison gut, werden Tonnen davon liebevoll in Kühltruhen verstaut, Vorrat für köderkarge Zeiten; weitere Tonnen werden per Bahn oder Flugzeug über den Hügel geschafft. Die Küste wird ein heiterer Ort, der Küstenbewohner ein zufriedenes Wesen. Natürlich werden ein paar Zentner inzwischen zu Pfannkuchen und Omelettes – und wer weiß, was noch – verwandelt. Wie hat deine Mutter Sprotten bereitet, die sie eingekauft hat? Ich komme aus Christchurch, bei uns werden Sprotten mit Mehl und an-

deren fremden Sachen verlängert. Aber hier! Hier wird geschwelgt ...
Nimm pro Person ein halbes Pfund Sprotten, füge ein Ei hinzu (zwei, wenn du es gut mit den Sprotten meinst), rühre kräftig, bis aus Ei und Sprotten ein wunderlicher Schaum mit listigen kleinen Augen geworden ist. Gib einen halben Teelöffel Backpulver hinzu, ein bißchen Salz, eine Prise Pfeffer und brate die Mischung kurz, aber gründlich. Und fertig sind zwei wohlproportionierte Sprottenpfannkuchen, Küstenfutter, eine Köstlichkeit für jeden, der weiß, was schmeckt.
Im vergangenen Jahr habe ich die Sprottensaison verpaßt. Da war ich gerade aus Christchurch gekommen und kannte die Gepflogenheiten hier noch nicht. Meinen Köder habe ich im Fischgeschäft an der Ecke gekauft, und war höchst zufrieden, daß er pro Pfund 40 Cent weniger kostete als auf der anderen Seite des Hügels. Im vergangenen Jahr hätte ich ein Netz für den Tere nicht von einem Netz für den Grey unterscheiden können. Hatte keine Ahnung von den Vorteilen einer hölzernen Angel gegenüber einer aus Aluminium. Setznetze waren mir kein Begriff, und das Vergnügen, in aller Herrgottsfrühe in einer Wellblechbude seinen Tee zu trinken, war mir fremd. Das Haiku war schöne Poesie und die großen Fischzüge – ein vergangener Mythos, ein Märchen für Touristen.
In diesem Jahr bin ich dabei. Kaufe mir das vorgeschriebene runde Netz für den Grey und den verdammt langen Stiel dazu. Besorge mir Gummistiefel, ziehe alte Sachen an und mache mich zu Unzeiten auf den Weg zum Fluß, warte auf Flut. Ziehe das Netz durchs Wasser, strenge meine Augen an, bekomme einen Krampf in der Schulter und hoffe, daß in meinem Nylonnetz bald ein netter kleiner Pudding liegt. Oder ein ganz großer, denn die Saison hat üppig angefangen. Tonnenweise Sprotten. Jede Menge glücklicher Gesichter spiegeln mein zufriedenes Lächeln. Massenweise volle Bäuche, gut ge-

sättigt, Geld gespart, aber alle erwarten noch viel, viel mehr.
Es fängt ja erst an. Überall an der Küste brutzelt das Fett und kleine Augen werden zerdrückt ...
Und weißt du was? Ich glaube, das war's.
Gestern ist etwas sehr Seltsames geschehen, unter der Cobden Brücke um zwanzig vor neun; etwas Seltsames, Entsetzliches, Heiliges.
Freitagabend war in Ordnung. Ich war in der Kneipe, habe viel geredet, ein bißchen gesungen, mäßig getrunken, war glücklich unter glücklichen Leuten. Auf dem Heimweg der weiße Mond hoch über dem Meer. Windstille, friedvolle Nacht, nur das feuchte Schmachten der Laubfrösche war hörbar. Ich buk mir noch ein paar Pfannkuchen, aß und trank dazu das letzte kalte Bier aus dem Eisschrank und ging ins Bett. Entspannt, voll, rundherum zufrieden ... wundervoll.
Und dann der Morgen. Ich wachte plötzlich auf, wurde aus dem Schlaf gerissen. Zuerst wußte ich nicht, warum, dann begriff ich, daß etwas war. Ein höchst ungewöhnlicher Trubel füllt die sonst so stille Straße, ebbt gegen meinen stillen Hügel, ein schrilles Stimmengewirr.
»Verfluchte Bälger«, denke ich und drehe mich auf die andere Seite.
Dann verstehe ich:
»Sprotten ziehen SPROTTEN ZIEHEN SPROTTEN ...«
Die Worte und das Durcheinander reichten. Ich sprang aus dem Bett, in meine Jeans, das T-Shirt, wie der Blitz griff ich Stiefel und Netz und sauste aus dem Haus, so schnell wie nie zuvor. Bevor ich bemerke, daß ich den Stiel vergessen habe. Oder mich wundere, warum jemand diese gute Nachricht mit allen teilen wollte.
Auf der Straße ist ein Betrieb wie noch nie. Die alte, einsame Dame, die das Tageslicht seit Jahren nicht gesehen hat, steht auf dem Gehweg mit offenem Mund, zerknittert, schmuddelig, fassungslos. Die neue Familie aus dem Eckhaus läuft im Gänsemarsch um die Ecke, alle elf.

Während sie verschwinden, kommt der Mann von nebenan mit Frau und neuem Kind zum Vorschein. Er trägt Netz und Stiel, und sie hat den einen Arm voller Büchsen und Plastiktüten, im anderen das Kind; wetten, was ihr zuerst hinfällt. Ich vergeude keine Zeit mehr, pfeife auf den Stiel, nehme die Abkürzung zur Bright Street. Ob du's glaubst oder nicht, alles, was in Cobden Beine hat, ist unterwegs. Mein guter Schlaf hat dafür gesorgt, daß alle vor mir da sind. Die Straßen sind voll. Nichts als Gerenne, Gelaufe, Gestolper, holterdiepolter hinunter zum Fluß.
Normalerweise sind es zu Fuß zehn Minuten von mir bis zur Brücke, diesmal schaffe ich es im Laufschritt in dreien, trotz der vielen Leute. Nachdem ich die lahmen Alten und das langsame Kleinzeug hinter mich gebracht habe, geht es natürlich einfacher. Fast wäre ich von Netzstielen aufgespießt worden oder hätte einen Eimer abbekommen. Meine Freitag-Abend-Christchurch-Markt-Erfahrung macht sich bezahlt, und als wir zum Fluß kommen, zu jener Stelle nördlich der Brücke, gehöre ich zur Vorhut.
Die Böschung hinunter, durch die Büsche, rutschen, trampeln, treten. Ich schürfe mir in meiner Hast die Hand an einem Baum auf und halte einen Augenblick lang inne. Überall helle Aufregung, jeder versucht, einen guten Platz zu erwischen.
Dann Halt. Entsetzen. So wahr mir Gott helfe, der Grey ist bis zum Rand mit Sprotten gefüllt.
Eine sagenhafte Masse Lebens, sie füllt den Fluß, so daß vom Wasser nichts zu sehen ist. Nur brodelnder Sprottenschaum, wahnsinnig, wildentschlossen, ein Fluß aus Leben fließt vom Meer ins Land. Begleitet von einem Getöse, lauter als Regen, lauter als Sturzbäche, so laut und geisterhaft wie ein gewaltiger Wasserfall.
Ich tauche mein Netz ein, halte es am Rand. Es ist VOLL, zum Bersten voll, und ich schleppe es begeistert ans Ufer. Das Nylongewebe platzt beinah. Verflucht, wohin mit dem Fang? Doch die Sprotten, die sich sonst winden und

wenden, aus dem Netz und zurück in den Fluß wollen, liegen da wie Opfergaben und sterben schon.
Sonderbar. Meine ganze gierige Lust auf Sprotten ist mit einem Schlag vergangen. Ich lege das Netz sacht vor mich auf den Sand, und überall am Ufer – während immer noch Leute aufgeregt heran und die Böschung hinunter drängeln, wie gebannt stehen bleiben – geschieht das gleiche; auch am anderen Ufer, wo der Grey mündet und die Menge zusammenläuft und schwillt und zum Fluß dringt. Entsetzen und Ehrfurcht vor diesem unmöglichen Traumzug.
Ein Mann ausgenommen.
Ich weiß nicht, wer er ist, ein Individuum in hüfthohen Stiefeln und Jeans, sein Handeln macht ihn fremd und unmenschlich. Denn er schwingt wie ein Roboter sein Netz und schöpft Sprotten, wirft sie silbrig egal wohin ans Ufer. Schimmernde Speichelfäden rinnen ihm aus dem Mund, und ich bin nah genug, ich sehe seine geldgierigen Augen. Ein Unglück ist unvermeidlich. Hör auf, du Bastard, ruft es aus der Menge, laß sie in Ruhe. Aber er schaufelt weiter die wehrlose Beute.
... Sog des Sprottenflusses oder Sog der vorwärts drängenden Menge? Ich weiß es nicht, plötzlich verliert er den Boden unter den Füßen und fällt mit rudernden Armbewegungen lächerlich langsam in den Augenschaum. Der Sprottenfluß bewegt sich, wie schwimmt man ohne Wasser, wie schwimmt man in listig lebendem Gelee? Einmal taucht sein Kopf auf, über und über bedeckt mit glitzernden Fischen, der Mund schnappt nach Luft, die Nasenflügel blähen sich, sind voller sich windender Fische ...
Wenn ein Mann jemals im Traum, im Alptraum starb, dann er. Und dennoch rührt sich niemand von uns, sagt keiner ein Wort. Gemeinsam erleben wir das Wunder, seine Richtigkeit und Unausweichlichkeit, während die Sprotten, die wir gefangen haben, am Ufer sterben. Die Dinge gehen ihrer Erfüllung entgegen.
Und dann gibt es ein unvergeßliches Geräusch, ein weiter

Wind, ein Atem kommt von der Seeseite des Flusses. Alle sind starr vor Staunen, nur ein erschrockenes Raunen geht durch die Menge. Langsam steigert sich das Brausen, es rauscht, hallt am Ufer, im Fluß, während wir, die nichts wissen, warten, bis mitten im Fluß, spielend, getragen von der lebenden Flut, der Geist der Wasser erscheint.
Wir streiten uns heute, wie groß er war. Zehn, vielleicht zwölf Meter leuchtender Vollkommenheit. Wie klarstes Wasser so klar, nur seitlich eine feine schwarzgefleckte Linie, und die schmalen, dunkelgezeichneten Strahlen der vier Flossen und des Schwanzes ... in seinem Kopf ein goldenes Hirn ... und Augen, große silberne Augen mit schwarz umrahmten Pupillen, blanke Kugeln seitlich am Kopf. Sie spiegeln weder Intelligenz noch Liebe, noch Bosheit; sie zeigen reines Sein. Summe allen Daseins. Güte und Herrlichkeit in Vollendung.
So wie die friedliche Vielheit der Sprotten ihn schützte, drohte von ihm keine Gefahr. Sieh ungläubig mit eigenen Augen, wie er kommt und geht.
König Fisch.
Und ebensoviele Sprotten schwammen hinter ihm, wie ihm vorausgeglitten waren, ein sicherer Wall. Und weder Fisch noch Vogel noch Mensch hinderte sie jetzt. Ich dachte an die aber Millionen lächerlicher harmloser Fischchen, Opfer seiner sicheren Reise, und wunderte mich kaum über ihre selbstzerstörerische Begeisterung.
Der Fluß ist leer. Was bleibt, sind Schlamm und weißer Schleim und Wasser. Und jemand sagt in die Stille hinein:
»Teufel, hoffentlich kommen sie gut an.«
Und neben mir sagt jemand, was wir alle denken:
»Gott steh uns bei, ob sie jemals zurückkommen?«

DIE SEELEN DER SCHAFE AUF DEM KERBHOLZ

* Anmerkungen (Desinformation)

Script

Ort(e)

Kaitangata liegt eigentlich in Central Otago. Eine Ortsverschiebung also. (Kaitangata heißt: Streit um Aalfischrechte.)

Kaitangata Bay liegt an der Westküste. Dort bläst der brausende Tasman um muscheltragende Felsen, greift sich dann und wann mit schneller weißer Faust Menschen und zieht sie in die Tiefe. Dort sind angenehm flache Dünen, bewachsen mit Strandhafer, Pingao und Sandwinden. Dort gibt es Klippen, Steilufer und tückische Sümpfe in Menge. Und der Busch kann undurchdringlich sein.

* Oh, Nihinihi – vielleicht ein langer CU der scheuen rosa Blüten, dann Schwenk zum winter-bronzenen Pingao. (He nui pohue toro ra raro.)

Im Hintergrund das Panorama der Südalpen wie Reißzähne.

Das Auto – alles fängt im Auto an – fährt durch irgendeine malerische Gegend. Irgendeine schöne Strecke der uns bevorstehenden 1000 Meilen. Über kurz oder lang stößt man auf Schafe, die frei grasen oder von einem Gehege zum anderen ziehen.

* Zerbeulte viertürige Limousine, Alter und Marke unwichtig.

Die Hütte – zur Hütte in Kaitangata Bay kommen wir bald.

Personen

Der Mann ist Arbeiter in der Gefrierfabrik. Er hat Urlaub. Er ist mittelgroß, kräftig, dunkel und träge (er hat allerdings die Angewohnheit, den Nagel am linken Zeigefinger zu kauen). Seine Bewegungen und Handlungen sind fließend. Bis auf seine Augenlider (die übermäßig zucken) und seine Kinnmuskulatur (die scheinbar grundlos krampft) ist sein Gesicht starr.

Die Frau ist Hausfrau und Mutter, offensichtlich mit Kindern, Kirche, Küche und Strickzeug beschäftigt. Sie ist verhältnismäßig groß, leptosom, ihr Gesicht ist hager und äußerst beweglich. Ihr Körper ist steif, und sie hält ihn für eine eher unordentliche Hülle ihrer Seele. Sie bemerkte dies unvorsichtigerweise einmal zu ihrem Mann, der daraufhin einen hysterischen Lachkrampf bekam und sich fast auf seinen Teller mit Würstchen übergab.

Die Tochter ist in der Pubertät, vorlaut, aggressiv und extrovertiert. Sie sammelt und sucht und forscht.

Der Sohn ist zwei Jahre jünger, ein schwerfälliger, eher passiver Junge, der hingebungsvoll immerzu malt. Egal was, egal worauf.

Die Hauptpersonen haben Tausende von Mitspielern.

Zwei Wanderschäfer und eine Meute von Hütehunden und Leithündinnen.

Ein rätselhafter Pirat, der über einem Auge eine schwarze Klappe trägt und an

* Niemand spricht den anderen bei seinem Namen an.

* OED Definition von *Seele*: »wesentliches fundamentales oder belebendes Element oder Charakteristikum.«

der Küste von Kaitangata Bay zu fischen scheint.
Mengen von Möwen, Austernfischern, Laubfröschen, ein, zwei Eulen und ein zynischer Korimako. Und viele Schafe.

* Mitglieder aller Art der Gattung Ovus. Oder Personen, die die gleichen animalischen Merkmale zeigen.

Handlung

Ein Schlüsselbund pendelt hin und her, einer der Schlüssel steckt im Zündschloß. Im Wageninneren, die vier Personen.
Das Autoradio –
»und in Wellington, Nelson und Marlborough sonnig und trocken. Bewölkt und mild in Buller, später am Tage Schauerneigung. Westküste und Fjordland: Regen gegen Abend zunehmend, und in Southland: starker Regen und Sturmböen von Südwest mit murmel murmel murmel«

* Anmerkung zum Ton: manchmal läuft er der Handlung voraus. Wie im Leben.

Frau (übertönt den Wetterbericht): Wie ist es da eigentlich?
Mann: Ruhe.
Kameraschwenk auf vorbeifliegende Zäune, dann wieder sein Gesicht –
Mann: Oh, Scheiße.
– lange Einstellung geradeaus auf die Straße. Eine undurchdringliche Wand aus Schafen bewegt sich auf sie zu. Hinter der Herde zwei Viehtreiber, einer zu Pferd, der andere per Fahrrad. Beide stoßen die Tiere voran. Mehrere Hunde streifen durch die aufgescheuchte, wogende Herde, die den Wagen einkreist. Die Hunde werden lauter. Die Frau und die Kinder glotzen gelangweilt. Der Motor heult im Wettstreit mit dem Bellen

* Weitere Anmerkung zum Ton: es gibt eine Phantomstimme,

und Blöken – offensichtlich tritt der Mann ungeduldig auf das Gaspedal. Die Nahaufnahme seines Gesichts zeigt seine angespannten Kinnmuskeln. Seine zuckenden Augenlider.
Immer noch lange Einstellung auf die vorbeihastenden Schafe. Oben links im Bild wird eine Montage eingeblendet, eine schnelle Abfolge von Standfotos:
* Schafe werden eine Rampe hinauf zur Schlachtbank getrieben
* ein glitzernder Haken aus Stahl hängt an einer stählernen Kette
* ein geschlachtetes Schaf und daneben ein lächelnder Schlachter
* ein blitzendes stählernes Messer und ein blitzender Messerschärfer bilden ein Kreuz
* ein Schaf mit festverschlossenen Augen hängt mit dem Kopf nach unten
* CU eines Stahlhakens, der durch die Ferse getrieben wird
* eine dichtgedrängte Gruppe Gefrierfabrik-Arbeiter in klinischem Weiß: keiner schaut in die Kamera
Der Mann öffnet die Augen und seine Lider zucken. Seine Kinnmuskeln entspannen sich. Die Kamera folgt seinem Blick aus dem Wagenfenster.
Einige störrische Tiere bedrängen den Wagen.
Kamera auf eins der Tiere: sein weiches Maul und der eigenartig leere, silbergoldene Blick.
Schaf: Määäh.
Mann (leise): Jaaa.
Frau: Wie bitte?

die vermutlich aus dem Kopf des Mannes kommt: ein männlicher Baß, der jedoch wohlklingend und voll ist, ein Schauspieler – Dichter, der seine Stücke übt.

(Diese Montage wird immer wieder benutzt. Sie ist schließlich ein wenig abgenutzt und zerkratzt. Für den realistischen FX der Gedankenspiele gibt es keine Erklärung.)

Mann: Nichts.
Das Schaf wird von einem Hund vertrieben. Die letzten der Meute rennen vorüber. Ein grinsender Hund läuft hinterher. Der Treiber auf dem Fahrrad kommt zuletzt. Er grüßt, indem er einen Finger hebt, bedankt sich so für ihr Warten. Auch er grinst.

* Währenddessen intoniert die Phantomstimme – *Phantomstimme:* Zeigen die Hufe zwölf, weisen die Finger auf sechs.

Handlung 2

Das Mädchen drangsaliert seinen Bruder, und der beschwert sich weinerlich bei seinen Eltern. Draußen ist die Landschaft immer noch malerisch. Die Frau strickt verbissen.
Frau: Also, wie ist es da nun *eigentlich*?
Mann: Dave hat gesagt ...
Frau: Ich kenne keinen Dave. (Sie zieht die Stirn kraus.)
Mann: Er ist schon in Ordnung. Spielt manchmal mit uns Pool-Billard.
Kommt aber aus der Verwaltung.
Frau: Zuhause bei uns war er noch nie.
Mann: So gut kenne ich ihn auch nicht.
Frau: Trotzdem überläßt er dir seine Hütte und
Mann: Als ich vor dem Urlaub sagte, daß ich einen Tapetenwechsel nötig hätte – um Himmels willen *halt's Maul* –
(Er schreit nicht, sondern sagt diese fünf Worte überdeutlich. Die Kinder hören augenblicklich auf zu zanken, das Mädchen streckt zwar die Zunge heraus und sieht dabei in den Rückspiegel. Die Frau preßt die Lippen eng aufeinander und schnappt geräuschvoll nach Luft.)

Mann: einen Tapetenwechsel verdammt nötig hätte, da bot er mir die Hütte an. Kein schlechter Strand und gute Angelmöglichkeiten. Klang gut, und das auch noch umsonst.

Frau: Es hätte *nicht* die Welt gekostet, auf den alten Zeltplatz zu fahren. Die letzten fünf Male war es sehr ...

Mann: Genau.

Frau: *Ich* mag den Zeltplatz. (Sie bohrt die Nadeln in die Wolle.)

Der Mann knurrt.

Frau: Da fühle ich mich wie zu Hause. Trotzdem ist es eine Abwechslung. Man weiß, was man hat.

Der Mann knurrt.

Frau: Wie lange noch?

Mann: Ich weiß nicht.

Frau: Du *weißt* nicht?

Mann: Dave sagte, wenn die Kreuzung kommt, sollen wir die unbefestigte Straße bis zu Ende fahren. Wie lange, hat er aber nicht gesagt. Also fahren wir, bis die Straße aufhört.

Mann oder Weib?
Weib Mann
WWWWWWWW
MMMMMMMM
die bissige Gleichung

Frau: Aber welche Hütte, das *weißt* du hoffentlich?

Mann: Dave sagt, viele stehen da nicht, und seine ist die letzte, direkt am Strand. Die Schlüssel haben wir. Und wir können auch jemanden fragen.

Frau: Dave *sagt* ... Dave *sagt*.

Stille. Sie durchbohrt noch eine Masche.

(Kerbholz: vergleichen, um abzurechnen, etcetera.)

Ort

Die Hütte am Anfang des Strandes in Kaitangata Bay

Es gibt vier Zimmer – ein kleines Schlafzimmer mit einem breiten Doppelbett, in dem die Erwachsenen schlafen werden; ein winziges Zimmer mit Etagenbetten für die Kinder; ein Badezimmer mit Toilette irgendwo im Hintergrund (es spielt keine Rolle, existiert nur der Exaktheit halber ...) und eine Wohnküche, ziemlich groß, mit Kamin und zwei Türen. Die Möbel sind unansehnlich, dritter Hand, Sperrmüll. Auf dem Kaminsims liegen gesammelte Paua-Muschelhäuser, die als Aschenbecher dienen.

* Es gibt bis jetzt schon viele Klischees. Diese kleinen oft benutzten Wahrheiten sind notwendig.

Handlung 3

Der Mann bastelt an einer Petroleumlampe. Die Frau kommt herein, streift sich die Kapuze des Parkas vom Kopf und schüttelt den Regen von sich. Sie setzt eine übervolle Einkaufstasche ab.

Frau: Oh, mein G ...Gott.

Mann: Nicht schlecht, oder? Warte erst, bis das Feuer brennt!

Mädchen: Mama, es gibt kein Licht. Es gibt keinen Kühlschrank, und es gibt keinen Fernseher und kein Telefon.

Junge: Mama, es ist kalt.

Sie streicht sich müde ihr Haar aus dem nassen Gesicht. Ihr Gesicht ist voller Falten.

Frau: Oh ... großer Gott.

Mann: Ist doch genau so gut wie der Zeltplatz, oder?

Er dreht sich um, damit sie sein heimliches Lächeln nicht sehen kann. Die Lampe leuchtet plötzlich hell auf, und sein Gesicht ist voll sonderbarer Schatten und Lichtflecken.

Handlung 4

Eine Szene friedlicher Häuslichkeit. Der Mann hat Feuer gemacht, legt vorsichtig Holz nach, summt dabei vor sich hin. Die Frau legt Kiwischeiben auf ein großes Steak, bedeckt die Kiwischicht mit einem anderen Steak, so daß ein makabres Sandwich entsteht.

Frau (kraust leicht die Stirn): Hoffentlich schaffen wir das, bevor etwas schlecht wird.

Mann: Was?

Frau: Das Fleisch.

Mädchen: Und was soll das? (Sie sieht ihrer Mutter genau zu.)

Frau: Macht es zart. Macht es noch zarter. (Sie lächelt leicht.)

Im Schein des Feuers sieht man den Mann die Stirn runzeln.

Mann: Brat' es nicht zu lange. Das letzte Mal war es nur noch Matsch. Hatte gar keinen Biß mehr.

Frau (als ob sie nichts gehört hätte): Ob jemand hier einen Kühlschrank hat? Den könnten wir sicher benutzen. (Zu ihrer Tochter.) Würdest du nachsehen, wer zu Hause ist, und vielleicht fragen? Irgend jemand hat bestimmt Strom?

Mädchen: Darf ich mir dann mein Fleisch aussuchen?

Frau: Mach daß du wegkommst. (Sie lächelt wieder.)

Das Mädchen nimmt es als Zusage und zieht ihre Parka an und stapft nach draußen. Der Junge bemalt die Einkaufstüte. Er kümmert sich um niemanden und schirmt die Zeichnung mit seinem Arm ab. Wenn die Handkamera näherkommt, um ihm über die Schulter zu sehen, dreht er sich unbewußt, so daß die Zeichnung nie ganz sichtbar ist. Der Mann summt und bedient weiter das Feuer, die Frau stapelt weiter grüne Früchte und rotblutendes Fleisch; der Junge malt.

* Er benutzt frisches Rataholz, das für die Hüttenbewohner bereit liegt. Harz tropft zischend in die Flammen, daß die Funken sprühen. Baumblut.

Plötzlich fliegt die Tür auf.

Das Mädchen ist gerannt, und ihr Gesicht ist rot und regennaß.

Mädchen: Da drüben ist ein Hund, der ist fast *verhungert*!

Mann (steht mit einem Ruck auf): Wo?

Mädchen: Da hinten, am letzten Haus. Er liegt angekettet unter dem Wassertank und ist fast *verhungert*.

Mann: Hast du geklopft und nachgesehen, ob jemand zu Hause ist?

Mädchen: Niemand da.

Frau: Hast du auch überall nachgesehen?

Mädchen: Überall.

Frau: Niemand da? Das gibt's doch nicht. Irgend *jemand* ist immer da, Leute, irgend jemand, zu Hause ...

Schnitt: Der aufgeregt winselnde Hund, gebleckte Lefzen, ein heftig wedelnder Schwanz und magere Rippen.

Um den Hals trägt er eine Kette mit Vorhängeschloß.

Sein Wassernapf steht unter dem Tank und ist deshalb trotz des Regens leer. Der Hund ist sklavisch dankbar für die Koteletts, die ihm das Mädchen gebracht hat, verschlingt sie, erbricht sie und, weil er ein Hund ist, frißt er alles noch einmal.

Der Mann sieht zu, wie seine Tochter den Hund füttert.

Mann (zu sich): Von einem Hund hat Dave nichts gesagt ...

Handlung 5

Der Regen prasselt gegen die Fenster.

Der Mann und die Frau trinken eine Tasse Milo, bevor sie ins Bett gehen. Das Feuer ist zu glimmenden Kohle- und Aschenresten heruntergebrannt.

Frau: Bist du *sicher*, daß sonst niemand hier ist?

Mann: Scheint so. Nur wir. Nicht schlecht, oder?

Auf ihr Schweigen hin,

Mann: Vielleicht ist irgendwo eine Auktion oder ein Fest oder sonst etwas? Das ist doch auf dem Land so, sie gehen alle zusammen weg, oder?

Die Frau zieht fröstelnd die Schultern hoch und sieht aus den schmutzigen nassen Fenstern in die Nacht.

Der Regen prasselt weiter gegen die Fenster.

Handlung 6

Kamera auf die Augen des Mannes. Sie starren. Die Lider zucken. Kamerarück-

* Zukünftige Generationen werden die Eisen, die wir Tieren anlegen, so brutal finden wie wir heutzutage Sklavenhandschellen und Keuschheitsgürtel. »Sporen? Trensen? Hundepeitschen und Ketten?« Sie sind entsetzt angesichts der Elektrozäune und Koupierinstrumente und halten uns für unmenschlich.

fahrt. Der Mann lauscht angestrengt. Es regnet immer noch in Strömen, doch für Regen scheint das Geräusch zu laut. Als ob tausend Schafe in schnellem Trott unter dem Schlafzimmerfenster vorbeigetrieben würden, ihre harten kleinen Hufe trommeln ein heftiges Stakkato.

Phantomstimme: Hole nicht zu tief Luft. Die Luft kocht vor Blut.

Mann: Regen …

Der Wind ist böig, und die Regenherde scheint noch schneller zu laufen. Aus der Ferne heult es, weit entferntes elendes Hundegeheul.

Mann: Wind …

(*Scheint/Als ob:* Ausflüchte).

Handlung 7

Langsame Kamerabewegung, Einstellung auf:

zuerst, die Brandung (ruhiger Schwenk nach links)

dann wellige Dünen, auf denen Pingao und Strandhafer wachsen; den dunkelgrünen und bronzenen Busch;

die schwarzen, zerrissenen Silhouetten der Baumkronen; die blauen Hügel im Nebel, und schließlich,

die scharfen grausamen weißen Bergspitzen.

Frau: Ist das nicht schön?

Mann: Na ja … reichlich zackig, ungemütlich.

Das Mädchen ruft unten vom Strand her.

Mädchen: Seht mal! Seht mal, was wir gefunden haben! Eingeweide!

Eine Leber, sauber in eine Plastiktüte verpackt.

Der Junge trödelt hinter seiner Schwester her, malt mit einem Stock in den Sand.

Mann: Eingeweide eines Fisches.

Eine Prophezeiung.

Mann: Jemand hat eine Menge gefangen.

Den Strand entlang liegen mehr Eingeweide, diesmal unverpackt.

In der Ferne, an einem nebligen Felsvorsprung, steigt eine dünne Rauchfahne auf.

Frau (munter): Also *alle* sind doch nicht in die Stadt gefahren.

Handlung 8

Sie umringen unsicher das Feuer. Die meisten Holzscheite sind zu Asche verbrannt, verkohlte Stümpfe sind geblieben.

Mann: Das brennt bestimmt schon seit Stunden.

Frau (lacht unsicher): Die Reste sehen wie Knochen aus.

Mädchen: Das *sind* Knochen. Sie sind an beiden Enden rund.

Mann: Irgendein Fischer hat am Strand gegrillt.

Am Feuer, der Familie gegenüber, nahe am Felsen liegen ein Dutzend abgetrennter, sauber aufgereihter Katzenhaiköpfe.

Dazu noch mehr Eingeweide, die in der unverhofften Sonne rosig schimmern.

Doch die Knochen, vom Feuer gebleicht, grau und äschern, die Knochen sind lang.

Mann: Schweineknochen.

* Kurze Einstellung auf die undurchsichtigen goldenen Augen: zusammengezogen zu länglich geschlitzten Pupillen.

* Kurze Einstellung auf die verschlungenen nassen Därme.

Er runzelt die Stirn.
Mann: Wahrscheinlich vom Schwein.

Handlung 9

Vielleicht später am gleichen Tag. Die Frau und die Kinder laufen zurück vom Strand zur Hütte. Der Mann ist nirgends zu sehen.
Am weiten freien Strand laufen die drei immer noch im Gänsemarsch.
Als sie in die Kaitangata Bay einbiegen, kommt ihnen jemand entgegen.
Frau: Hallo! He!
Die Person macht plötzlich kehrt, als wiche sie vor der menschlichen Stimme zurück.
Frau: Einen Augenblick! Bitte!
Die Person geht eilig der Brandung entgegen, ist aber nah genug, daß alle drei die schwarze Klappe über dem einen Auge sehen können.
Frau: Verzeihung! Hallo?
Die Person macht bewußt kehrt, geht eilig mit großen Schritten auf Kaitangata Bay zu. Biegt in den Weg ein, vermutlich in eine der Hütten.
Frau (unsicher, zu den Kindern): Er hat etwas gegen unsere Gesellschaft.
Sie lächelt verbissen. Das Mädchen ist ungewohnt still. Der Junge kritzelt ein Zeichen auf ein Stück Tang.
Frau: Wenigstens wissen wir, daß die Leute wieder da sind.
Sie runzelt die Brauen. Sie versteht nicht, wie die Person so schnell verschwinden konnte.

Eine Welle rollt dicht heran.

Handlung 10

Die Frau kocht, brät Koteletts. Es sind Koteletts aus einem Lendenstück, und bei manchem ist klar erkennbar, daß es Rippen waren. Die Frau kocht Rippen und Brustmuskeln.
Die Wohnküche ist in dünnen bläulichen Dunst gehüllt.
Kurze Einstellung auf eine Ecke der Zimmerdecke zeigt Fliegendreck und eine ihre Opfer fesselnde Spinne und aufsteigende Rauchschwaden.
Die Kinder kommen erschöpft herein, sind merkwürdig still.
Mann: Zuviel frische Luft?
Mädchen: Ich mag die Fliegen nicht ... und die Schatten sind unangenehm.
Mann: Welche Schatten?
Junge: Bei den Klippen.
Frau (scharf): Was für *Schatten*?
Junge (zögernd und weinerlich): Schatten ... einfach Schatten.
Der Mann schnaubt.
Mann: Als nächstes seht ihr Gespenster – wascht euch vor dem Essen die Hände.

Handlung 11

Die Kamera folgt dem Mädchen, das die abgenagten Kotelettknochen den Hügel hinauf zu dem Hund unter dem Wassertank bringt.
Sie ruft freundlich.

Mädchen: Gutes Fressen, Hund! Komm, Fressen!
Stille.
Die Kette liegt in ganzer Länge straff da, am letzten Glied ist das Vorhängeschloß befestigt. Eine Spur dunkler Pfotenabdrücke führt von der Kette fort, als ob der Hund gezogen und gezerrt hätte und auf blutigen Pfoten auf und davon wäre. Die Abdrücke sind sichtbar, weil der Hund das Gras völlig weggekratzt hat. Unter dem Wassertank ist der Boden nackt und staubig.

Handlung 12

Die Tür zur dunklen Schlafkoje der Kinder öffnet sich.
Der Mann steht als schwarzer Umriß gegen das Licht von draußen. Auf der Tonspur sind die Nachtgeräusche des Busches. Das blubbernde Quaken der Laubfrösche. Eine Eule ruft, und ihr ferner Freund antwortet. Das rauhe Quengeln eines Opossums.
Die Kamera schaut dem Mann über die Schulter, wie er auf die schlafenden Kinder starrt.
Sie liegen friedlich ausgestreckt.
Da alle Geräusche aus dem Busch ins Zimmer dringen, hören wir die Kinder nicht atmen.

Handlung 13

Gleicht Handlung 5 – Kamera auf die starrenden Augen des Mannes, dann ein

* Etwas auf dem Kerbholz haben, abrechnen.

wenig zurück bis MCU: seine hinter dem Kopf verschränkten Arme.
Die Geräusche des Buschs sind auch in diesem Zimmer sehr laut, doch darunter ist das rhythmische Rennen einer großen Schafherde hörbar, die über eine Teerstraße getrieben wird.
Hunde sind nicht zu hören, kein klägliches Geheul.
Das Geräusch draußen vorbeieilender Schafe hat alle anderen Geräusche überwältigt.
Die Kamera geht zurück, bis die Frau im Bild ist; bleibt dann stehen.
Sie liegt auf der Seite, Rücken zum Mann, ihr Kopf liegt auf krampfhaft gefalteten Händen.
Die Kamera nähert sich: CU ihres Gesichts. Ihre Augen sind weit offen. Sie horcht.

* Busch ausblenden / Schafe einblenden.

Phantomstimme (leise, gerade noch hörbar über dem Lärm der Schafe): Tönt die Sirene, endet das Töten. Die Stille ist grausig: kein Blöken, nur mein Freund streichelt/ die Schneide seines Messers. »Wie sie leuchtet«, summt er in der Teepause, besingt diese Klinge: »Wie sie leuchtet.«

Handlung 14

Sehr kurz. Der Mann kauert, hält den Kopf geneigt, sieht die Straße hinunter, die an der Hütte endet.
Nirgendwo Schafkot.

Handlung 15

Der Mann pflückt Muscheln von einem Felsen im Wasser. Die Brandung bricht, und Wassertropfen übersprühen ihn. Er schreit. Sein Gesicht ist endlich entspannt und begeistert, ganz und gar glücklich.
Er wirft die Muscheln an den Strand,

und die Kinder springen und heben sie auf, bevor die Wellen kommen.
Die Frau sitzt mit untergeschlagenen Beinen auf einem hohen breiten Felsen. Sie wirkt gelöst und zufrieden. Sie strickt, das Wollknäuel ist in ihrer Schultertasche. Sie ruft den Kindern nach: »Seid vorsichtig!«

Handlung 16

(Was heißt wirklich Sehen?)

Was nun geschieht, verlangt eine fließende Kameraführung.
Die Familie kommt von den Muschelfelsen zurück. Die Kinder hüpfen voraus, die Frau hält mit dem Mann Schritt, der Mann trägt den Beutel mit Muscheln.
Kameraeinstellung aus der Luft, in weitem Kreis übers Meer, mitten im Bild immer noch die Familie auf dem Heimweg; dann Einstellung auf den Strand dahinter.
Kamera auf die Eltern, Schwenk zum Meer, Profil LS, sie lachen und rufen sich etwas zu, das wilde Meer erregt den Mann, und der Mann in seinen nassen Shorts erregt die Frau.
Die Kamera folgt von hinten dem Paar, das innehält und sich kurz umarmt. In der Ferne sehen wir das Mädchen auf den Felsvorsprung zulaufen, der Junge bückt sich und kritzelt etwas in den Sand.
Die Kamera geht zurück. Die Kinder sind um den Felsvorsprung herumgelaufen, das Paar nähert sich Arm in Arm. Sie

wirken jetzt sehr klein, kaum als Menschen wahrnehmbar.

Handlung 17

Zwei Reihen kindlicher Fußspuren deutlich im nassen Sand. Sie hören unvermittelt auf, als hätte eine kräftige Welle sie gerade ausgelöscht.

* Mögliches Ende *Nummer Eins*.

Falls es weitergeht:
Die Gesichter der beiden Erwachsenen, CU, leer, fassungslos.

(Handlung 18)

Die Eltern suchen am Wasser, an den Klippen, am Strand, wie wahnsinnig. Sie haben die Idee, daß die Kinder ein makabres Versteckspiel mit ihnen treiben, und werden wütend.
Sie sind den Tränen nahe, beschuldigen sich gegenseitig, machen sich Selbstvorwürfe.
Sie laufen zur Hütte, kommen dort keuchend, aufgelöst und erschöpft an.
Sie sehen sich unglücklich an.

(Handlung 19)

Während die Frau entschlossen den Hügel hinauf zu den anderen Hütten marschiert, springt der Mann ins Auto. Der Motor dreht durch, springt nicht an. Er sieht auf die Benzinuhr – OK. Die Batterie – OK. Alle Kontakte scheinen in Ordnung zu sein. Er schwitzt und redet vor sich hin.

* Eine unzusammenhängende Tonspur, abwechselnd der schwere Atem des Mannes, der Frau und das ferne Bellen von Hunden gemischt mit wahnsinnigem Blöken.

* Mögliches Ende *Nummer Zwei*.

Als die Frau mit hängenden Schultern zurückkommt, niedergeschlagen, weil außer ihnen wirklich niemand da ist, zeigt der Mann ruhig auf den Verteilerdeckel.

Mann: Jemand hat den Verteiler ausgebaut.

Sie werfen sich einen Blick zu und drängen sich dicht aneinander.

Jeder drückt sein Gesicht an die Schulter des anderen, beide schauen sie nicht auf, als der Lärm immer lauter wird.

(Handlung 20)

Der Mann schüttelt sich, schüttelt die verzweifelte Umarmung der Frau ab.

Mann: Das führt zu nichts. Du siehst noch einmal am Strand nach. Ich mache mich auf den Weg.

Er geht schnell los. Die Frau ruft ihm nach.

Frau: Der nächste Ort ist vielleicht meilenweit entfernt.

Er geht mit großen Schritten davon.

Frau (sehr leise): Was mache ich, wenn ich sie finde?

Sie dreht sich müde um und geht zum Strand.

Sie sieht etwas glitzern. Eine Kamera steht auf einem Stativ in der Nähe des Felsvorsprungs, und jemand kauert dahinter.

Sie rennt auf die Kamera zu, schreit unzusammenhängend.

Sie ist etwa 500 Meter entfernt, als sich

die Person hinter dem Stativ aufrichtet – es ist der rätselhafte Pirat. Er bückt sich wieder, offensichtlich sieht er mit seinem bedeckten Auge durch den Sucher. Links, landeinwärts stehen zwei kleinere Personen. Der Größe nach könnten es die Kinder sein.

Die Frau bleibt wie vom Blitz getroffen stehen. Sie schaut angestrengt, mit offenem Mund. Die Brandung bringt Nebel mit, doch sie erkennt deutlich 3 Personen. Sie sinkt in den Sand, sinkt auf die Knie, schlägt die Hände vors Gesicht.

* Das Tosen des Meeres wird sehr laut.

Frau: Lieber Gott, ich verstehe zwar nichts, doch ich danke dir. Danke.

Sie hebt den Kopf und öffnet die Augen.

Niemand, kein Mensch weit und breit, ist zu sehen.

* Mögliches Ende *Nummer Drei.*

(Handlung 21)

Der Mann geht mit großen Schritten die Straße entlang und bleibt in der Kurve wie angewurzelt stehen.

Der Weg ist durch einen gewaltigen Erdrutsch blockiert.

Mann: Mein Gott, kein Wunder, daß da oben niemand ist. Das war sicher der Regen, nachdem wir angekommen sind.

Er geht vorsichtig bis zum Rand des Erdrutschs. Er macht ein Dutzend Schritte und verliert den Halt, Felsbrocken lösen sich unter ihm. Er greift nach einer entwurzelten Manuka-Staude, die in Kopf-

* Ein aufdringlicher Korimako mit vorzüglichem Taktgefühl fängt genau in diesem Augenblick an, zu kakeln und

kichern. Sein Ruf übertönt das zunehmende Getöse des Gerölls.

höhe neben ihm steht. Fast gibt sie nach. Der Abhang über und unter ihm gerät in Bewegung.

Ein CU seines Gesichts zeigt Schweißtropfen auf seiner Stirn, doch sein Gesichtsausdruck ist eigenartig stumpf. Unbewegt.

* Mögliches Ende *Nummer Vier*.

(Handlung 22)

* Geräusch vorbeiziehender großer Schafherden, das Trappen der Hufe wie starker Regen und aufgebrachtes, heiseres Blöken. Hunderte von Hunden bellen und jaulen. Der Lärm wird dann von einem dröhnenden Rhythmus erstickt, als ob ein Hubschrauber über dem Haus in der Luft stünde.

* Der Mann und die Frau schauen nicht durchs Fenster zur Straße. Dort haben sie schon hinausgesehen, und die mondhelle Straße ist leer.

Der Mann und die Frau sitzen sich am Tisch der Wohnküche gegenüber. Jeder hält eine dampfende Tasse. Jeder beugt sich tief über sein Getränk.

Der Mann hat eine Schürfwunde im Gesicht, und seine eine Hand ist verbunden. Sein Mund ist schlaff, und sein Blick ist niedergeschlagen.

Die Frau zittert. Gelegentlich hebt sie eine zitternde Hand an ihre Augen und berührt die Lider.

Die Kamera schwenkt, zeigt, daß beide Türen mit Stühlen verbarrikadiert sind.

Die Kamera schwenkt weiter, hält am Fenster zur See, ist in der Dunkelheit auf den Felsvorsprung gerichtet.

Dort brennen lodernd zwei große Feuer.

* Mögliches Ende *Nummer Fünf*.

Finale

Kaitangata Bay im Sonnenschein ist ein angenehmer geschäftiger Ort. Vor einer Hütte poliert ein Mann seinen Wagen. Neben der Hütte am Ende der Straße (die offensichtlich leer steht und mit dem hohen Gras im Vorgarten einen vernachlässigten Eindruck macht) hängt eine freundliche weißhaarige Dame Wäsche auf. Vor der Hütte am Hügel spielt ein junges Paar mit einem ausgelassenen Hund.

Am Strand steht ein einzelner Fischer neben einer Angel. Es hat noch kein Fisch angebissen, und obwohl der Fischer nur ein Auge hat, sieht er gutgelaunt, gutmütig auf die weite Tasmanische See und leckt sich über die Lippen.

(Kerbholz: ein Stock oder Stab, meist vierkantig, mit senkrechten Kerben auf einer Seite, die für die Anzahl der vorübergegangenen Schafe stehen.)

EIN WAL SINGT

Das Schiff trieb auf dem Sommernachtsmeer.
»Schade«, dachte sie, »daß man nur an Deck die Sterne sieht. Wie wäre ein gläsernes Boot, aus dem man die nächtliche Sternenherrlichkeit betrachten könnte ...« Ein kleines Ding entsprang dem Wasser, hüpfte nach links. Dem Geräusch folgte ein Phosphorblitz, und dann war alles wieder still und sternenhell.
Sie waren den ganzen Tag durch Krillschwärme gefahren. Weite Flächen des Meers waren rötlich braun, als ob sich vor dem Boot ein riesiges Wesen gewälzt und eine Blutspur hinterlassen hätte.
»Walfutter«, hatte sie lachend gesagt und ihren Körper umarmt in der Hoffnung, wieder Wale zu sehen. »Hummer-Krill«, hatte er sie korrigiert.
Die Krustentiere waren schreckhaft und fahrig in meilenlangen Schwärmen geschwommen, waren von Fischen gehetzt worden, die wieder von größeren Fischen verfolgt und zerfetzt wurden.
Sie dachte, daß sicher eben ein Fisch auf Krillfang aus dem Wasser gesprungen war. Sie seufzte und strich über ihren Bauch. Es war das kleinere Übel, jetzt nach unten zu gehen, denn dann kam er nicht an Deck, um ihr nahezulegen, daß es für das Kind, und die Mutter natürlich auch, besser sei, wenn sie hinunterkäme. In die enge Kabine zog sie nichts: dort warteten nur sinnlose Gespräche, und die Sterne waren unsichtbar und das Rauschen des Wassers kaum zu hören.

Tief unten, unter dem Bootskiel tummelte sich ein Bukkelwal. Dann und wann stieß sie melodische Töne aus, ein langer, dröhnender, zufriedener Schrei. Gefielen ihr die Töne, wiederholte sie sie, verwob sie zu harmonischen Schleifen.
In regelmäßigen Abständen tauchte sie auf, blies und wälzte sich ruhig zurück ins Meer. Sie war schwanger und gehörte zur Nachhut der südwärts wandernden Wale; sie hatte keinen Grund, sich lange oben zu zeigen oder zu springen.
Sie weidete spielerisch; um sie herum war Krill, und sie schlürfte mit ihrer großen Zunge, bis Nahrung zwischen ihren Zähnen strandete. Es war ein langsames, faules Fressen. Sie wartete auf kältere Gewässer, wo sie täglich anderthalb Tonnen Krill fressen und bald ihr volles Gewicht haben würde.
An dieser Küste war reichlich Leben und Lärm. Das helle Meckern einer Fischherde, die achtsam am Rande des Krillschwarms weidete. Der Krill selbst, ein dünnes durchdringendes Zischen und Knistern. Das stete ständige Klicken der Krabben. Manchmal übertönte ein Klingen wie tiefes Singen einer Orgel das Geschwätz, und dann lauschte der Wal aufmerksam und antwortete auch.
Die Krillschwärme wurden dünner. Der Wal leckte und schmeckte Wasser. Delphine waren vorbeigekommen. Sie hörte das Geschnatter und ließ sich nicht stören. Die Delphinschule machte vor ihr kehrt und verschwand im vibrierenden Dunkel.

Er hatte die lästige Angewohnheit, laut vorzulesen, was er geschrieben hatte. »Zusammenfassend können wir darauf hinweisen, daß wirkliche Intelligenz und Selbsterkenntnis nur bei Menschen zu finden sind.«
Er hustet.
Klopft sich mit dem Stift an die Lippen. Seine Lippen sind

weich und feucht, klingen nach Fleisch, pitsch, patsch. Sei denkt:

Der Mensch natürlich! Wie arrogant! Wie ignorant! Der Mann, die Frau, die gesamte Menschheit. Dabei hat die Menschheit nichts nötiger als wirkliche Intelligenz und Selbsterkenntnis.

»Zum Beispiel ist der Mensch die einzige Spezies, die Kunstwerke schafft und Wissen in permanenter und dauerhafter Form überliefert.«

Er schmatzt.

»In dieser Vorlesung möchte ich ...«

Woher wissen sie das? fragt sie sich. Wie andere Spezies Wissen weitergeben? Vielleicht geschieht es auf eine Art und Weise, die über unseren Verstand geht ... Daß wir die einzigen sind, die Kunstwerke produzieren, gebe ich gern zu. Doch liegt das nicht daran, daß wir armen kleinen Anpasser so erbärmliche Körper und keine besondere ökologische Nische haben? Darum schaffen wir Haken und Hacken und Hämmer und Meißel in Menge. Und bauen Wüsten voll elender Hütten, um unsere Haut zu retten.

Sie denkt an ihr Glasboot und seufzt. Was könnten wir erreichen, stünde die Technologie im Dienst einer humanen schöpferischen Phantasie ... Er redet und redet, hält seine Vorlesung.

»Deshalb werden wir zeigen, daß keine andere Spezies – hat sie doch keine Kunst hervorgebracht, keine organisierte Gesellschaft, nicht den Anschein einer Kultur ...

Wozu brauchen Wale Kunst? Ihre Anpassung an das Meer ist vollkommen. Ihr Begriff von Kultur, von Zivilisation muß uns fern und fremd sein, selbst wenn wir täglich über seine Spuren stolperten.

Sie schnaubt.

Er sieht sie aus glanzlosen Augen an und lächelt.

»Kritik? Oder Beifall?«

»Ich dachte ...«

Dachte, wir und Wissen weitergeben, ha! Aus Vergangenheit und Gegenwart lernen wir kaum, und was wir zukünftiger Menschheit hinterlassen, ist nichts als ein Durcheinander von augenblicklichen Wahrheiten und Bruchstücken erstaunter Selbsteinsicht. Das ist kein Wissen ...

Sie faltet die Hände über ihrem Bauch. Du da drin wirst nicht viel lernen. Was ich dir zeigen kann, ist begrenzt durch unser Sein. Der Stift an seinem Mund macht pitsch.

»Mach dir doch eine Vitaminmilch. Nicht daß einer von euch zu kurz kommt.«

Unausgesprochenes hahaha.

Bezeichne es nicht als Person! Es ist mein Krebsgeschwür, ein Parasit. Für mich ist es Nichts. Ich fühle, wie es sich windet und stößt, und mir wird schlecht davon.

Er sorgt sich um ihre Blässe. Du hättest so spät nicht an Deck gehen sollen. Du hättest ausrutschen können, und Treppensteigen strengt dich doch an.

Sie streitet nicht mehr mit ihm. Rede und Gegenrede folgen vertrauten Mustern und gehen im Kreis.

»Ja«, antwortet sie.

Ohne diesen Freiraum, diese Einsamkeit, ohne diesen Abstand von dir würde ich sterben.

Sie löffelt das Pulver in die Milch, rührt rhythmisch das Getränk um.

Was denkt ein Wal über sein Kalb? Was denkt dieses große Geschöpf, dieses friedfertige Tier, Schutz und Schild gegen alle Wildnis? Süße und milchige Liebe, gemehrt und getragen von der Reinheit des Wassers.

Schwärmende insektenhafte Wesen funkeln wie Sternenstraßen aus tanzenden Lichtern in Blau und Silber und Gold. Der Wal sang für sie, ein wiegendes, zeitlos wogendes Säuseln, das den Lichterstrahl leuchten ließ.

Ein anderes Licht war tief im Innern des Wals. Sie trug ihr

drittes Kalb. Der schnellen luftigen Paarung war sicher neues Leben entsprungen. Sie ist begeistert und schenkt Liebe und Musik und ihren reichen Körper. Schon antwortet das Kalb ihren Lockrufen, empfängt ihre dunklen Bilder. Was es aufnimmt, dringt in sein kommendes Leben, und bis dahin hat es in inneren Gewässern sein Nest.
Sie weiß von Nautiliden in den warmen Ozeanen des Nordens, die kannibalisch nach einander schnappen.
Sie weiß vom ölverklebten Albatros, der endgültig geduldig auf dem Wasser verharrt und den Tod erwartet.
Sie weiß noch, wie sie vor den Killerwalen geflohen ist, welch schlimmes Ende der andere weibliche Wal, der mit ihr südwärts gezogen war, genommen hatte; mit aus dem Maul gefressener Zunge, zerrissenen Fluken und Genitalien verblutete sie langsam im Kampf.
Und dieses Wissen ist Teil des wachsenden Kalbs.
Wieder schwamm Krill vorbei. Sie öffnete ihr Maul und glitt durch den Schwarm. Um den Krill plötzliche Dunkelheit. Der Wal summte.

Er legte zufrieden seine Zeitung zusammen.
»Sam hat mir kürzlich wieder von seinen Delphinen erzählt.«
»Aha?«
Er lachte. »Nichts, was dich interessieren könnte. Nur kluges, langweiliges Geschwätz.«
»Was hat er gesagt?«
»Oh, er behauptete, daß seine letzten Versuche ihre hohe Intelligenz bewiesen. Ich habe ihn auf den Boden der Tatsachen zurückgeholt. Ergebnisse lassen sich machen, habe ich gesagt. Niemand hat bis heute bewiesen, daß es klügere Tiere als Hunde gibt. Dabei ist mir bewußt geworden, was für ein Unsinn heutzutage Mode ist. Deshalb diese Vorlesung.«
»Lilley?« fragte sie und dachte an die Delphine, »Lilley hat bewiesen, daß Delphine sprechen.«

»Lilley? Der Spinner? Meinst du, jemand glaubt, was er schreibt? Niemand. Nichts als Hirngespinste.«
»Delphine und Wale sind weitgehend unerforscht«, sagt sie weniger ihm als zu sich selbst.
»Unfug. Seit mehr als hundert Jahren werden sie gründlich unter die Lupe genommen.« Sie fröstelte. »Ziemlich beschränkte Viecher. Und wahrscheinlich von Natur aus träge. Sieh dir an, wie dumm sie sind. Jahr für Jahr auf ihrer Wanderschaft laufen sie den Walfängern direkt in die Arme. Hätten sie nur einen Funken Verstand, verteidigten sie sich gemeinsam.«
Bei dieser Vorstellung mußte er lachen und steckte sich eine Pfeife an.
»Es wäre schön, wenn wir uns mit anderen Arten verständigen könnten«, sagte sie noch leiser.
»Ach, ihr Dichter«, sagte er zärtlich. »Für euch birgt jede halbgare Pseudowissenschaft Träume und Wunder. Ihr seht die Welt nicht, wie sie ist. Wir Wissenschaftler bauen unser Weltbild auf zuverlässigen Fakten auf.«
Sie saß schweigend neben dem Herd.

Echo der Welt ringsherum, dumpfes Pochen von weit weit her. Es war Botschaft und Einladung, Aufforderung. Sie besann sich minutenlang, versunken, nahm alles in sich auf, speicherte, stellte Verbindungen her und verknüpfte spielerisch damit ihr Lied – senkte ihre Stimme auf niederste Frequenz. Zuerst schickte sie die Botschaft, dann gab sie der kühlen Welle, auf der die Botschaft reiste, besonderen Nachdruck. In einem anderen Ozean wurde die kühle Welle empfangen, gespeichert, wurde zur unkontrollierbaren tosenden Kraft. Die dann in ihrer Wucht eine Superwelle zeugte, eine gigantische Wasserwand oben auf dem Meer. Etwas Neues, Experiment der Seewesen. Eine Sicherheitsvorkehrung. Für alle Fälle.
Sie schwamm weiter ins Meer. Das Wasser glitt ihr wie warme Seide über die Flanken, gegenläufige Strömun-

gen streiften sie kalt und erfrischend, Ausläufer der Meere im Süden. Es wurde ruhiger, Stille erlöst von Krabbenkämpfen und Fischgezänk. Auch von oben kam weniger Lärm, von den seltsamen breiten Gebilden, die über die Meeresdecke summten und knatterten und stinkenden Unrat fallen ließen.
Ein großer Hochseehai korrigierte seinen Kurs, schlug einen klugen Haken und schoß an ihr vorbei. Er maß sechs Meter von Schaufelnase bis Sichelschwanz, doch sie war doppelt so lang und würde noch wachsen. Ihr breiter weiter Körper war fleischig und stark, trotz der Unannehmlichkeiten der Nordwanderung; an ihren Flossen und Lippen, ihrem Kopf waren Krusten von Krebsen, doch andere Parasiten störten sie nicht. Sie blies dem flüchtenden Hai einen Wasserkuß nach und schlug ihren Schwanz übermütig gegen den Meeresfluß.

»Diese Vorlesung«, sagt er und nippt an seinem Glas, »diese Vorlesung wird Aufsehen erregen. Vermutlich wird es heißen, sie sei konservativ, sogar reaktionär, doch das ist sie natürlich nicht. Bleiben wir mit beiden Beinen auf der Erde – heißt mein Anliegen, keine blinden Eskapaden und nutzlosen Seitensprünge. Darum geht es: bereits vorhandene Daten zu sichern, keine Spekulationen, zum Beispiel über sogenannte Extrasensorische Perzeption. Die Wissenschaft beschäftigt sich heute zu sehr mit Mystik und Schaumschlägerei. Ich bin zwar nicht einer Meinung mit den Viktorianern, daß Wissenschaft alles erklären kann und wird, trotzdem ist es höchste Zeit, daß wir auf den Boden der Tatsachen zurückkehren.«
»Die Russen«, sagt sie, nachdem sie lange und teilnahmslos geschwiegen hat, »die Russen können Fotos herstellen, die alle Lebewesen als wunderbare Energiequellen zeigen. Fingerspitzen leuchten. Blätter funkeln. Alles ist leibhaftiges Strahlen.«
Wieder muß er lachen.

»Ich kann voraussagen, wann du romantisch wirst.« Er klopft mit dem Pfeifenkopf gegen die Kabinenwand und lehnt sich väterlich vor.
»Und wenn schon – wenn es wahr ist, was ändert es. Eine andere Art Energie? Und sonst?«
»Nicht einfach eine andere Art Energie«, sagt sie melancholisch. »Die Welt sieht dann anders aus. Wenn alle Dinge verwandte Energie speichern, dann ist die Menschheit nicht allein ...«
»Einsamkeit, Alleinsein. Kommunikation mit anderer Spezies, um Himmelswillen, der Mensch ist nicht allein! Man könnte meinen, du hast uns alle satt!«
Das soll ein Scherz sein.
Sie ist müde. Müde sagt sie:
»Es würde bedeuten, daß, was du mit deinem Papier beweisen willst ...«
»Mit meiner Vorlesung ...«
»Arbeit ... daß alles absolut unwichtig ist. Vielleicht sind wir in Wirklichkeit ganz unten auf der Leiter und nicht ganz oben. Vielleicht kennen andere Wesen ihren Platz und ihren Sinn auf der Welt, brauchen nicht herumzuwühlen und sich wichtig zu tun. Sich zu rechtfertigen. Vielleicht akzeptieren sie einfach alles, das Schöne, das Schreckliche, Krankheiten, als Teil eines Kreislaufs, als Glück oder Schmerz, die dazugehören. Vielleicht sind andere Arten besser ausgerüstet, wissen umfassender und bewußter, was Wahrheit ist, während wir Menschen kämpfen müssen, blind kämpfen müssen bis zum bitteren Ende.«
Er kraust die Stirn, wohlwollend, besorgt.
»Ist dir nicht wohl? War die Fahrt zuviel für dich? Du bist erschöpft, habe ich recht? Ich weiß, das Boot ist alt, lahm, das beste, das ich fürs Wochenende auftreiben konnte. Und ich dachte, es täte uns gut, einmal weg von zu Hause, aus der Universität. Hat es dich so sehr angestrengt? Das Boot hat einen Motor ... soll ich ihn anwerfen und wieder zur Küste fahren?«

Benommen schüttelt sie den Kopf.
Er steht auf und leert mit einem Zug sein Glas.
»Es dauert keine Minute, dann läuft der Motor, und wenn ich die Steuerung einstelle, ist morgen früh wieder Land in Sicht. Dann ist alles wieder gut.«
Sie hält sich am Tisch fest.
Nicht schreien, sagt sie sich, nicht schreien.

Irrlichter, Algenarme, einzelne Leuchtspuren. Helle Delphinfanfaren. Die Schule kommt zurück. Gedämpftes Räuspern eiliger Fischschwärme. Etwas ringelt und kringelt sich in einem wehenden Kranz aus grünem Licht.
Sie verlangsamt ihre Fahrt, steht im Wasser.
Grünes Licht: es bringt sie auf Gedanken, Urwissen, eingeprägt bis in die Zellen. Grünes Licht Land.
Einmal war sie fast an der Küste, ohne zu stranden. Die Neugierde hatte sie in eine tiefe, enge Bucht getrieben. Vorsichtig hatte sie sich vorangeschoben, bis ihre Flossen Felsboden berührten. Sie ruderte mit dem Schwanz, glitt noch ein wenig weiter und steckte den Kopf aus dem Wasser. Das Licht schien im Bogen, die Laute, die sie hörte, waren dünn und verzerrt, doch sie sah Farben, die sie nur aus Träumen kannte, und fremde, vertraute Musik spielte.
(Menschsiehdirdasan!)
(Verdammtnichtswiewegsonstisteszuspät!)
Schallwellen knallten und spritzten durch die Luft, um sie herum ein Jagen, während sie sacht in tieferes Wasser zurückglitt.
Ein sonderbarer Besuch, von nun an konnte sie dem lokkenden Traum eigene Bilder geben.
Folge dem Weg zum harten, lüfteächzenden Land, spüre niegekannte Festigkeit, bis die gespreizten Rippen unter dem niegeahnten Körpergewicht zusammenbrechen. Und dann, ein neuer Anfang ...

Einen Augenblick träumt sie, ruft früheres Ende, anderen Beginn zurück. Und weil ihre Art von fließendem Gewebe getragen wird, erwartet sie im Traum beharrliches Schwingen. Trauer um ein männliches Tier im kalten südlichen Meer, wo grünleibiger Krill in unendlichem Überfluß schwärmt. Wo die Todesschiffe der Walfänger lauern. Ein Widerhaken peitscht die Luft und dringt in die Lunge, bis der Wal im Todeskampf Rot bläst. Ein zweiter Haken trifft sein Herz. Langdauernde Minuten später haucht er langsam Tod. Licht strömt aus dem treibenden Leichnam. Verdichtet sich, vergeht ... Klangfetzen jagender Delphine, die sich aus sonderbarer Freude überschlagen.
Die Sirene ruft lang nach Süden. Sie treibt nach oben zur süßen Nachtluft.

Sie sagt: »Ich will nur eben an Deck.«
Ihr Streit war zu Ende, doch sie waren uneins. Er knurrt, streicht mit der Hand ein letztes Mal über den Text und rollt sich in seinem Schlafsack zusammen, packt sich fest ein.
Sie sagt niedergeschlagen:
»Dann gute Nacht«
und klettert mühsam die Stufen hoch.
»Du bist aus der Fassung«, sagt sie zum Kreuz des Südens und fühlt, wie die Tränen über ihr Gesicht laufen. Die Sterne verschwimmen.

Habe ich mich so verändert?

Ist das die nicht enden wollende, trostlose Schwangerschaft?

Er ist stur, störrisch, stockdumm!

Er begreift nichts, begreift nichts, begreift gar nichts.

Sie geht an den Bug und setzt sich, ihr gewölbter Bauch ist im Weg, leise singt sie sich Trost zu.
Und da trifft der Wal das Boot, bricht durch den alten, morschen Rumpf, zerdrückt die Kabine, spaltet die Spanten. Allmächtiges Chaos ...

Sie fand sich im Wasser, weinte, wo war er, schwamm im Kreis, als ob in den Trümmern ein treibender Schlafsack zu finden sei. Das Schiffsheck sinkt, neigt sich dunkel zu den Sternen und geht still unter.
Sie schwimmt auf einen Umriß zu, das Rettungsboot?
Der Umriß rührt sich.
Der Wal war träumend und singend aufgetaucht, hatte den Zusammenstoß nicht gewollt. Erschrocken liegt das Tier im Wasser und wartet.
Die Frau bleibt, wo sie ist, rührt sich nicht, paddelt ein wenig. Sie fürchtet den Wal nicht, doch sie denkt: »Vielleicht weiß er nichts von mir und schlägt mich, wenn er untertaucht.«
Sie sieht den Wal jetzt deutlicher, riesengroß, wie ein Zeppelin, bei weitem größer als ihr jämmerliches Bott. Regungslos liegt er da ...
Sie hofft, er hat sich nicht verletzt, und die Hoffnung schnürt ihr die Kehle zu.
Ein langer klagender Schrei erfüllt sie. Ein starkes Gefühl reißt sie fort, schüttelt sie, als hätte der Wal ihr Dasein und ihr Los erkannt und all sein Vermögen, sein Mitleid geboten.
Der Wal klagt, und die Frau ruft so laut sie kann: »Danke, danke«, weiß, wie sinnlos das ist, unerhört. Sie weint.
Der Wal war so leise, sie merkte sein Verschwinden nicht.
»Ich bin allein im Dunkeln«, denkt sie und schmeckt Salzwasser. »Wie sonderbar, wenn das mein Leben war.«
In ihrem Leib rührt sich das Kind. Vom Meer getragen scheint die Bewegung zärtlich und vertraut, zum erstenmal lieb und teuer.
Sie lacht.
Das Meer ist warm und gewogen, und bis zur Küste ist es weit weit.

PLANETOID

Ich kannte einmal ein Mädchen –
das saß beim Fest abseits allein am Boden. Eine kleine fast-Frau in einer großen blauen Jacke, wie Matrosen sie tragen. In der hatte sie sich verkrochen. In einem Anfall von Freundlichkeit setzte ich mich zu ihr. Ich reichte ihr meinen Joint in der glitzernden Totenkopfpfeife. Ich war träge und verträglich, glücklich und zufrieden über das Gelächter ringsum und die verblichen blühenden Blumen auf dem Teppich.
Es störte mich nicht, daß sie die Pfeife ablehnte.
»Magst du nicht?«
»Rauche nicht und trinke nicht«, sagte sie müde. Mit gesenktem Kopf. »Sonst ...«
»Sonst?«
»Sonst werde ich verrückt. Bloß keinen Rausch, bloß nicht.«
Rückzug in den Mitternachtsmantel.
O je. Noch ein verwirrter, verirrter, fiebernder Geist. Ich lächelte, gütig, Buddha gleich. Ich sagte rauchselig:
»Wenn man es sich vorstellen kann«, vorsichtig mache ich kurze Züge, »wird man angeblich nicht verrückt.« Ich habe den Bogen raus: rundes Lächeln, runder Rauch. Ich kannte einmal ein Mädchen –
Sie sah mich an und zuckte zusammen.
»Ich kann denken, was ich will. Es gibt einen Beweis ... Beweis.«
»Welchen Beweis?«
Sie krempelte den Jackenärmel hoch. »Sieh.«
Ich beugte mich höflich vor.

Es war ein gewöhnlicher weiblicher Arm, blaß, leicht behaart, am Handgelenk ein wenig zu dick.
Der Rauch kräuselte sich zwischen uns.
Sie zog den Jackenärmel höher.
Einstiche, dachte ich verträumt. Sie zeigt mir Nadelspuren und langweilt mich mit ihrem Märchen von Schmutz und Trostlosigkeit.
»Da«, sagte sie.
Die Armbeuge.
Es waren keine Einstiche da.
Es war die aufregendste Tätowierung, die ich jemals gesehen hatte, und ich war lauthals begeistert. Ein Bild für Kenner, sagte ich überschwenglich. Sie sagte bitter:
»Das ist kein Bild. Fühl doch, aber nur am Rand. Wo noch Knochen ist.«
Ich streckte meinen Finger sacht über die Haut und betupfte den Rand des erstaunlichen schwarzen Ovals. Auflösung des Fleisches. Wie hatte ein Künstler das mit bloßer Tinte –
Ich riß den Finger zurück.
»Siehst du?«
Ihr Lächeln war schief und schmerzlich wie vorhin ihr Schreck.
Der schöne Nebel wich aus meinem Kopf und ich saß und besah das Mädchen,
das seinen Arm besah.
Wo meine Fingerspitze das Schwarz berührt hatte, war ein tödlich weißer Fleck wie Frost. Es tat weh. Was hatte ich berührt? Nichts.
»Die Sterne wandern«, sagte sie mit kleiner Stimme. »Über Nacht wandern sie. Ich sehe, wie sie große Kreise ziehen.«
Ich sah genau hin.
Im tiefen Schwarz waren eine Myriade glitzernder Funken. Sie formten eine ferne Spirale.
»Das sind Sterne«, sagte sie erschöpft. »Wenn ich sie

sehe, ist mir, als wölbte ich mich über ihnen, Mutter des himmlischen Heeres.«
Eine müde fast-Frau, klein, in eine schwere Jacke gewikkelt.
»Wie die Ägypterin. Göttin. Ding.«
Sie krempelte langsam den Ärmel hinunter.
»Jemand dort verlangt nach mir.«
Sie sah mich an. »Wirst du auch verrückt?«
Ich stand auf unsicheren Beinen. Meine Augen schmerzten, so hatte ich sie aufgerissen. Mein Kiefer schmerzte, so hatte ich die Zähne zusammengebissen. Das unwissende Gelächter überall klang hart und rauh, und alle blumigen Farben waren welk. Ich brauchte ein Glas einen Krug eine Flasche Sherry, um die Süße zurückzuholen, den Schmerz zu ertränken, um wieder an morgen zu glauben.
»Du bist nicht verrückt. Warte. Ich komme gleich zurück. Nicht verrückt.«
Ich erinnere mich, daß sie nicht lächelte, als ich davonstolperte. Sie kauerte an der Wand, der hochgestellte Kragen rahmte und schützte ihr blasses unscheinbares Gesicht. Ich kannte einmal ein Mädchen. Wen?
Ich fand meinen Sherry. Ich trank zuviel zu schnell, stand im geschwätzigen Gedränge. »Wer ist das Mädchen?« rief ich. »Eine Houri«, sagte Anna, »eine Houri aus dem duftenden Reich des Rauchs.« Und Michael kicherte: »Warum? Was soll's?« Und Big Molly sah mich genau an, bevor sie sagte: »Sie ist Schwester auf meiner Station. Krank. Mit den Nerven fertig. Hat's dich erwischt?«
»Nein. Ja. Ich weiß nicht.«
Molly lächelte. »Theresa Wyatt. Wohnt bei Rossiters. Weißt du, wo?«
Der Sherry, der Lärm und unvermeidlich, die Übelkeit und der übliche Gang an die frische Luft. Als ich wieder herein kam, war das Mädchen gegangen.
Am nächsten benebelten Morgen ging ich zu Rossiters.

Ihre Wirtin sagte, sie sei nicht nach Hause gekommen. »Was Sie sicher wissen«, sagte sie bissig.
Sie ist nie mehr nach Hause gekommen.
Und hier sitze ich und schreibe und neben mir liegt ein toter Joint. Ich schreibe unbeholfen, mein einer Finger ist verbunden. Ich kannte einmal ein Mädchen –
das Selbstmord beging, glaubt die Polizei. Das ins Meer sprang und sich von seinem Körper trennte.
Glaubt Molly. Glaubt die Wirtin. Glaube ich meistens. Ich meine, sie war ein halbes Jahr lang krank *und* hatte in aller Öffentlichkeit verkündet, sie sei auf dem Weg zu anderen Welten. Das glaube ich. Ich.
Doch dann wickle ich den Verband von meinem Finger. Meinem neugierigen Zeigefinger. Und mitten in dem tödlichen Weiß sitzt wie eine fremde lästige Warze ein winziges blaugrünes Juwel.
Ich denke. Ich starre auf den Punkt.
Ich frage mich. Wenn du von herzlosen Fremden umgeben wärst und hättest in Reichweite ein ganzes Universum, würdest du ein Mauerblümchen bleiben?
Um das Juwel wächst ein dunkler Hof, und dahinter im tiefen Schwarz blinken die bitterkalten Sterne.

HAKEN UND FÜHLER

An dem Morgen, bevor es geschah, waren ihre Finger voll grauem, weichem Ton.
»Charleston«, sagt sie. »Er kommt aus Charleston. Eigentlich ist es Ton zum Modellieren, aber für Becher ist er auch gut. Ich stelle mir«, und sie machte mit der Hand eine luftige Bewegung, »hohe geriefte Kelche vor. Ich glasiere sie meerblau, und wir trinken zusammen Wein daraus, wir alle.«

Ich ging hinaus zur Werkstatt und klopfte an die Tür. Niemand bittet mich herein, doch die Petroleumlampe brennt hell, also schiebe ich die Tür auf.
Sie treibt die Töpferscheibe mit schrecklicher Dringlichkeit an, doch was sie töpfert, sind keine Gefäße. Nur hohe, schwankende Kegel. Ich weiß nicht, was sie darstellen sollen. So etwas hat sie noch nie gemacht. Der Boden, die Borde, die Bank – der ganze Raum voller Stacheln.
»Sie haben angerufen«, sage ich.
Sie schaut nicht hoch.
»Sie sagen, morgen kommt er nach Hause.«
Das Rad drehte sich langsamer, hielt an.
»So?«
»Holst du ihn ab?«
»Nein.«
Das Rad schnurrt weiter, wieder wächst ein Kegel unter ihren Fingern.
»Was hast du vor?«

Sie will mich immer noch nicht ansehen.
»Du gehst«, sagt sie, und das Rad summt.
Nichts zu machen.
Ich hole ihn ab, fahre ihn nach Hause, rede die ganze Zeit freundlich auf ihn ein.
Er schweigt.
Ich trage ihn hinein und zeige ihm, daß ich das ganze Haus gestrichen habe, daß wir einen neuen Ofen haben, und gefallen dir deine neuen Geschenke? Und er sieht nicht einmal hin.
Doch zu seiner Mutter sagt er sehr ruhig: »Hallo.« Sehr kühl.
Sie sieht ihn an, von oben bis unten, rechts und links, ihr Blick geht aufwärts, abwärts und vermeidet immer die eine Stelle. Sie antwortet: »Hallo.«
»Setz mich bitte ab«, sagt er dann zu mir.
Kein »Danke, daß du mich abgeholt hast«. Kein Wort über die neuen Kleidungsstücke. Nur das höfliche, ausdruckslose »Setz mich bitte ab«.
Sonst nichts.
Er ging in sein Zimmer und schloß die Tür.

»Es ist der Schock, daß er wieder zu Hause ist?«
Ich sehe sie an, und sie sieht mich an. Ich gehe auf sie zu und umfasse ihre Schultern, ziehe sie zu mir, mein Mund streift ihr Ohr, und einen Augenblick lang ist Frieden.
Dann macht sie sich frei.
»Mach einen Kaffee«, sagt sie abweisend. »Ich bin müde.«
Ich nehme es ihr nicht übel. Nachdem ich die Kaffeebohnen gemahlen habe, frage ich: »Wozu machst du die Kegel?«
Sie zieht die Schultern hoch.
»Nur so.«
Der Geruch der zermalmten Kaffeebohnen ist stark und schwer, fast zum Erbrechen.

Seine Tür öffnet sich.
Er hat seine Puppe in der Hand. Oder vielmehr, Teile seiner Puppe. Er hat den Kopf abgerissen, die Arme und die Beine.
»Ich will sie nicht mehr«, sagt er in die Stille.
Er geht zum Kamin und wirft die Teile ins Feuer. Und dann greift er in die Glut und holt den geschmolzenen und qualmenden Kopf wieder heraus. Er sagt: »Ich denke, den behalte ich doch.«
Der Rauch kräuselt sich um den Stahl und steht beißend im Raum.

Danach ging sie in die Werkstatt zurück.
Ich ging in die Kneipe.
»He!« ruft Mata, »komm doch!«
»Sieh dir das an«, sagt er und grinst übers ganze Gesicht.
Er schwenkt ein zerknittertes Papier. Ein Goldenes Kiwi-Los. »Hat mir vierhundert Dollar gebracht.« Er schwankt.
»Wastrinkstdu?«
Ich habe noch nie etwas gewonnen. Ich strecke meine Hand aus, greife seine Hand und schüttle sie. Sie ist warm und schwielig, hart und wirklich.
»Verdammt, Mat, du hast Glück!«
Er lächelt noch breiter, bis seine Augen in den Lachfalten fast verschwunden sind. »Trinkst du auch einen?«
»Na klar. Einen Doppelten.«
Und ich bekomme meinen Doppelten und einen Halben und noch ein paar Doppelte und noch einen Halben. Mir ist warm, und ich bin glücklich, bis jemand das Radio lauter dreht.
»Hands across the water, hands across the sea – Hände überm Wasser, Hände überm Meer ...« Die Stimmen versetzen mir einen Schlag, daß meine Ohren dröhnen, und Klavier und Geigen klagen ihr Lied.

Die Werkstatt ist dunkel.
Ich schiebe die Tür vorsichtig auf.
»Bist du noch da?«
Ich kann sie hören.
»Ja.«
»Wie, wenn wir die Sache mal beleuchten.« Ich möchte angeheitert klingen, doch die Worte kommen hart und rauh.
»Die Lampe steht neben dir auf der Bank.«
Ich suche sie und greife in den weichen, feuchten Ton. Hastig ziehe ich meine Finger zurück.
»Verrätst du der Welt, wozu die Kegel sind?«
Ich habe die Lampe gefunden, taste nach meinen Streichhölzern. Meine Finger sind ungeschickt, doch schließlich fängt der Docht Feuer und brennt.
Sie atmet laut.
»Gib mir die Streichhölzer bitte.«
Ich werfe ihr die Schachtel zu, und sie fängt sie in der Luft.
Sie entzündet ein Streichholz vor ihrer Zigarette, das Streichholz leuchtet blau, flammt auf, leuchtet wie Gold. Die Zigarette glimmt rot. Die Lampe flackert.
Sie seufzt, und der Rauch quillt ihr aus Mund und Nase.
»Ich habe fast alle auf den Großen Berg geworfen.«
»Wie bitte?« O ja, die Kegel. Der Große Berg ist ihr Wort für den Haufen Ton, den sie eingestampft hat.
»Oh.« Einen Augenblick später füge ich entschuldigend hinzu: »Einen habe ich wohl beim Lampesuchen zerquetscht.«
»Das macht nichts«, sagt sie und bläst eine Rauchfahne aus.
»Den wollte ich auch kaputtmachen.«

Ich nehme meine ramponierte alte Gitarre und fange an zu spielen. Ich spiele schlecht. Ich habe nie richtig gelernt zu spielen.

Er sagt aus dem Dunkel: »Warum bist du traurig?«
»Wieso meinst du das?«
»Weil du spielst, ohne das Licht anzumachen.«
Ich seufze. »Der Mensch kann doch im Dunkeln spielen, wenn er will.«
»Ich habe dich auch weinen hören.«
Mein lieber kalter Sohn.
»... also ich weine manchmal ...«
»Warum bist du traurig?« fragt er wieder.
Fragen über Fragen, seit er angefangen hat zu sprechen.
»Sei still.«
»Weinst du meinetwegen?« bohrt er. Er wartet ab, er möchte wissen, ob ich mich rühre.
»Oder ihretwegen?«
»Meinetwegen, mach, daß du rauskommst«, antworte ich grob und werfe die Gitarre hin. Sie stöhnt. Die Saiten zittern.
Er rührt sich nicht.
»Du warst in der Kneipe?«
Ich lehne die Gitarre gegen die Wand und stehe auf.
»Du warst in der Kneipe«, stellt er fest und bewegt sich zurück in sein Zimmer.

Meine Mutter kam am nächsten Tag zu Besuch, ganz erpicht auf die Besichtigung der Katastrophe. Sie hat einen siebten Sinn für Unglück. Früher war sie eine starke kleine Frau, doch jetzt ist sie zerbrechlich, ihre Knochen sind morsch. Leider; jetzt steht sie da, klein und gepudert, ihr Gesicht bedeckt von einem dichten, feinen Flaum, der sich irgendwie einen Weg durch ihr Make-up gebahnt hat. Sie sähe soviel besser aus ohne Puder und Schminke, doch ohne die rosa Schmiere in den Poren kann ich mir ihr Gesicht gar nicht vorstellen. Es war nie anders.
Sie brachte ihm Gummibonbons mit. Er nimmt sie zögernd in Empfang und sie hätschelt und tätschelt ihn und

streicht ihm über den Kopf. Das konnte er noch nie ausstehen.
»O je«, sagt sie, »deine arme unvorsichtige Mutter«, und »Armer kleiner Mann«, und (zu mir gewandt): »Wie gut, daß du keine Tochter hast, für ein Mädchen wäre es soviel schlimmer.« (Er hörte es und lächelte süß.)
Sie fragt ihn: »Wie kommst du denn jetzt zurecht? Deine Gitarre und Fußball und so? Hm?«
Er sagt ungerührt: »Es ist sehr unpraktisch beim Hinternabwischen. Mehr nicht.«
Einen Augenblick lang mag ich ihn sehr.
Meine Mutter spielt die Entrüstete: »Nein, wirklich, wie kannst du nur ...«
Da hat er sich schon umgedreht.

Als meine Mutter wieder fort war, ging ich gleich zur Werkstatt.
»Du hättest wenigstens Hallo sagen können«, sage ich vorwurfsvoll
»Es hätte nur Ärger gegeben.« Sie sitzt zusammengekauert am Boden. Ihr Gesicht ist im Schatten.
Ich sehe mich um. Die Werkstatt ist aufgeräumt. Alles, was sonst herumliegt, ist verschwunden. Eine Neuerung gibt es, eine unheilvolle. Das Kreuz an der Wand gegenüber der Töpferscheibe ist mit schwarzem Tuch verhangen. Nur eine Hand schaut heraus, ans hölzerne Kreuz genagelt.
»Soll dich das zur Reue mahnen? Oder trauerst du?«
Sie gibt keine Antwort.

Im Morgengrauen, als es noch dunkel ist, wache ich auf und höre ihn schluchzen. Vorsichtig verlasse ich das Bett – sie rührt sich nicht, im Schlaf versunken, ihr schwarzes Haar umfließt ihren Körper wie Tang – und gehe auf Zehenspitzen in sein Zimmer.

Das Schluchzen klingt wie Ersticken, stoßweises Würgen und Keuchen, rauh vor Kummer.
»Hallo?«
»e pa ...« er dreht sich um und fährt aus seinen Kissen und streckt mir die Arme entgegen. Das tut er sonst nicht. Das hat er, seit er klein war, nie mehr getan.
Ich nehme ihn, wiege ihn, umarme ihn.
»Ich kann sie immer noch fühlen, Pa. Ich kann sie immer noch fühlen.« Verzweifelt, außer sich vor Weinen. Doch er ist auch kalt vor Wut auf sich selbst.
»Ich weiß, daß sie nicht mehr da ist«, er schlägt um sich, »aber *fühlen* kann ich sie noch ...«
Ich küsse und tröste ihn, bringe ihm ein Beruhigungsmittel, das die Leute im Krankenhaus mir gegeben haben. Schluchzend schläft er ein, wendet sich am Ende wieder von mir ab. Und ich gehe zurück ins Bett.

Ich ertrinke, ertrinke, te moananui a Kiwa, in ihrem Ozean. Fern am Strand höre ich ihn rufen, doch ich muß tiefer, weiter, zu grünen Tiefen, dorthin wo ihr wahres Gesicht ist, wo ihre sanften Finger wie Seeanemonen winken und wehen, mich fortschwemmen zum weinenden Herzen der Welt.

Er bleibt noch eine Woche zu Hause, geht noch nicht zur Schule. Das ist wahrscheinlich gut, denn als er sich zum erstenmal aus dem Haus traute, riefen ihm die Nachbarskinder Schimpfworte nach.
Ich beobachtete, wie er auf sie zuging, redete, gestikulierte; der Haken blitzte kühn in der Sonne. Die Nachbarskinder gaben Ruhe, rückten ängstlich zusammen.
»Was hast du getan, daß sie aufgehört haben?« frage ich, nachdem er ins Haus zurückstolziert kam.
Er schüttelte den Kopf.
»Erzähl.«

»Ich brauchte nichts zu tun.« Er lächelt.
»Na?«
»Ich glaube nicht«, sagt er eiskalt, »daß irgend jemand dies hier ins Gesicht bekommen möchte.«
Mir stehen vor Schreck die Haare zu Berge.
»Wehe, wenn du es noch einmal wagst, irgend jemandem dermaßen zu drohen! Egal, was sie sagen!« Ich schreie ihn an vor Wut, vor Entsetzen. »Ich schlage dich kurz und klein, wenn du das noch einmal tust.«
Er zieht die Schultern hoch. »Okay, Pa, wenn du meinst.« (Man stelle sich diese grausame stählerne Sichel im Gesicht vor. Die gefühllosen metallenen Zangen.) Er geht aus dem Zimmer, und der Stahlhaken glänzt.

Wie kann er mein Sohn sein und mir so wenig gleichen? Oh, er hat helles Haar und stahlgraue Augen wie ich, so wie er ihre Haut und ihren Knochenbau hat; ein brauner, kräftiger, knochiger Junge.
Doch sein seltsam kaltes Wesen hat er von keinem von uns. Also, wenigstens nicht von mir.
Später am selben Tag – wir sitzen am Kamin und lesen – fällt eine Kohle aus dem Feuer. Er greift danach.
»Vorsicht, heiß«, warne ich.
»Das stört mich ganz und gar nicht«, sagt er grinsend.
Die beiden Stahlfinger heben die glühende Kohle auf und zerdrücken sie.
Es hat nicht lange gedauert, bis er gelernt hat, die Zangen zu gebrauchen. Er hebt die kleinsten Gegenstände auf, Stecknadeln, winzige Knöpfe. Ich habe den Verdacht, er hat lange heimlich in seinem Zimmer geübt. Jetzt ist er beinah so geschickt wie früher.
Abends, nachdem er geduscht hat, frage ich: »Darf ich es sehen?«
»Nein.«
»Ach, komm.«
Er hält es wortlos hin. Er hat kein Handgelenk mehr. Ge-

blieben ist ein vernarbter Stumpf mit zwei weichen abgerundeten Höckern seitlich. In der Mitte ist ein kleiner Sockel. Darauf sitzt der Haken mit seinem Drehgelenk. Ich verstehe nicht, wie es funktioniert, es sieht aber nicht unpraktisch aus.
Er sieht nicht hin.
»Magst du es nicht leiden?«
»Ist schon in Ordnung ... ziehst du mir auf meiner Gitarre die Saiten andersherum auf? Ich schaffe es nicht.«
»Natürlich.«
Ich hole seine Gitarre und mache mich an die Arbeit.

»Wir kennen ein ganz neues Verfahren, wissen Sie.« Der Spezialist zieht an seiner Zigarette, scheint den Rauch zu verschlucken.
Es riecht nach Desinfektionsmittel, und mir ist übel. Dieser Raum ist in trübem Grau gestrichen. Auf der Lampe ist Fliegendreck. Ich richte meinen Blick auf den Mann und lächle steif.
»Ach, ja.«
»Gleich nach der Amputation können wir einen Teil der unbeschädigten Sehnen und Nerven an diesen Kunststoffsockel anschließen.«
Er hält einen Gegenstand hoch, läßt ihn zwischen seinen mageren Fingern kreisen und legt ihn hastig wieder beiseite, außer Sichtweite.
»Der Sockel wird direkt und dauerhaft eingepflanzt, ist Bestandteil einer besonderen Prothese, die ermöglicht, daß das Kind weitgehende Kontrolle über seine, hm, seine Handbewegungen behält.«
Wieder saugt er an seiner Zigarette und betrachtet mich neugierig. Dann bläst er mir seinen übelriechenden Rauch direkt ins Gesicht.
»Sie sind also einverstanden?«
»Ach so, ja.«

Später, nachts sagt sie: »Bist du auch noch wach?«
»Ja.«
»Woran denkst du?«
»An nichts. Ich habe zugehört, wie du atmest.«
Ihre Hand tastet nach mir, fühlt, bis sie meine warme Hand gefunden hat.
»Ich denke an die Tür«, sagt sie.
Kennen Sie das Geräusch, wenn eine Wagentür zuschmettert und dabei etwas zerquetscht? Dieses endgültige Knallen, Malmen, Hallen?
So war es. Ihre hastigen Schritte. Für den Bruchteil einer Sekunde Totenstille. Und dann der Schrei, gellend, qualvoll, rasend. Wir drehten uns um. Er war an den Wagen gekreuzigt, gefesselt, seine Hand in der Falle.
Sie stand nur da und sagte: »Oh, mein Gott! Oh, mein Gott!« und biß sich in die Hand. Sie rührte sich nicht, stand wie erstarrt, wurde weißer und weißer und weißer.
Ich mußte die Tür öffnen.

»Ich weiß, es ist verrückt«, sagt sie und hält mich umarmt, »aber wenn wir keine Erdnüsse gekauft hätten, wäre uns die Tüte nicht hingefallen. Ich hätte mich nicht aufgeregt. Ich wäre nicht davongerannt. Ich hätte die Tür nicht zugeschlagen, ohne hinzusehen. Ohne hinzusehen.«
»Du hast die Erdnüsse gekauft, weißt du das?« fügt sie hinzu.
Ich antworte nicht.

Ihr Ozean ist jetzt anders. Neben mir lauern schwarze Schatten, zeigen ihr Gesicht nicht. Etwas glitzert. Die Schatten schwanken und ziehen sich zurück.
Sie stachen mit einer Nadel in seinen Arm. Die Spritze füllte sich mit Blut. Das Blut wich und das Betäubungsmittel floß in seinen Arm. Seine Augenlider fielen hinunter. Er schlief, gegen seinen Willen; sein Gesicht war noch naß vom Weinen, Tränen des Schmerzes und des Grauens.

Die zertrümmerte Hand lag auf einer weißen, blanken Bank und gehörte schon nicht mehr zu ihm. Sie war rohes, geschwollenes Fleisch mit kleinen, zerbrochenen, bläulichen Knochen.
»Es tut mir leid, wir müssen amputieren. Da ist nichts zu retten.«
»Okay«, sage ich. »Wenn es das Beste ist.«
Es heißt, daß man am längsten noch hört, wenn man bewußtlos ist.
Aber das stimmt nicht, wenigstens nicht, was mich angeht. Bilder, schlimmer, Beinah-Bilder schwanken und brechen und schwinden, bevor ich im traumlosen Schlafmeer versinke.
Ich ging hinüber zur Werkstatt.
»Gleich gibt es Tee«, rufe ich durch die geöffnete Tür.
»Gut«, antwortet sie. »Komm herein. Sieh mal.«
Sie hat hundert, mehr als hundert große flache Weinschalen gemacht. »Krater«, sagt sie und lächelt mir zu.
Ich grinse begeistert.
»Die werden sich gut verkaufen.«
Sie hält den Kopf schräg und kratzt einen Tonflecken von der Bank.
»Was war mit den Kegeln?«
Sie sieht mich an, ihr Lächeln ist verschwunden.
»Nichts«, sagt sie. »Nichts.«

Als sie Geschirr abwäscht, ist der Zauber wieder da. Zum erstenmal, seit die Tür zuschlug, sehe ich sie an und sie erwidert meinen Blick, und ihre Augen werden tiefe, endlose, lockende Wasser. Ertränke dich in mir ... finde dich. Ich greife, schlage um mich, ihr Körper ist faßbar. Meine Hände finden harte Muskeln, klammern sich fest. Sie streicheln, und drücken, wecken die Frau in ihr. Fühlen geheime Orte, reiben zarte Rinnen, begreifen sie ganz mit süßen Fingern.
»Scharf«, sagt eine kalte Hohnstimme.

Sie keucht und verspannt sich.
»Geh sofort ins Bett«, sagt sie, ohne sich umzudrehen.
»Ich sehe euch zu.«
Mich faßt eine ungeheure Wut. Ich will mich auf ihn stürzen, und meine Hände, die eben zärtlich waren, ballen sich zu Fäusten.
»Ich ...«
»Nein«, sagt sie, »nein«, hält mich, warnt mich.
Sie geht und kniet sich vor ihn.
(Ich sehe, daß er zittert.)
Sie küßt sein Gesicht.
Sie küßt seine Hände.
Sie küßt den Haken.
»Geh ins Bett, e tama.«
Er steht unentschlossen, hin- und hergerissen in der Tür.
Dann schlägt er blitzschnell mit dem Haken zu. Er trifft sie an der linken Brust.
Ich bin da, fasse voller Wut nach ihm.
»Nein«, sagt sie wieder, kniet, bewegt sich nicht. Wieder: »Nein.«
»Geh ins Bett, tama«, sagt sie zu ihm.
Ihre Stimme ist warm und freundlich. Ihr Gesicht heiter.
Er dreht sich gehorsam um und geht ins Dunkel.

Am Wochenende schlage ich ein Picknick vor.
»Schon wieder?« fragt sie und kraust die Stirn.
»Wir könnten Pauas sammeln, vielleicht Kresse dazu, und am Strand essen. Es täte uns bestimmt gut, aus dem Haus zu kommen. Für mich war das keine gute Woche.«
Sie zuckten beide die Achseln.
»Okay«, sagt er.
»Ich sammle die Pauas«, sagt sie und zieht ihre Jeans aus.
»Du suchst die Kresse«, sagt sie zu ihm.
»Ich helfe dir«, füge ich hinzu.
Er sieht mich an. Stählerne Augen in einem braunen Ge-

sicht. Er zog eine Grimasse, nahm den Korb und ging zum Fluß.
Er sucht einen Stengel aus, und plötzlich zerdrückt er ihn. Die Pflanze zerfasert zu einem Nichts. Als wollte er die Kresse hinrichten. Er wirft sie in den Korb. Er sieht mich nicht an, redet nicht mit mir. Er ist damit beschäftigt, Kresse umzubringen.
Dagegen kann ich nichts tun.
Also ziehe ich die Brille und die Flossen an und wate ins Wasser, gleite unters Meer. Dort bleibe ich ruhig in Frieden, löse Wasserschnecken ab, betrachte, wie sie auf den Grund torkeln. Ich paddle Unterwasserfelsen entlang, pflücke Tangfetzen und lasse sie schwimmen. Schließlich bin ich am Ende des Riffs und höre, wie das offene Meer donnert und rauscht. Es ist gefährlich nah. Ich tauche auf. Hundert Meter entfernt kämpft mein Sohn gegen die Strömung, die ihn erbarmungslos ins Meer zieht.

Als ich wieder festen Boden unter den Füßen hatte, war ich erschöpft.
Keuchend stehe ich da, halte ihn in den Armen.
Sein Gesicht ist grau und wächsern, und das Wasser läuft uns beiden vom Körper, tropft in den Sand.
»Du warst zu weit draußen ...«
Er weint.
»Wo ist sie?«
Wo ist sie?? Pauas sammeln ... plötzlich bin ich mir nicht mehr sicher. Ich setze die Brille wieder auf, lasse ihn am Strand und tauche wieder unter, suche.

Als ich sie finde, und ich finde sie, treibt sie rücklings im Tang. Das braune Kraut fächelt um ihren Körper, wie dunkle schlaffe Hände.
Ich kraule, paddle auf sie zu und schluchze. »Mein Gott,

dein Sohn ist fast ertrunken, so hat er dich gesucht. Warum hast du nichts gesagt?«
Sie öffnet müde ihre braunen Augen.
Nein, nicht müde; erschöpft, geschlagen.

»Warum, um Himmels willen, dachtet ihr, ich wäre ertrunken?« Sie reibt mit dem Handtuch über ihre Haut.
Ich sage zögernd: »Er war ganz sicher, daß ...«
(Er liegt zusammengerollt neben dem Feuer, das ich gemacht habe, und schläft.)
»Sicher, was?«
»Ich weiß es nicht. Er hat dich gesucht, hat es mit der Angst bekommen. Wir konnten dich nirgendwo sehen.«
Sie fröstelt.
»Er hatte recht«, sagt sie sehr ruhig. Sie läßt das Handtuch fallen. Sie greift unter ihre linke Brust und zeigt es mir.
»Fühl doch.«
Mitten in weichem Gewebe ist ein harter ovaler Klumpen.
»Gott, war es das ...«
»Nein. Es wächst da seit einem Monat. Wahrscheinlich schon länger, ich habe es vor kurzem erst entdeckt.« Nachdenklich reibt sie ihre Achselhöhle. »Da ist auch etwas und hier«, sie deutet auf ihr Kinn. »Das muß alles heraus.« Ich kann nicht anders. Ich stöhne.

Wissen Sie, daß sie ohne mich beide ertrunken wären?

Eine Sache noch.
Wir saßen alle zusammen im Wohnzimmer.
Ich im Sessel links. Sie mir gegenüber.
Er liegt ausgestreckt vor dem Kamin und summt:
»Lo – li, lo – li, lo – lei, the falcon hath borne my make away – der Falke nahm mir mein Kind«, singt er.

»Was ist das?« frage ich.
»Ein Lied.«
Er sieht seine Mutter an, und sie lächeln sich vielsagend an; ihr Lächeln ist wie ein Händedruck, heimliches Begreifen, Verbinden, Berühren.

Ich wusch meine Hände.
Ich weinte.
Ich ging zur Werkstatt und schlug endgültig die Tür zu.
Ich weinte weiter.
Und dann, weil es sonst nichts zu tun gab, ging ich in die Kneipe.

Mehr als eine Stunde lang hatte ich nur Doppelte getrunken, als Mata herüberkam und seinen Arm um mich legte.
Er zittert.
»E Mann«, flüstert er. Dann spricht er etwas lauter. »E, Mann, trink nicht allein. Das ist nicht gut, oder?« Sein Arm drückt mich. »Komm zu uns?«
Die Stimmen werden leiser.
Ich schniefe.
»Mat, zuerst waren ihre Finger voll Ton, weichem, grauem Ton. Und sie lächelte und sagte, das ist Charleston, er heißt Charleston. Eigentlich ist er zu weich. Aber ich mache daraus schöne Becher. Hohe geriefte Kelche, sagte sie.«
Seine Hand klopft mitleidig auf meine Schulter, besorgt. Seine Augen sind dunkel vor Entsetzen.
»Ich glasiere sie meerblau, und wir trinken roten Wein zusammen, wir drei.«
Wir haben es niemals getan.

HE TAUWARE KAWA, HE KAWA TAUWARE

Niemand erwartete uns draußen.
Also standen wir im Dunkeln und warteten.
Ein Kind kam an die halb geöffnete Tür und knallte sie zu. Auf. Zu.
Waina flüstert: »Sie bereiten drinnen bestimmt alles vor.«
Ich ziehe die Schultern hoch. Ich bin aufgeregt und angespannt und jede Bewegung macht mir Mühe. Ich sage: »Ich glaube, wir haben noch Zeit. Kommt, wir üben noch einmal. Leise.«
Ich kämpfe mit dem Gitarrenriemen. Meine Finger sind taub. In St. Mungo ist Juni und Frost.
Obwohl wir leise singen, klingen unsere Stimmen klar und warm und viel weicher als zu Hause im alten Saal. Macht die Dunkelheit sie so weich, hallen sie so in den leeren Räumen der Nacht?
Das Kind späht wieder um die Ecke, schließt dann schnell die Tür.
Die alte Mrs. Parker zieht mich am Ärmel: »Morrie, was ist mit der Dunkelheit. Meinst du, sie sind so, weil es dunkel ist?«

Ich halte einen Vortrag: Damals war das Leben gefährlich. Keiner wußte, ob der andere ihn begrüßen oder umbringen wollte, ob ein Besuch freundlich war oder voll böser Absicht. Selbst heute noch kommt man an manchen Orten nicht nachts an. Entweder kommt man, solange es hell ist, oder man verkriecht sich irgendwo bis zum nächsten Morgen. Sie zeigten höfliches Interesse, scharrten mit den Füßen, rauchten, betrachteten ihr Gegenüber und schauten sich im Saal um.

»Ach, das glaube ich nicht«, sage ich der alten Dame. »Wir sind hier in der Stadt, hier wohnen alle möglichen Leute, keine einzelnen Stämme. Außerdem wissen sie, daß wir uns erst spät auf den Weg machen konnten.«
»Und dreihundert Meilen fahren mußten.«
James stapft von einem Bein aufs andere und schwingt mit den Armen, murmelt: »Oje, ist das kalt, ist das kalt.«
»Wie gut, daß ihr nicht Maro und Piupiu anhabt«, scherze ich.
»Sonst wären wir jetzt Eiszapfen.«
Am Anfang mochte ich James nicht. Er ist ein Pakeha mit öligen Haaren, Waldarbeiter, Motorradfahrer, Trinker, Unruhestifter. Nichts desto weniger kam er mit viel Getöse zu jedem Übungsabend. Er liebt die Hakas, erträgt das Singen, hält seine Flüche auf ein Minimum begrenzt und hat eine erstaunliche Zuneigung zu Mrs. Parker entwickelt. Jetzt beugt er sich zu ihr und flüstert ihr ins Ohr, und das alte Mädchen kichert und wackelt mit den Hüften. Beim nächsten Mal wird sie wie ein junges Mädchen Hula tanzen.
Noch ist niemand zu uns hinausgekommen.
»Sie lassen sich Zeit«, murrt Alison. Ihre unreine Haut sieht bei elektrischer Beleuchtung säuerlich aus.
»Sind sicher genauso aufgeregt wie wir. Erleben es schließlich zum erstenmal, ist für sie auch neu.«
Ich hoffe, sie hält sich zurück. Ihre Ururgroßmutter war eine Maoriprinzessin. Vielleicht auch die Urururgroßmutter. Weiß es nicht mehr, weiß nur noch wie heute, wie sie zum Beweis den zehn Meter langen Whakapapa mitbrachte.
Alle haben wir auf dem Bauch gelegen, um den Zweigen und Verästelungen des Stammbaums nachzugehen bis hinunter zu einem kleinen Auswuchs, Allison. Sie ist stolz auf ihr Whakapapa. Muß sie auch als Maori mit blauen Augen und blonden Haaren.
Ich zittere. Meine Zähne schlagen aufeinander. Ich spiele einen schnellen, frostigen Akkord.

Das Kind öffent wieder die Tür.
»Du, Junge, komm mal her.«
Er kommt. Er ist barfuß. Er schlittert über den gefrorenen Kies wie über Plüsch.
»Sind sie drinnen bald fertig?«
Er schaut mich verständnislos an.
Ich schaue verständnislos zurück. Dann denke ich, sie wissen gar nicht, daß wir da sind. Die Autos waren nicht laut, die Straße ist befahren. Womöglich haben sie niemanden bestimmt, ihre Gäste zu empfangen.
»Bestell drinnen, daß wir da sind – kennst du Bessie Rongomai? Die dicke Dame mit einem Auge? Ja? Bestell ihr, Ohaupai ist angekommen.«
Er flitzt wieder los. Die Tür knallt wieder. Ich hasse die Tür.

Am zweiten Abend einigen wir uns auf unser Lied. Ohaupai? fragt James. Ich denke, wir sind Bismarck Break. In diesem Fall nicht, ich bin fest entschlossen. Wenn wir wirklich Maori sind, wollen wir auch wie Maori handeln, und für Maori gibt es nichts Typischeres als den Marae. Wozu brauchen wir überhaupt ein Lied? Er ist ehrlich verwirrt. Ich dachte, es gäbe nur jede Menge Hakas. Aber nach den Reden, nach den Ansprachen, sage ich. Die Leute früher nannten das Kinaki, Würze für die Redespeise. Oh, sagen alle. Oh.

»Alles in Ordnung?«
Nicken und Zittern. Waina und Allison und Mrs. Parker sind gut dran. Sie tragen ihre schönen Jacken, Schafwolle mit Kowhaiwahi Mustern auf der Brust. Sie kommen aus unserem Teil der Welt, sagte ich. Wir sollten Buschhemden anziehen, sagt Steve und grinst frech. Du pinselst einfach Spiralen drauf. Steve, der stille Pakeha mit dem Humor eines Maori. Jetzt zittert er in seinem dünnen roten Hemd, dessen Farbe so gut zu den Jacken der Frauen paßt.

Connie hatte gefragt: Müssen wir alle das gleiche anziehen? Das macht sich gut und zeigt unseren Respekt, sagte ich. Wir sind ihre Gäste, Teil der Zeremonie, das Unterhaltungsprogramm sozusagen. Sie war beunruhigt. Ich habe so eine schöne braune Jacke, sagte sie. Wir wußten alle, daß sie meinte, Tommo würde ihr kein Geld für eine neue Jacke geben. Bastard, dachte ich. Eigentlich müßte er diese Gruppe leiten und nicht ich. Sohn eines wichtigen Maori aus Gisborne, von seinen Großmüttern traditionell erzogen. Als Schüler hatte er den Pomare-Pokal gewonnen, weil er die Sprache wie ein Eingeborener sprach, erzählt mein Vater (der ein Eingeborener war und die Sprache nicht konnte) – verfluchter Tommo. Die Gruppe hatte meine wirren wütenden Gedanken erraten. Steve sprach in der Kneipe mit Tommo und bekam zur Antwort: »Laßt mich bloß mit eurer Mischlingsgruppe in Frieden. Reine Zeitvergeudung. Ihr gebt euch mit Dingen ab, von denen ihr doch nichts versteht.« Beinah hätte es eine Schlägerei gegeben. Doch die Frauen taten sich zusammen und kauften Connie die Strickjacke und eine schwarze Hose, und jemand überredete Tommo, daß er sie wenigstens mitmachen ließ. Fünf Wochen, dachte ich damals, fünf Wochen und schon entwickelt sich ein Gefühl von Aroha.

Mein Gott, wenn ich mir doch die Hände wärmen könnte. Unser Atem kommt in schnellen Wolken. Das herzlose künstliche Licht taucht uns in dichten Nebel. Waina neben mir zittert. Liegt es nur an der Kälte? Oder denkt sie an ihren stürmischen Ehemann, der vielleicht wieder über die Stränge schlägt? Sorgt euch nicht, sagte sie, als wir losfuhren, ich mag euch, egal, wie es wird. Waina, die Trösterin. Doch, ich mache mir Sorgen. Schließlich bin ich für alles verantwortlich, und das zum erstenmal. Große Sache. Bismarck Break: das heißt: zweihundert Leute verstreut über zweihundert Quadratmeilen. Ein Sägewerk, eine Kneipe, ein Saal und eine einklassige Schule. Ein Dutzend Höfe und eine halbe Fußballmannschaft und

nun, tata ta taaa! ein Kulturverein. In Bismarck Break. Nie dagewesen. Auf diese Idee ist der verrückte neue Lehrer gekommen. Natürlich.
Die Tür geht auf. Ein halbes Dutzend Kinder drängeln nach draußen.
»Schnell, aufstellen! Ich mache ›toru wha – hope!‹ wenn es losgeht, nur ein Akkord, OK?«
Eine dicke Frau drückt sich an den Kindern vorbei und steht auf der Stufe vor der Tür.
»Hallo Leute, Bismark Break, kia ora, Leute! Ich und meine schwarze Seele begrüßen euch. Haere mai, haere mai, haere mai!«
Waina friert. Ihre Stimme bebt, bricht, klingt, als sie antwortet. Wunderschön. Fehlerlos.
»Tena koutou, tena koutou«, ich spüre, wie sie zusammenzuckt, »tena koutou e nga iwi o tenei marae, tena koutou katoa e... ee...«
Ihre Stimme verweht in der Nacht.
»Ka pai, das hast du nett gemacht«, sagt Bessie. Sie tritt von einem Bein aufs andere.

Dad, hilf uns. Du mußt dich erinnern. Ich muß eine Rede halten und Steve und James etwas beibringen, für den Fall, daß sie auch etwas sagen sollen.
Er kam extra aus dem Norden zu uns und wir sangen ihm zur Begrüßung unser Lied. Er war genau der Richtige. Machte uns die Bewegungen vor, zeigte uns die Schritte, Drehungen – oh, er erinnerte sich an viel mehr, als er gedacht hatte. Oder er hatte heimlich selbst Unterricht genommen.
Ihr macht das schon, sagte er ernsthaft und nickte. Ihr gebt euer Bestes, und die Alten tun das Übrige dazu. Ihr habt sie bei euch, das dürft ihr nicht vergessen. Ihr habt eure Vorfahren im Gepäck. Seid stolz darauf. Jetzt müßt ihr stark sein und sehr vorsichtig, aber auch sehr stolz. Kia kaha, kia manawanui, kia u!

Der Kies schimmert. Die Lichter verschwimmen. Ich bin so wütend, daß ich beinah weine.
Das können sie uns nicht antun!
Ich dachte an Waina, die ihre Karanga stundenlang auf der Weide hinterm Haus für sich allein geübt hatte; ich dachte an James, der seine einträgliche Samstagabendschicht im Sägewerk geopfert hatte; an Steve, der an jedem Gruppenabend dreißig Meilen in die Stadt gefahren war; Mrs. Parker mit ihrer Arthritis, die steif und wund war von der fünfstündigen Autofahrt – hier steht sie im Dunkeln, die alte Dame, und friert.
Ich schreie, donnere mit wilder, rauher Stimme:
»TORU! WHA! HOPE!«
und schlage einen harten Akkord.
Die Kinder, die uns umringen, klatschen zögernd. Ich hoffe, daß ich nicht falsch spiele. Mein Gesicht ist heiß, mein Herz brennt, doch meine Finger fühle ich nicht mehr.
Vor Schreck klingen wir holprig; Liedfetzen, zerhackte Gesten, in der Nacht sind wir Lumpengesindel.

> Zehn Wochen im alten Saal. Zehn Wochen haben wir gelernt, nicht nur, was ich unterrichtet habe; es war ein gegenseitiges Kennenlernen, Helfen, begeistert von einer gemeinsamen Idee, die hieß:
> Als Maori seid ihr wichtig und willkommen, ihr werdet respektiert, weil es von jeher so üblich war. Ihr seid nicht mehr einsam und allein, sondern Teil eines großen, lebendigen, tiefverwurzelten Ganzen. Seid willkommen!

»Ka pai«, sagt Bessie wieder. Sie verschwindet im Schatten. »Wir haben wichtige Männer vom Ministerium zu Besuch. Große Überraschung. Sie reden gerade, aber wenn ihr leise seid, könnt ihr euch hinten aufwärmen.«

> Und dann begrüßen wir alle der Reihe nach, und jemand ruft Ae! Kua puare te tari o te ora! Haere mai koutou! Und dann werden wir alle zum Essen eingeladen, das für uns bereitet ist. Nicht schlecht! sagte Con-

nie; ihr schmales Gesicht glühte vor Begeisterung, und James und Steve grinsten, und Allison sagte Ahhh! und Mrs. Parker umarmte Waina, und meine Frau lächelte mir zu.

Jemand schließt wieder die Tür. Eins der Kinder. Hinter Bessie.

Wir können die Tränen im Dunkeln nicht sehen. Wir können sie nur fühlen. Sie fließen aus unseren Herzen.

DAS MESSER UND DER STEIN

Jeden Morgen, bevor es hell wurde, kurz bevor der Wekker klingelte, wachte sie mit einem Stoß auf. Nicht, weil sie schlecht geträumt hatte: es war, als sähe ihr Körper einen Schmerz voraus und antwortete mit diesem heftigen, schmerzlichen Erwachen.
An diesem Morgen war es nicht anders.
Sie lag einen Augenblick still und fühlte, wie sich ihr Herzschlag beruhigte.
Jetzt ist heute.
Sie seufzte. Schob ihre Bettdecke beiseite, schob sich in ihre Arbeitskleider. Stand einen Augenblick gedankenlos neben dem warmen unordentlichen Bett und berührte es mit einem Finger. Dann ging sie wie jeden Morgen direkt ins Badezimmer. Ihr Vater fand, es fördere die Verdauung. Und ihre Mutter lauschte.
Sie knallte den Deckel. Das Geräusch hallte. Einen Augenblick stand sie, ohne zu denken. Nahm ihre Umgebung in sich auf. Geruch von Desinfektionsmittel und Exkrementen. Die Tür schon aus den Angeln. Die alte Karte vom prähistorischen England. Aah! sagten die Gäste. Rauhe Holzwände!
Regenbefleckte Wände.
Sie berührte sie kurz.
Fünf Minuten nach dem Aufstehen stocherte sie wie jeden Morgen den Herd. Die Rataspäne fingen Feuer: Kohlenstaub glühte. In zehn Minuten kocht das Wasser. Sie haßte den Herd.
Sie stellte Milchkanne, Honigtopf und Teebecher auf das hölzerne Tablett, legte den Porzellanlöffel dazu. Sie

summte vor sich hin, ein klangloses Unlied. »Du ahnst nicht, was mir das bedeutet«, hatte oft ihre Mutter gesagt, »dich frühmorgens gutgelaunt schaffen zu hören. Dann weiß ich erst, daß die Nacht vorüber ist und wirklich wieder Tag ist.«

Sie hob bedächtig das Tablett und trug es, immer noch summend, ans Lager ihrer Mutter.

Im Zimmer ist es blendend hell. Mutter macht niemals das Licht aus. Überall stehen Körbe mit Stoffresten, große Töpfe mit staubigen Pflanzen. Eine Höhle. Wie im Mutterleib. Es stinkt nach Blut, Menstruationsblut oder verwesendem Fleisch. Ewig steigender Weihrauch mischt sich mit der Blutwolke. Heute riecht es auch ranzig nach verblühenden Lupinensträußen in den Ali Baba-Töpfen.

Sie holt tief Luft.

Überwindet die grelle Nachttischlampe, Stehlampe, Signallampe. Überwindet das knallige Geglitzer der tausend Spiegelscherben, die in den Himmel über Mutters Bett genäht sind. Konzentriert sich auf das beladene Tablett, trägt es sicher durch den Irrgarten.

Am Bett war sie atemlos.

Die Mutter belächelte das Geräusch. Sie war ein blasses Nachtraubtier mit riesigen grauen Augen. Ihr Lächeln war bedrohlich.

»Meine liebste Tochter.«

Niemals: Danke.

»Hast du gut geträumt, mein Kind?«

Niemals: hast du gut geschlafen?

»Leider kein Besuch«, sagte die Mutter.

Du bist wirklich gefährlich, Maeve! lachten die Gäste. Eine echte Signallampe. Die Schiffe kommen vom Kurs ab ... Maeve, die Sirene!

Mutter antwortete verträumt: »Und wenn ein Raumschiff das Licht sieht, bekommen wir Besuch ...«

»Vielleicht heute Nacht, Mama.«

»Der Jugend blindes Hoffen«, sagte die Mutter und schlürfte ihren Tee.

Vorsichtig setzte sie das Tablett ab. Sie dachte: Nie mehr Mama.
Ganz reizend fanden manche Gäste das. Wie reizend altmodisch, sagte einer und lächelte schief. »Mama« ist das eigentliche Wort, sagte ihr Vater. Besser als ihr mit eurem Ma und Mam. Sein Lachen dröhnte.
Du kannst mich beim Vornamen nennen, sagte Mutter vor einem Jahr, doch oh, wie schade, daß ich nicht mehr deine Mama bin.
Sie wartete auf ihr nächstes Stichwort.
»Dein Vater kommt bald, mein Kind. Zurück von rauher See. Mach ihm doch etwas zurecht.«
Meine Mutter ist verrückt. Sie wußte, daß es nicht stimmte. Sie klang verrückt, so gestelzt und gekünstelt, wie sie sprach. Sie sah verrückt aus in ihrem wüsten lichtirren Loch. Sie war erschreckend normal.
Heute sagte sie:
»Ich stelle ihm etwas hin.«
Jeden Morgen stelle ich ihm etwas hin, seit ich acht bin. Meistens das Gleiche. Kartoffeln vom Vortag als Bratkartoffeln. Zwei Spiegeleier, gebratene Zwiebelringe.
Und er sagte dann:
»Na«, sagte ihr Vater, und:
»Gut. Frühstück«, und:
»Draußen steht eine Kiste.«
Letzteres wechselte.
Manchmal kam er polternd herein, verschlang sein Frühstück, knurrte bei jedem Schluck Tee, stürzte in Mutters Zimmer und knallte die Tür.
An solchen Tagen schlich sie zurück in ihr Zimmer und zog die Arbeitskleider aus; wusch sich gründlich mit dem Wasser vom Herd. Um den Gestank loszuwerden. Dann, kein Hohn von denen, die neben ihr saßen. Hallo, Stinkfisch. Wen hast du heute ausgenommen? Wie ist die Luft auf dem Drogenhof, kicher, kicher.
Nur Mark war anders. Wenn er neben ihr saß, grinste er zaghaft mit schlechten Zähnen und flüsterte, heute sind

deine Augen wie *reines* Marmite. Oder sonst etwas Albernes.
Was war schlimmer, fragte sie sich, während sie Eier, Kartoffeln und Zwiebeln wendete, was war schlimmer?
Hatte er nichts gefangen, waren *sie* schlechter Laune oder taten etwas Schreckliches. Stand draußen auf dem Rasen eine Kiste, war es schlimm, weil gerade noch Zeit für die Arbeit war, doch keine Zeit mehr zum Waschen. Das bedeutete, Schuppen an den Händen, ein schleimiges Gefühl am ganzen Körper. Dann die Tage, an denen ihr Vater jubelte: Hurra, ein ganzes Dutzend! Hast du das gehört! Wir sind reiccchhhhh! das ›reich‹ klang wie grober Stoff, der riß – solche Tage waren die schlimmsten. Dann konnte sie nicht zur Schule, denn ein Dutzend Kisten dauerten stundenlang. Dann drehte ihr Vater seine übliche Runde, bezahlte einen Teil seiner Schulden beim Lebensmittelhändler, bei der Tankstelle, sogar beim Eisenwarenladen. Danach stürmte er in seine Stammkneipe und trank, bis alle seine Freunde waren. Nie schien er zu merken, daß sie sich hinter seinem Rücken anstießen, Mal sehen, ob es was umsonst gibt. Für sie war es wie Schläge auf bloße Haut. Und später kaufte er ein, zwei Kisten Bier, ein, zwei Flaschen Wodka – »Wodka, Mädchen!« grölte er. »Kein Fusel, merk dir das!« –, lud seine Trinkfreunde ein und brachte sie alle mit nach Hause. Und er stand in der Tür und schrie, Ihr seid alle meine Gäste, fühlt euch ganz wie zu Hause! Seine dunkle Haut glühte rot, und er lallte mit feuchten Lippen. Und er nahm seine Gitarre von der Wand, daß die Saiten schepperten, und sang die verlogenen Lieder von damals, und die Gäste sangen mit. Und manche übergaben sich, und manche sahen sich neugierig um, bewundernd oder befremdet, und manche lagen bewußtlos im Wohnzimmer auf dem Kissenberg. Und manchmal kam ihre Mutter, hinkend, in eine ihrer Flickendecken gehüllt, mit leuchtendem Gesicht, und der Blutgeruch war ganz stark. Das Singen klang sanfter, die Flaschen wurden langsamer geleert. Dann kochte sie Tee

für die weniger Betrunkenen. Verkroch sich heimlich in ihr Bett, bevor ihr Vater es merkte. Sonst kam er angetorkelt, flüsterte, Gott ich liebe dich, Mädchen, liebe dich, fingerte, tastete

Die Glückstage waren mit Abstand die schlimmsten, entschied sie und verteilte das Frühstück auf drei Teller. Doch manchmal, selten, kam sie heil allein ins Bett und wachte dann später wieder auf, hörte, wie das Fest zuende ging. Der zarte, reine Sopran ihrer Mutter umspielte flötenhell den weichen Bariton ihres Vaters, und die Gitarre sang klar und wehmütig die dritte Stimme. Das waren wirkliche Lieder, sie hatte sie noch nie gehört. Sie waren wunderschön. Dann weinte sie, weil die guten Träume tot und vergangen waren, weinte sich in den Schlaf.

Schnell frühstückte sie, wie jeden Morgen. Eine Kiste, draußen auf dem Rasen. Sie griff das Messer und den Stein und ging hinaus.

Der Stein war ein Keil aus feinem Sandstein, weiß und abgewetzt. Ein Geschenk, wie ihr erstes Messer. Ein Gast, wie alle anderen ins Haus geweht, blieb bis zum nächsten Morgen. Er sah ihr zu, wie sie umständlich mit dem Schlachtermesser hantierte. Er sagte nichts. Doch als sie mit der Kiste halb fertig war, ging er ins Haus und holte ein Tafelmesser. Er zog den Schleifstein aus seiner Tasche und winkte sie heran. Mißtrauisch kam sie. Er brach den Plastikgriff vom Messer und umwickelte den Rest mit Isolierband. Das Messer paßte jetzt in die Hand. Nachdem er die Klinge mittendurchgebrochen hatte, wetzte er sie hauchdünn, wie ein Rasiermesser, und ebenso scharf. Er zeigte es ihr genau.

Er griff einen Fisch und machte es vor, Schnitt, raus, weg, teilen. Er tat es langsam und gründlich. Dann reichte er ihr das Messer und den Stein, und ging wieder ins Haus, und trank das restliche Bier. Er war laut und betrunken, doch er rührte sie nie an, sprach kein Wort. Sie dachte immer noch voller Liebe an ihn.

Sie dachte auch bitter, Mein fünftes Messer.

In der Kiste draußen auf dem Rasen warteten sie, ihre trüben goldenen Augen quollen in wasserlosen Tiefen. Aus den Schlitzen im Plastik sickerte der Schleim.

Denk daran, daß wir Partner sind, hatte die Mutter vor zwei Jahren gesagt, hatte sorgsam ihre Worte gewählt. Laß die *Ignorami* in der Schule ruhig reden. Wir sind die Elite, eine kleine Gruppe Auserwählter. Erinnerst du dich noch an die Geschichte von den Neun Wanderern? Nein? Sie hatte geseufzt. Daß sie dich nicht begeistert hat, habe ich nie begriffen ... egal. Wir sind guten Herzens, wir sind besonders, uns bindet die Liebe. Wenn Gareth noch lebte ... Sie seufzte wieder. Macht nichts (tapferes Lächeln). Wir sind Partner. Dein Vater fischt unser täglich Brot und hält das Haus instand. Ich nähe Flickendecken, die Geld für alle sonstigen Ausgaben bringen. Und du, mein Kind, bist unsere Hilfe, gehst uns mit kleinen Diensten zur Hand. *Du* bist der Grund für all unsere Mühen.

He, Partner, sagte sie zu Messer und Stein. Wir sind die Gewinner, wißt ihr das? Konnte auch nicht anders sein, denn die Netze kontrollierte er immer, und wenn er auf allen vieren zum Boot kroch. Und sieh dir die Verlierer an!

Flach, klebrig und schon geschlagen. Gelegentlich: ein Sternseher; selten, ein silberbauchiger Aal, und ganz selten, ein großartiger Lachs, korallenrotes Fleisch frisch aus dem Meer. Um die kümmerte er sich. Seine zerschlagenenen Hände nahmen sie sorgfältig aus. In selbstgebraute Lake legte er sie ein. Er bewachte ihr Trocknen, schützte sie vor Fliegen. Er fuhr in seinem klapprigen Lastwagen meilenweit, um Kiefernholz zum Räuchern zu holen. Wenn sie im Rauch hingen, wartete er unruhig. Was gut geraten war, verkaufte er und kaufte Schallplatten und Grog. Was nichts geworden war, aß er zum Frühstück.

Sie aß keinen Fisch, Fisch bestimmt nicht.

Erster Schnitt, entlang der Bauchflosse, durch einen Rük-kenwirbel, Rückgrat abtrennen. In einem Zug weiter an

der anderen Seite, bis zur anderen roträndrigen Flosse, an den Kiemen vorbei.
Wie es früher war, wußte sie nicht mehr. Bevor sie acht war. Bevor Gareth starb. Bevor die warme nahe Welt zerfiel. An die Nacht, als ihr Vater heulend, blutend, fluchend, blutend gebracht wurde, erinnerte sie sich. Betrunken hatte er den Außenbordmotor aus dem Wasser gehoben. Betrunken war er gestolpert, war an die Gangschaltung gestoßen. War betrunken weiter gerutscht und in die Schraube geraten. Seine Wunden verheilten zu grausigen Narben und Stümpfen. Sie knurrte er an: »Fische Ausnehmen ist Frauensache. Immer schon gewesen. Wir Männer fangen Fische. Ihr Frauen nehmt sie aus. Dazu seid ihr da.« Er gab ihr das Filetiermesser und brüllte, bis sie umständlich gelernt hatte, Flundern auszunehmen. Zweiter Schnitt, blitzschnell bis zum After, ohne die Rogensäcke zu verletzen. Dann das schleimige Gebilde hochhalten, wenden, und an der anderen Seite wieder zum Arsch zurück. Arsch war Marks Wort. Von meinem Alten direkt in den Arsch, das »meinem« betonte er leicht. Sein langer, dünner Körper ruckte. Im Umkleideraum war es voll. Sie steckten ihre Köpfe zusammen.
Warum? hatte sie gefragt. Sag mir, warum?
Darum. Er hatte auch braune Augen, doch nicht so dunkle wie sie. Weil ich von dir weiß. Seine Augen zuckten im Takt zu seinem ruckenden Körper. Jetzt kannst du mich vernichten, wenn du willst, sagte er. RACHE, schrie er aus vollem Hals. Niemand sah sich um. Es war nur Mark, der Spinner.
Schwung und Gewicht ließen den abgetrennten Kopf von selbst fallen, die Eingeweide kamen gleich hinterher, plumps, in den Eimer. Schlitz: heraus mit den Gedärmen. Ein Griff: Schwanz abhacken. Sie warf das blutige Etwas in den nassen Eimer, es mußte nur noch gewaschen werden.
Ich weiß, es ist nicht einfach, doch wir schaffen es, säu-

selte die Mutter. Wir sind nicht reich, doch wir schaffen es. Dieses Leben haben wir geplant, da waren wir kaum älter als du. Oh, sechzehn Jahre und Sonne und Blumen! Wir wollten heraus aus dem korrupten System, wollten einen guten Ort, einen klaren starken Ort für starke neue Menschen. Wenn Gareth... ihre Stimme klang heiser. Doch du bist stark, klagte sie, strich der Tochter über den Arm, knochig, aber stark. Und so reich im Denken! Viel reicher als wir in deinem Alter, wir hatten nur Gift im Kopf, das *sie* uns beigebracht hatten.
Sie wußte noch, wie ein Gast herausplatzte, Oh, welche Reichtümer habt ihr dem Kind gegeben, was habt ihr nicht alles geopfert. Ihre Mutter hatte aus dem Fenster gesehen, der blinkenden Signallampe nach. Wir haben unsere Reichtümer, sagte sie bestimmt. Natürliche Ernährung und ganzheitliche Medizin und Freiheit von allen städtischen Zwängen. Die Gäste murmelten zustimmend. Und wir haben ein *gutes* Kind. Gott, ja, sagte einer, ihr solltet mein kleines Monster sehen, fett und blaß und nichts als Laser im Kopf und tödliche Strahlen, und Gott, wenn er anfängt zu reden! Ja! Ja! Ja! sie überbieten einander mit ihren Monsterkindern, während Mutters Lächeln breiter, gespannter wird.
Bin ich reich im Denken?
Ich habe ein Wort für jede Farbe unter der Sonne. Seltsames Wissen von seltsamen Gästen. Ich kann hassen. Über tote und sterbende Flundern weiß ich alles. Weiß, woraus sie sind, wie sonderbar wunderbar fließend die Flossen sich wellen, wenn sie nach Luft schnappen. Kenne ihre gesprenkelte Haut, rücklings ein Mosaik aus Rot, Oliv und Sepia, unten Braun wie Pilz und Grau und Terracotta und Zitronenflecken auf gebrochenem Weiß. Wie sie das Maul aufreißen, wenn ich ihnen mit dem Hammer auf den Kopf schlage.
Das tat sie verstohlen bei denen, die noch lebendig schienen. Ihr Vater höhnte: »Angst, sie beißen? Du bist doch größer als sie.«

Sie kannte alle Schmarotzer, gelegentliche Einstiche im weißen Fleisch, aus denen sich schwarze Würmer wanden. Festgebissene Seeläuse wie geblähte rosa Zecken. Farben, dachte sie, Farben.
Das blasse Gelb des Rogen. Schwachblaue glasige Schleimfäden. Unscheinbar graue Krabben im Anus. Stücke von grünen Ringelwürmern in Eingeweiden. Fahle rostrote Leber. Rosaädrige Spulen. Innen perlmutterne Haut. Glänzendes Giftgrün der Galle.
Sie war mit der Kiste halb fertig.
Eigentlich ist es keine Arbeit, hatte die Mutter vergangene Woche erwidert, als sie sich beschwerte. Schwere Arbeit kannst du das wirklich nicht nennen, meine Süße, oder? Ich habe täglich zwölf Stunden gearbeitet, im Stehen, Säufer bedient. Und dein Vater in der Gefrierfabrik, bis zum Herzen in Blut, ein sensibler Sänger, der unter dem Schmerz zusammenbrach. Das war Arbeit, mein Mädchen!
Jetzt dachte sie,
Jeden Morgen acht Jahre lang. Es sei denn, er hatte nichts gefangen. Einmal pro Woche vielleicht. 300 Tage im Jahr. 2400 Tage. Meist eine Stunde lang Blut und Dreck, manchmal viel viel mehr. Bei Wind. Regen. Frost. Im Sommer Schwärme von Sandfliegen. »Sandfliegenallergie? Sie ist doch hier *geboren*«, rief ein Gast vor hundert Jahren. »Das wächst sich aus.«
Bis jetzt nicht. Immer wieder hat sie feuerrote, wäßrige Beulen. Die Sandfliegen wissen, daß sie sich nicht wehren kann. Sie schwelgen ungestraft.
Schmier dich mit Sirup ein, sagte Mark, dann kommen sie nicht an dich ran.
Dann sagte er, ich habe einen Vetter, der uns rausholen kann.
Ihr Herz schien plötzlich riesig, zwang ihr die Luft aus den Lungen.
Mein Vetter hat ein Fischgeschäft in Auckland. Stöhn nicht. Er hat ein Restaurant und neben dem Restaurant

eine Wohnung. Ich kann kochen. Du kannst Fisch ausnehmen. Er schickt uns Fahrgeld.
Er überlegte,
Wenn du willst, fahren wir hin?
Sie flüsterte.
Ich verstehe nichts, sagte Mark.
Es ist einfach zu schwer, habe ich gesagt. Und deine Zähne sind entsetzlich.
Langer magerer Körper, lange magere Hände, langes mageres lächelndes Gesicht, alles plötzlich endlich still.
Dann bis Morgen, mein Mitternachtsauge.
Sie zitterte.
Warum kommen eure Freunde nicht mehr? hatte sie gestern ihre Mutter gefragt. Sie wußte noch, wie Nachmittagssonne durch das Kunstlicht drang: wie die Mutter Vieleck an Vieleck stichelte: Patchouli Weihrauch gegen allgegenwärtigen Blutgestank. Die Mutter lachte hell und scharf. »Oh, mein Herz, alle Welt ist unser Freund! In unserem Haus gedeiht die Freundschaft. Unsere Gastlichkeit wird nah und fern gerühmt – wie du, mein liebster Trotzkopf sicher weißt.«
Ritz. Schnitt. Rotes Fluten oder langsames Quellen oder kaltes dunkles Rinnen. Schlitz. Körper klatscht ins Wasser. Köpfe mit ungebrochenen Augen türmen sich in Eingeweidebergen.
Jetzt wäscht sie die Fische; Blut und Schleim bürstet sie ab, reibt klebrige Klumpen aus verborgenen Höhlen. Zum Schluß spült sie alles ab. Ware.
Wie jeden Morgen kam der letzte Fisch.
Sie sah ihn lange gedankenlos an.
Dann schwankte sie mit dem Fischkorb zur Veranda, bedeckte ihn mit einem Sack und ließ ihn stehen.
Sie reinigte den Holzblock und die Fischkiste. Träge, vor Kälte benommene Schmeißfliegen erhoben sich widerwillig aus dem Wasser. Sie griff die Schaufel und den Eimer voller Eingeweide und ging zur Grube. Der Blecheimer schepperte gegen ihr Bein: der Drahthenkel schnitt

in die Hand. Sie hob das Loch aus, leerte zornig den Eimer, starrte auf das Grab, bevor sie es zuschüttete.
Dann lief sie ins Haus. Wusch sich die Hände, kämmte sich das Haar. Sie sah, wie der Vater seine Stiefel auszog, umständlich langsam, und ins Zimmer der Mutter ging.
Sie nahm ihre schwere Schulmappe.
Ohne zu überlegen, griff sie das Messer und den Stein und steckte sie in eine Seitentasche.
Sie dachte, viel habe ich nicht zu bieten. Einen Körper und Worte im Gepäck. Haß. Ich weiß, wie man ausgenommen wird. Es muß besser sein.
»Ich komme zu spät«, rief sie der verschlossenen Schlafzimmertür zu.
An diesem Morgen sagte sie nicht auf Wiedersehen.

WHILE MY GUITAR GENTLY SINGS

and the words drain into the music
and the music drains silently, west

Auf meiner Gitarre liegt Staub, eine dicke graue Schicht Staub.
Staub, auf meiner Gitarre.
Weißt du noch, wann du sie mitbrachtest?
»Mädchen!«
riefst du den Weg herauf.
»Mädchen, ich hab was für dich!«
Und ich, trotzig in meinem Versteck, draußen beim Klo, wütend, weil ich Tee machen sollte, schon wieder; die Jungen in die Badewanne stecken sollte, schon wieder; die Hühner und das Schwein und die Kuh füttern sollte, schon wieder, und eigentlich will ich nur allein sein, will Ruhe haben und am Bach sitzen und meinen Freunden, dem Wasser und dem Wind, zuhören.
Ich komme erst, als du schon drinnen bist; du hast schon die Schuhe ausgezogen, deine Füße sind geschwollen, und du sitzt da und trinkst Tee, den Maki dir gemacht hat.
»Hinewai«, du nimmst meine Hand, »sei nicht traurig. Jetzt kannst du singen, wenn du Sorgen hast!« Meine große dicke Mutter wirft ihren Kopf zurück und lacht über meinen Trotz. »Seht sie euch an«, sagt sie zwinkernd zu den Jungen. Sie hebt das längliche Paket auf. »Hier, mein Mädchen, das ist für dich.«
Und ich greife gierig zu, zerre am Papier, dann – bei den Klebstreifen – werde ich langsamer, ich spüre, daß du etwas wirklich Gutes gekauft hast, nichts von Woolworth.
Einen Augenblick lang sehe ich dich an.
Da habe ich zum ersten Mal dein Gesicht *gesehen*. Dich nicht nur als Mutter gesehen. Dein Mund ist vom Lachen

ganz breit. Unter deinen Augen sind dunkle Schatten. An deinen Schläfen ist das Haar schon rostig grau. Aue, meine Mama ist nicht mehr jung. Ich wickle immer noch vorsichtig das Paket aus, bis ich staune und nichts mehr denke. Aaah!
Der Lack ist wie warmes Gold: das Holz wie Tawa, feingekörnt und hell. Das Holz an der Unterseite ist fest und schwarz, wie Ebenholz. Ibanez steht oben am Hals.
»E mama«,
ich hole tief Luft, berühre die silbernen Saiten nur.
»Paßt auf, die geht ihr sicher bald entzwei«, kicherst du, »paß auf, e Maki.« Maki zieht eine Grimasse, weil – zur Abwechslung – ich ein Geschenk bekommen habe und nicht er. Du drohst ihm im Scherz. Maki geht in Deckung, kichert auch, und dann kommen Hone und Tara, und ich sehe trotzig zu, wie du dich mit den Jungen am Boden balgst.
Ich habe mich nie für meine Gitarre bedankt.
E mama, taku whaea –

Ich sitze im Dunkeln.
Die anderen schlafen.
Die Luft ist verräuchert, es riecht nach Zigaretten und jenem süßlichen Duft, der jetzt Kohatu heißt. Früher war das *pot*.
Jemand hat Bier auf meinem Stuhl verschüttet, und meine Hose ist feucht.
Ich bin nicht betrunken, bin auch nicht *high*. Darüber bin ich hinweg.
Ich bin erbärmlich nüchtern.
Da, das blauweiße Telegramm.
Hier, die staubige Gitarre, griffbereit.
Ich rauche wieder, trotz der schlechten Luft. Das kleine rote Auge blinkt, einatmen, ausatmen. Weißt du noch, wie du zuerst nur Selbstgedrehte geraucht hast? Tasman Gold Cut und Zigzag Reispapier. Und im Handumdrehen

konntest du eine dünne feste Zigarette drehen, ohne hinzusehen.
Ich konnte das nie. Ich habe es versucht, *pot* und Tabak, und an beiden Enden hing immer alles heraus. Als du bei Smith-Bonds zu arbeiten anfingst, da hast du nur noch Gekaufte geraucht.
»Ist billiger, nei?« sagtest du und lachtest dunkel und rauh. »Zeit zum Selberdrehen habe ich nicht mehr, nur noch zum Bezahlen!« Wieder lachtest du aus vollem Hals.
Und du hast geraucht, am Tag zwei Päckchen und mehr. Ich habe es gehaßt. Wenn du mich anfaßtest oder mir etwas gabst, rochen deine Finger immer nach Rauch. Und beim Gutenachtkuß roch dein Atem nach Rauch. Und dein langer schwarzer Zopf, der dir über die Schulter fiel und mich kitzelte, roch. Du hattest einen Heiligenschein aus Rauch.
Und bald saß er dir in den Lungen. Morgens, wenn du wach wurdest, hattest du diesen Raucherhusten, und bei jeder Anstrengung – bergauf nach Hause laufen oder Nig Horse in den Stall treiben, oder wenn du mit den Jungen – warum nie mit mir? – deine Ringkämpfe machtest – ging dir keuchend die Luft aus. »Oje, Hinewai, fang nie an zu rauchen, sonst geht es dir wie deiner dicken alten Mutter!«
Du schütteltest dich vor Lachen, denn alt oder fett oder atemlos fandest du dich nie. Ich bin groß und mächtig, sagten deine blitzenden Augen, meine Lungen spielen mir nur einen Streich.
Ich habe erst vor drei Jahren angefangen zu rauchen, in der Band. Ich mag es nicht besonders. Manchmal schmeckt es genauso abgestanden, wie es am nächsten Morgen riecht, aber es beschäftigt meine Hände, und mein Kopf ... wird ruhig.
So ist es dir sicher auch gegangen. Weißt du noch, wie ich einmal nachts solche Unterleibskrämpfe hatte und zu dir in die Küche kam? Ich wollte stöhnen und jammern, wollte dein Mitleid. Und war auf der Stelle leise, weil du

so ruhig am Feuer saßest. Du hattest die Beine hochgelegt. Nur die Flammen bewegten sich und der Zigarettenrauch.
Du sahst auf, lächeltest nicht, warst nicht lustig. Du sagtest so ruhig:
»Ich würde gern wissen, wo dein Vater gestorben ist.«
Und ich vergaß den Schmerz in meinem jungen Leib und kroch zurück ins Bett. Bis auf den heutigen Tag beschwöre ich, daß du damals nicht den Mund aufmachtest. Als ob der Gedanke aus deinem Herzen aus stillen Tiefen gestiegen und laut geworden wäre.
Wir fragten uns alle, von Zeit zu Zeit, was Vater geschehen war. Er war Opossumjäger und blieb oft tagelang im Busch. Doch zuletzt wurden die Tage zu Wochen. Nach zwei Monaten hörten sie auf, ihn zu suchen. Jeder sagte: »Tom Kura ist ein großer Jäger, aber so lange überlebt keiner.«
Seine Gebeine wurden nie gefunden.
Nicht einmal sein Hund kam zurück.
Du weintest. Dann hörtest du auf zu weinen. Du bist gegangen und hast dir Arbeit gesucht, und hast tagsüber in der Fabrik gearbeitet und abends zu Hause, hast dich an den Wochenenden um Zäune und Koppeln unserer restlichen Farm gekümmert. Und in all den Jahren, in denen wir erwachsen wurden, hast du nie mehr geweint.
Dein Lachen, e mama. Ich höre dich immer noch lachen. Laut und so warm.
Ich habe dich immer darum beneidet, wieviel Wärme du den Menschen geben konntest. Hast sie geschüttelt, bis sie lächelten und lachten. Egal, wie alt sie waren. Manche waren so alt wie die blinde Miratawhai, die hundertundzehn sein sollte. Du hast sie in den Arm genommen, als sie zum Marae kam, »E kui, ka nui te pai nei?« Hast eigentlich nichts gesagt, nur: Ist das nicht gut? Und das faltige, zerfurchte Gesicht der alten alten Dame schien zu verstehen, lächelte. Und die gichtige Hand griff deine Hand, und ihre krächzende, vom Alter heisere Stimme

sagt »Mokopuna«. Nennt dich ihre Enkelin, obwohl sie dich noch nie gesehen und seit Jahrzehnten zu niemandem gesprochen hat.
Andere waren so jung wie das Kind aus Samoa, Falasi. Ich mochte Fa' nie. Habe ihn nie als meinen Bruder betrachtet. Für mich war er nur der stämmige, lockige Junge, den du eines Abends mitbrachtest und der mich niemals angelächelt hat.
»E hine, sieh mal! Sie sind mit dem Messer auf ihn los – sieh mal, hier. Und da.« Und du hast ihn umarmt, ihm gut zugeredet, Abend für Abend, bis seine Wunden verheilten und er dunkel und langsam lächelte, sobald er dich draußen auf dem steilen Weg rufen hörte: »He, Kinder! Eure Mutter hat wieder einen Tag überstanden!« Heiser vor Lachen rangelte sie mit den Jungen, begeisterte sie sich: »Ach, meine Hinewai! Hast wieder soviel getan!«
Die Hühner und das Schwein gefüttert und die Kuh gemolken und die Jungen gebadet, oder dafür gesorgt, daß sie badeten, und eigentlich wollte ich nur ... du wußtest es genau. An den Wochenenden, wenn ich zum Bach schlich und meine Lieder spielte, hast du nie die Jungen nach mir geschickt, daß ich helfen sollte. Hast nur gemekkert, wenn ich wieder nach Hause kam. »Stellt euch vor, Jungen, die Aale sind hinter eurer Schwester her!«
Er er er. Nichts wie weg, allein ins Schlafzimmer, während die Jungen durchs Haus grölten und du gröltest kräftig mit. Fa' gehörte inzwischen dazu. Die Jungen beschützten ihn in der Schule vor den dummen Bemerkungen »He, Kokosnuß!« und den Hieben, bis das stämmige Kind so harte und starke und schnelle Fäuste hatte, daß fraglich war, wer wen beschützte. Sie sagten kein böses Wort zu ihm, machten nur ihre Witze über seine Haarwolke, seine Vorliebe für Kilts und seine tiefe Abneigung gegen die Kälte. Dieser seltsame kleine Bruder Fa' wurde stärker als sie alle. Sie besuchen ihn immer noch in Auckland. Mir ist er kürzlich zufällig über den Weg gelaufen, als ich die Kaution für Collin, unseren Schlagzeuger, be-

zahlen ging. Er war der diensthabende Polizist. Er sagte: »Hinewai. Schwester. Kia ora e 'Wai«, er hatte diese tiefe männliche Stimme, und dann, unbewegt: »In welchem Verhältnis stehen Sie zum Inhaftierten?«
Wie gefiel es dir, daß Fa' Polizist wurde?
Oder Hone das Sprachrohr der Black Power in Wellington?
Oder daß Tara eine Frau und zwei Kinder in Christchurch hat, ein Kind in Westport, ein Kind in Gisborne, ein Kind in Taihape und Zwillinge in Poirirua und du die letzten fünf nie zu Gesicht bekamst.
Ich weiß, wie dir war, als Maki sein Rad mit 80 Meilen in voller Fahrt gegen die Brücke von Whangaroa fuhr. Am Ende nur Blut.
Du und ich waren zuerst dort, du hieltst seinen blutenden Kopf im Schoß, und ich hing über dem Brückengeländer. Ich kann kein Blut sehen. Ich habe nie zugesehen, wenn du einmal im Jahr das Schwein schlachtetest, doch die Jungen drängten sich begeistert am Gatter und gafften: »Siehdirdasan!« PENG! ging die alte ».270«, und jedesmal hast du mitten in den Kopf getroffen (sagten die Jungen), und ein dünnes blutiges Rinnsal tropfte aus Einschußstelle und Schnauze (sagten die Jungen), aus dem Kopf, der eben noch quietschlebendig grunzte. Maki sagt manchmal »Schwein«. Sonst sabbert er nur. Die Schwestern und Pfleger, schriebst du in deinem letzten Brief, sagen, er lächelt manchmal, wenn er sabbert. Vielleicht ist er glücklich, dachtest du.
Das war die Hauptsache, weißt du noch? Daß wir alle glücklich sind.
Ich weiß noch, daß es dir nicht gefiel, als ich behauptete, Whangaroa sei zu klein. Als ich nicht bei Smith-Bonds arbeiten, keine Strümpfe verpacken oder bügeln oder sortieren wollte, überhaupt nichts damit zu tun haben wollte.
»Ich bin siebzehn, und Whangaroa ist der Arsch von Neuseeland, und ich bin doch nicht dumm und verbringe

mein Leben in dieser Fabrik oder heirate einen von diesen Bauernlümmeln und habe eine Horde Kinder.«
Und du lachtest, bis du beinah weintest.
»*So* denkst du über deine Mutter, he!« Weil du mit siebzehn meinen Bauernlümmelvater geheiratet hattest. Dann sagtest du ernst: »Hinewai, der Kopf ist wichtig, und in deinem steckt einiges. Aber das Herz ist auch wichtig, und überleg es dir genau, wie gut wir es hier haben.« Und du hast alles aufgezählt, was dir so wichtig war, vom Marae mitten im Dorf bis zu den Toten auf dem Friedhof und den Lebenden in jedem zweiten Haus. »Wen kennen wir in der Stadt?« hast du immerzu gefragt. »Warum willst du dorthin?«
Weil mich hier nichts glücklich macht, fuhr ich sie an, nicht mal mehr der Bach. Ich will aus mir etwas machen, sagte ich und setzte mich in Positur, ich will (das erste beste, das mir einfiel)
Lehrerin werden!
Also nach der ersten Woche des ersten Semesters, e whae, nach einer Woche, hätte ich sagen können, daß ich ganz und gar keine Lehrerin werden wollte. Doch du hattest dir solche Mühe gemacht – mit So&So, dem Vorsitzenden des Maori-Frauen-Wohlfahrtsverbands geredet, und mit So&So aus dem Rununga in Wellington, und So&So vom Büro für Maori-Angelegenheiten – du hattest gespart (Überstunden für meine Fahrkarte und neue Kleider, dein ganzes Erspartes für meinen Unterhalt im ersten Jahr) – aue! Da konnte ich nicht gleich aufgeben.
Ich ging nach einem Jahr. Aber dir habe ich nichts davon gesagt. Nicht einmal, als ich nach Wochen Ferien wieder abreiste, dorthin, angeblich. Du umarmtest mich, erdrücktest mich fast, dicke, schroffe Frau, die immer grauer wurde und nach Rauch und billigem Lippenstift stank. »E, ich bin so stolz auf dich, mein Mädchen, so stolz! Alle sind wir stolz.« Dann warfst du deinen großen Kopf zurück, du zwinkertest wieder: »Sogar die Aale im Bach sind stolz. Sei du glücklich, Hinewai.«

Leichter gesagt als getan.
Zuerst arbeitete ich mitten in der Stadt bei Woolworth; dann in einem Imbiß am Lambton Quay, dann in einem Massage-Salon in der Cuba Street. Da war ich im sechsten Monat und wußte nicht, wer der Vater war, und wollte es auch nicht wissen.
Ich bin so groß wie meine Mutter, aber nicht so stark, nicht so massig. Ich habe das Baby in mir versteckt, solange ich konnte, grelle, betrunkene, rauschgiftige Nächte lang, aber dann sank es tiefer, immer tiefer und tiefer. Und fiel auch, als es, als sie aus meinem Leib gekommen war, unmerklich glitt sie weiter, zurück zur Mutter Erde. Sie lebte 24 Stunden, winzig, kahl, ganz gelb.
E mama, das habe ich dir nie erzählt. Ich konnte es nicht.
Hone kam nach Wellington und fand mich am Ende einer abwegigen Suche, weitab vom Lehrerseminar. Zuerst war er wütend, dann weinte er und sagte schließlich praktisch und streng: »Du bist die Älteste, Tuahine. *So* kannst du nicht leben«, er deutete auf meine Bruchbude, auf die Flaschen und den traurigen Dreck, »das lassen wir nicht zu.« Er griff meine Gitarre. Spiel mir ein Lied, befahl er. Ich war wütend auf ihn und vor Weinen krank, und ich spielte. Und Hone grinste.
»Ich kenne die Band für dich, die Szene, den Sound.«
In der Tat. Kluger kleiner Bruder, zwei Wochen in der Stadt, und schon kennt er sich aus; weiß, wo es langgeht.
E Ma, haben wir alle deine starken Seiten aufgeteilt unter uns? Tara ist fruchtbar wie du, liebt genauso tief und leicht. Hone hat deine Menschenkenntnis, dein Organisationstalent. Fa' hat wohl deine Disziplin und deine Art, das Leben zu bejahen, die Dinge so zu nehmen, wie sie sind. Und ich bin so musikalisch wie du, habe dein Gefühl für Stimmungen und Sprache. Und Maki hatte deine ... wer weiß, was Maki gemacht hätte, was aus ihm geworden wäre?

Es ist sonderbar.
Hier im verrauchten Dunkel haben meine Hände die Gitarre gefunden. Ich wische den Staub ab, streiche ihn sacht und sorgsam fort. Eine Geste der Versöhnung. Sacht sacht sanft sanft und wieder wirbelt ein Staubwölkchen.

Etwas weiß ich, worin Maki gut gewesen wäre, etwas, das du genau kennst – Kawa. Marae-Traditionen. Die Art der Alten, die Dinge richtig zu tun.
Mich hat die Vergangenheit nie interessiert, ich habe mich nur um meine Gegenwart gekümmert.
Weißt du noch, wie Granny Hawe, die alte Hexe, mich nach draußen geschleppt und verdroschen hat, weil ich einem Mann um die Beine gestrichen bin?
»Das darfst du nicht, du raubst ihm so seine Kraft. Ohne Kraft taugt er nichts. Und die Männer da drinnen, sie sind sehr wichtig. Da müssen wir vorsichtig sein, he.«
Peng.
Ich habe ihre Worte und die Schläge nicht vergessen, und ich hasse diesen Kram immer noch, daß Männer tapu sind und Frauen noa. Daß man hier nicht essen soll und da nicht liegen. Daß Frauen ihre Kleider nicht höher als die Männersachen hängen, daß sie auf dem Marae keine Rede halten dürfen.
»Unsere Frauen reden nicht in aller Öffentlichkeit«, sagtest du. »Arawa-Frauen haben nach ihren Männern das Sagen.«
Und du fragst dich, warum ich in die Stadt wollte.
Aber Maki liebte Huis. Da saß er und war mit dem Herzen bei der Sache. Lange vor mir kannte er unseren Whakapapa auswendig, dabei habe ich ein Ohr, das direkt zum Gedächtnis führt. Doch die Maori-Tradition kannte er viel besser als ich.
Und dann, und dann
Das vorletzte Mal, als ich zu Hause war, weißt du noch,

wollte ich nicht mit zum Hui gehen. Aue, das hast du bestimmt nicht vergessen. Du hast die Nerven verloren und hast mich angeschrien und geflucht, Taureka und Schlampe hast du mich genannt, 'Pokokohua und Hure. »Monate habe ich gebraucht, um alle alten Leute zusammenzubringen, die noch die Waiata kennen! Das ist ein großer Tag für uns, ein großer Tag für dich, und jetzt möchte die Gnädigste nicht. Aue, womit habe ich so eine Tochter verdient?«

Und ich habe auf dem Bett gelegen, Colin neben mir, und habe gelächelt. Langsam verzog ich den Mund und belächelte meine tobende Mutter, doch meine Lippen zitterten. Und du sagtest dann ruhig, traurig,

»E hine, manchmal glaube ich, wir leben in verschiedenen Welten.« Du standst da, schütteltest den Kopf, griffst dir ans Herz. »Du in einer Welt, ich in einer völlig anderen. Das ist meine Schuld, Hinewai. Als du unterwegs warst, wollte ich Sonne und Wasser und Lieder haben. Nicht den Schlamm und den Busch und Toms schweres Schweigen. Die Farm. Die dickfelligen Tiere.«

Mein Lächeln zitterte, bis es starb.

»Verschiedene Welten, meine Hinewai ...«

Es klingt. Te ao tawhito, te ao hou. Verschiedene Welten ... ein leiser Akkord in Moll, und die Saiten singen so sanft, meine Finger spielen so leicht – der abgestandene Rauch und der feuchte Stuhl und die Menge im Dunkel sind Welten weit weg.

Immer hast du diesen glänzenden grellroten Lippenstift benutzt, der seit Jahren aus der Mode war. Als ich zum letztenmal zu Hause war, hattest du dich wieder aufgedonnert für so einen Hui, und der letzte Freund, den ich mitbrachte, pfiff hinter dir her. Er wußte nicht, daß du meine Mutter warst. »Gott, was für ein Hintern! Gott, was

für eine Klassefrau!« krähte er ehrlich begeistert. »Sie ist die einzige auf der Welt, der man so etwas durchgehen läßt!«
Mir lief es kalt den Rücken hinunter. Da standst du, fast zwei Meter groß und fast zwei Zentner schwer, mit grüngepuderten Lidern und purpurrotem Mund und perlmuttschimmernden Fingernägeln, und deine braune Haut ein glühender Hintergrund für dieses absurde Farbenspiel. Deine Füße quollen aus den Pakeha-Schuhen, und trotzdem strotztest du vor Unternehmungslust, warfst den Kopf in den Nacken, lachtest aus vollem Halse, offen und warmherzig. Dir gefiel, daß er kein Blatt vor den Mund nahm, und meine Zurückhaltung amüsierte dich. Du mußt die Welt erobern, Hinewai, sagt dein Lachen –

Als Tara mich anrief, wollte ich es zuerst nicht glauben. Dann kam er mit seiner Pakeha-Frau, und wie vor Jahren Hone, zeterte er und weinte anschließend. Die Band gab es nicht mehr. Ich trauerte um meine tote Musik und trauerte trinkend. Tara sagte:
»Du mußt nach Hause kommen. Sie fragt nach dir. Wir fahren morgen früh, also laß uns hier aufräumen«, gleiche schwungvolle Geste wie Hone, wüstes Scheppern und Klirren, »und wir fahren alle zusammen.«
Ich schüttle stumm den Kopf, flüstere, ich kann nicht.
»Aber sie weint nach dir«, sagt Tara.

E whae, dein Lachen, laut und so warm, ich höre dich immer noch lachen.
Heute morgen kam das Telegramm, und ich brauchte es nicht zu öffnen.
Ich habe nicht geschrien.
Kein Tangi.
Ich stand einen Augenblick in hoffnungslosem Grau.
Dann rief ich:

»Ich muß feiern!«
Von überall klang es: Sie muß feiern. Laßt uns feiern! Feier! Alle Jünger und Schmarotzer, Huren und Tunten, die Kehrseite der Stadt: meine Brüder, meine Freunde. Sie wußten um den Brauch und brauchten keinen Grund. Lebenshungrig begannen sie zu feiern. Der Ruf war der Keim und der Keim wuchs, gedieh zu einer lauten Menschenmasse, die trank und sang den langen Tag und dann, diese Nacht. Jetzt ist das Fest gestorben. Jemand stöhnt in schweren Träumen. Jemand schnarcht. Und ich bin allein im Dunkel.

Verschiedene Welten, e mama. Du bist in die Nacht gegangen, und ich sitze hier, halte meine Gitarre. Tränen fallen, klingen wie Perlen. Du hast jetzt Tom gefunden: du hast jetzt deine unbekannte Enkelin getroffen. Du kennst jetzt mein schlimmes leeres lautes volles Leben. Wäre ich so reich und stark wie du, machte ich mich auf den Weg, Bahn Bus Autostop, egal wie, zur Tangi. Täte meine Pflicht als Älteste, Tochter meiner Mutter.

E Ma, verzeih mir.

Und du sitzt da, eine große schlanke Frau ohne graue Haare, ohne Falten. Du hockst und du siehst mich im Dunkel hocken und weinen, und du lächelst.
»Sei glücklich, Hinewai. Sing mir ein Lied, Tochter. Spiel!«

Das bin ich.

EIN NACHTLIED FÜR DEN KUCKUCK

Ich höre, wie sie in den Bergen singen, *kui kui kui, whiti whiti ora.* Regenvögel. Früher dachte ich, Zum Teufel, es gibt Regen.

Charlie spielt Gitarre, klimpert das traurige Kinderlied. Die Regenvögel wundern ihn auch.

Ich brach mir das Rückgrat, als ich von einem Baumstamm fiel. Es war ein schöner Stamm; ich benutzte ihn als Steg über den Fluß, von meinem Haus zum Strand. Zuerst war es ein Gefühl, als hätte ich mich nur hart hingesetzt. Dann fühlte ich gar nichts. Vier Stunden später kam ein Spaziergänger, das war ein Glück, und zog mich aus dem Fluß, das war keins. Im Krankenhaus hatte ich reichlich Zeit, mein Unglück zu beklagen. »Ich wäre gestorben. *Wäre* ich doch gestorben. Ich bin ein Krüppel. Ich bin unnütz.« Ich ging durch alle Stadien: Selbstmitleid; Wut; warum? warum *ich*? mehr Wut? und schließlich, was soll ich tun?
Etwas würde ich bestimmt nicht tun.
Manchmal kamen sie einem damals in meiner Stadt entgegen, den Unterkörper in eine Decke geschlagen, karrten sie durch die Straßen. Sie suchten das Dunkel, drinnen, den Untergang, ertränkten sich in mildem Bier und Gin. Alle Blicke wußten, daß die Decke Verstümmelungen barg, bloße narbige Stümpfe, Amputationen. So versteckten sie sich.

Ich kaufte keine Decke. Ich versteckte mich nicht. Ich ging nicht mehr an meinen einsamen Strand. »Sie sind verrückt«, sagte der Bewegungstherapeut. »Sie haben doch nie in der Stadt gelebt? Warum dann jetzt unbedingt? Und Sie kann ich mir überhaupt nicht hinter dem Ladentisch vorstellen, Sie alte Busch – ahh – Frau, Sie.«
Ich sagte: »Bin gar nicht so alt. Ich kann mich noch ändern, es bleibt mir nichts anderes übrig.«
Ich sagte nicht: »In meiner Brust steckt ein nacktes, wundes Herz. Mein altes Leben liegt in Trümmern. Ich möchte etwas Neues, Anderes, damit ich nicht an mein altes Ich denken muß. In der Stadt höre ich kein Meer, keinen Buschwind, keine Vögel.«
»Ich freue mich darauf«, log ich den Therapeuten an.
Es gibt keine Zukunft, wenn dein Körper dich verraten hat.
Der Gabelstapler hob mich ins Flugzeug, als sei ich Frachtgut. Genauso wurde ich abgeladen. Ich habe mehr Kraft in den Armen als früher. Ich schleppte mich auf den Rücksitz der Taxe; der Fahrer packte meinen Rollstuhl in den Kofferraum.
»Na, wo soll's hingehen?«
Nach einer Minute öffnete ich die Augen und sah ihn an. Was glaubst du, in den Himmel? oder eher in die Hölle?
Statt dessen fuhren wir zum Grundstücksmakler. Der sah mich zweifelnd an.
»Es hat den Platz, den Sie brauchen«, sagte er, »aber die Gegend... Sind Sie sicher, daß Sie – ahh – dafür Geld ausgeben wollen?«
Warum machen Sie keine Weltreise oder suchen sich ein Heim, machen sich unsichtbar, meinte er.
Die Wohnung hinter dem Laden ließ sich umbauen. Der Laden selbst war weit und breit das einzige Lebensmittelgeschäft. Eine Goldgrube, hatten die Vorbesitzer behauptet. Sie brauchen neue Ware, doch es ist ein ordentlicher

Selbstbedienungsladen, genau das Richtige für... Sie. Sie sollten einen Verkäufer einstellen.
Ich nickte. Im Schein ihrer Zahlen, nur Gewinn, kein Verlust, sah ich mich lächelnd hinter dem Ladentisch die volle Kasse hüten. Ich *würde* einen Verkäufer einstellen.
Ich gab allen die Hand. Ich erklärte, ich bliebe hier über Nacht. Ich käme schon zurecht, bis morgen der Schreiner mit dem Umbau begänne. Sie waren besorgt. Dann gingen sie lächelnd davon und ließen mich vor meiner Gegenwart sitzen.
Kaltes nacktes Licht.
Spinnengekicher in den Ecken.
Ein pechschwarzer Käfer tanzte unter der Kasse.
Krusten von Schmutz, die mir vorher nicht aufgefallen sind.
Draußen Geschrei, und Glas klirrt.
Ein Hund kläfft auf der Straße Au! Au! Au!
Heillos, allein werde ich es nicht schaffen.
Es klopfte an meine fliegenverdreckten Fenster. Ich schwenkte den Rollstuhl um. Alles, was ich erkennen kann, ist ein Schatten, der mich beobachtet. Ein rotznasiges, vorwitziges Kind, dem werde ich helfen, doch bis ich durch die Tür bin, ist niemand mehr da.

Ich schrieb an Fraser, bat ihn um Hilfe, zum allererstenmal. Fraser antwortete. Fraser hat Dringendes zu tun. So begann sein Brief:

> Liebe Schwester, schön, von Dir zu hören. Gut, daß Du wieder wohl und munter bist. Schade, daß wir Dich nicht besuchen können, wir sind leider ausgesprochen beschäftigt. Ich habe die Hortensien umgepflanzt und die Glyzinien beschnitten und einen neuen Steingarten angelegt.

Auf zwei Seiten beschrieb er seine Gartenarbeiten, Steinbrech, Lobelien, und der Brief endete:

Schade, daß wir keine Zeit haben, Deinen Neuanfang zu begutachten; doch sicher verstehst Du, daß wir uns um unser Eigentum kümmern müssen. Madge hat die Wechseljahre gerade hinter sich und mag nicht ans Verreisen denken. Charles hat aber gesagt, daß er Dich besuchen wird, doch daß Charles sein Wort hält, habe ich noch nie erlebt. Dein dich liebender Bruder.

Wir waren uns niemals sehr nah.

Armer Fraser. Du adoptierst ein Kind und versuchst ihn mit Macht nach deinem steifen engen Ich zu formen, doch der Junge sprengt die Form. Wild, höre ich dich sagen. Braucht Grenzen, muß beschnitten werden.
Arme Madge. Du adoptierst ein Kind, beklagst seinen Geruch, seine Rotznase, seine Ausscheidungen, doch du gibst dir gewaltig Mühe, bis er sich das erste Mal wehrt. Da ziehst du dich auf deine Wechseljahre zurück und tauchst erst wieder auf, als aus deinem Dreckskind ein wilder junger Mann geworden ist, der aus dem Hause geht.
Armer Fraser und arme Madge. Macht es euch gemütlich in eurem sauberen, sicheren Garten. Ihr braucht keine Angst zu haben, daß ich euch weiter belästige.
Ich goß mir noch einen Wein ein. Tafelwein, stand auf dem Etikett. Ich hatte getafelt. Ich hob mein Glas, Haere mai, Charlie, komm bald.
Mein Neffe und ich stehen uns nah.

Ein paar Tage später taucht er auf, steht da und starrt mich in meinem Rollstuhl an.
»Igitt, sind das Antennen«, ich kann mir ein Kichern nicht verkneifen.
Dann Schütteln, Strecken, Stöhnen.
»Verflucht lange Reise hierher.«

Kommt und umarmt mich.
»Wo warst du denn diesmal. Kommune? Sumpf? Nga Tama Toa?«
»Den Busch roden. Arbeitsbeschaffung. Ich habe mich verabschiedet.«
»Meinetwegen?«
»Mal sehen.«
Er grinst immer noch frech. Er ist 19, und Krüppel machen ihn nervös, doch er kann darüber lächeln. Er tigert durch die Wohnung, durch den Laden, ein langer dünner Kerl in engen Jeans, nur Geschlecht und Rippen wie ein Straßenköter.
»Willst du wirklich hier wohnen, arbeiten?«
»Mal sehen«, sage ich auch.
»OK, dann bringen wir mal Leben in die Bude.«
»Wie meinst du das, Leben? Es ist hier ausgesprochen lebhaft. Mehr oder weniger.«
»Wohl eher weniger. Also los.«
»Wegräumen, Einräumen. Mit den Armen läßt sich viel machen, mit Kraft. Aber es dauert alles eine Ewigkeit.«
»Also Wegräumen, Einräumen. Sonst noch etwas?«
»Neiiin.«
»Also ja.«
»Na ja, ich habe gut zu tun, der Vorbesitzer hat nicht gelogen, doch die Kasse stimmt trotzdem nicht. Es gibt zuviele Ladendiebe.«
»Große, kleine?«
»Alle Sorten. Arme Rentner, die ihr Geld strecken. Schulkinder, die sich einen Spaß machen. Eine blaugetönte Dame, die auch noch frech wurde, als ich sie erwischt habe. Ich weiß nicht, was ich dagegen tun soll.«
»Ich trete sie in den Hintern, Tante. Oder wir holen die Bullen.«
»Du trittst, erst mal. Oder drohst gehörig.«
Er grinst gemein.
»Den ersten schnappen wir gleich morgen.«

Das war Bird.

Ich saß hinter meinem neuen niedrigen Ladentisch, als er sich durch die Tür drückte. Mit großen Augen. Seine Augen sind voller Dunkel.

Charlie runzelt erstaunt die Stirn, als ich huste.

Ich lese seine Gedanken, diese Vogelscheuche? Meint sie ihn?

Ich huste wieder und nicke. Charlie sieht woandershin.

Im vergangenen Monat habe ich gelernt, Leute zu belauern, wie früher Fische. Ganz gespannt, doch ohne hinzusehen. Aus den Augenwinkeln sieht man, was man sonst nicht sieht. Trotzdem, erwischt habe ich Bird nie. Ist er weg, fehlt etwas, mehr kann ich nicht beschwören.

Er hat Routine.

»Was kostet das?«

»Hast du Geld, Bird?«

»Was kostet das?«

»Bestimmt zu teuer, Junge.«

»Was kostet das?«

Daß auf sein Fragen keine Antwort kommt, hält er aus, länger als ich meine Verweigerung. Sein dünnes hartes Stimmchen macht mich schwach, obwohl ich seine Masche – und wie! – in- und auswendig kenne.

»OK, ein Dollar vierzig.«

»Oh.«

So drückt er sich hinkend und quietschend zum nächsten Regal.

»Was kostet das?«

Und so weiter. Er hat noch nie etwas gekauft.

Heute reißt er die Augen noch weiter auf als sonst. Sein Blick springt von mir zu Charlie, von Charlie zu mir. Bird riecht Ärger, sonst wäre er nicht Bird.

Doch Charlie kehrt uns den Rücken, stopft seine Hände in die engen Hosentaschen, pfeift und wippt lässig hin und her, als wäre sein einziges Vergnügen der Blick durchs Fenster auf die schmutzige Straße.

Also beginnt Bird sein übliches Spiel, und wir spielen mit,

bis zum letzten »Oh!«. Und dann schiebt er sich zur Tür. Und Charlie versperrt ihm den Weg, streckt seine Hand aus.
»Du hast eine Batterie und eine Rolle Pfefferminz genommen. Ich habe es gesehen. Her damit.«
»Ich habe nichts genommen.«
»Da oben ist jetzt ein Spiegel, Junge, und ich habe es genau gesehen.«
Bird verdreht den Kopf nach oben zum Fenster, und Charlie folgt seinem Blick mit hämischem Grinsen.
Bird schnappt sich das Nächstbeste aus dem Regal, wirft damit nach Charlie und schlurft zur Tür.
Das Nächstbeste war eine große Dose Spaghetti, und sie trifft Charlie hart im Magen. Er krümmt sich aua!, doch er bleibt an der Tür und Bird kann nicht weiter. Charlie richtet sich auf und grinst gar nicht mehr.
»Du kleiner Bastard.«
Er schnappt ihn, schüttelt, zerrt.
»He, Charlie.«
Ja, ich habe es satt, beklaut zu werden; o ja, ich habe es satt, daß ausgerechnet Bird mich reinlegen will, aber ich kann nicht mit ansehen, wie er fertiggemacht wird, denn – draußen stehen schon drei neugierige Kunden und sehen zu.
»Charlie, hör auf. Bird, hau ab. Laß dich nie mehr hier blicken.«
Charlie ist für den Rest des Tages sehr still. Wir schließen den Laden. Wir essen.
»Möchtest du ein Glas Wein, Charlie? Oder ein Bier?«
Er sitzt da und sieht ins Feuer.
»Nee.«
Ich gieße mir ein Glas ein. Immer noch Tafelwein.
Charlie sagt plötzlich:
»Warum? Weil er auch ein Krüppel ist?«
Das sollte verletzen, und es verletzt.
Nun bin ich es, die schweigt.
»Hör mal, gestern abend haben wir abgemacht, daß wir

uns ein paar von denen vornehmen und ihnen einen Denkzettel verpassen, so oder so. Du hast mir ein Zeichen gegeben, ich habe gehandelt. Er hatte seine Abreibung verdient, schon allein meinetwegen. Du warst doch sonst nie zimperlich, Frances.«

Er meint es ernst, wenn er mich beim Vornamen nennt und nicht dieses gräßliche »Tante« zu mir sagt. Also versuche ich, es zu erklären.

»Es sind noch keine Verfallserscheinungen, Charlie, noch nicht. Kannst du dich an Ally Wang erinnern, die heute am späten Nachmittag in den Laden kam?«

»Die fette Wahine, die mit der alten Dame im Schlepptau?«

Er zieht die Stirn kraus.

»Die meine ich. Sie und die alte Dame und Bird waren die ersten, die in den Laden kamen. Ich mache morgens um acht auf, alles ist frisch gestrichen, es riecht nach Sägemehl und Farbe. Um die Mittagszeit kommen sie anspaziert, weniger als Kunden, eher wie Hunde, die einen neuen Baum beschnuppern. Trotzdem, ich hätte sie umarmen können. Ich dachte nämlich schon, die ganze Gegend hätte was gegen Querschnittgelähmte. Also, ich bin hell begeistert. Will wissen, wie sie heißen, wo sie wohnen und so weiter. Und schließlich, als der Junge endlich auch drinnen ist, frage ich: ›Und wie heißt der ... hm, wie heißt Ihr Kind?‹ Ally Wang sieht mich fragend an. ›Der? Bird. Ist nicht mein Kind. Gehört meiner Schwester. Ich passe nur auf ihn auf.‹ Und die alte Dame wundert sich. Sie sagt: ›Bird? Tika?‹ Ally: ›Kaore. Ko Te Pipiwharauroa tona ingoa.‹ Alte Dame: ›Kaore noa iho! Penei me te pipiwharauroa, ne?‹ Und dann kichern sie. Ist dein Maori gut genug. Hast du verstanden?

»Nee.«

»OK, eigentlich heißt er Te Pipiwharauroa. Es gibt eine Redewendung: Penei me te pipiwharauroa, was soviel heißt, wie: das Kind ist ein Bastard, verstehst du, ein Kukkuckskind im fremden Nest. Ich höre neugierig zu und

mache dann einen Fehler. Ich sehe Bird an. Du hättest seinen Blick sehen sollen. Ich werde ihn mein Lebtag nicht vergessen. Aber weißt du was?«
»Nee.«
»Er hat den Spieß einfach umgedreht. Er nennt sich selbst Bird. Wenn du ihn mit seinem richtigen Namen ansprichst, antwortet er nicht, es sei denn, er hält dich für einen Freund. Das ist ein Grund, warum ich nicht wollte, daß du ihn fertigmachst. Der andere ist die Art, wie er sich verteidigt hat: Ich mag, wenn einer Mut hat und fix ist. Ich glaube, wenn er gejammert hätte, hätte ich mit Vergnügen zugesehen, wie er seinen Denkzettel kriegt.«
»Frances, du bist nicht zimperlich. Du bist rührselig.«

Bin ich das?
Untergräbt Stadtleben den Überlebenswillen?
Keine Ahnung.
Das Schreckliche an der Stadt ist für mich der Dreck. Ich fahre täglich spazieren, bis zur Ecke und zurück auf einem Umweg. Ohne besonderes Ziel, nur um mich einzugewöhnen. An den Schmutz zu gewöhnen. Fettige Papierfetzen, Hundekot, Glassplitter, Speichel, Vogelscheiße, graues Kaugummi auf dem Gehweg. Dicke Luft und zu viele Menschen, die atmen. Sogar der Regen ist schmutzig.
Charlie blieb eine Woche.
Er räumte noch Ware in die Regale und erklärte, daß er in ein, zwei Wochen zurück sei, sagte, wenn ich ihn früher brauchte, soll ich »Mike in Hastings« anrufen. Ich war überzeugt, es würden Monate vergehen, bis er, wenn überhaupt, wieder auftauchte.
Einen Tag nachdem Charlie weg war, kam Bird wieder in den Laden. Es war bestimmt kein Zufall. Er hatte uns genau beobachtet.
Ich sagte: »Verschwinde«, und es tat mir leid, daß Charlie nicht mehr da war.

»Was kostet das?«
»Raus.«
»Was kostet das?«
Ich rollte um den Ladentisch und wollte auf ihn losgehen.
»Raus, Bird, oder ...«
Er hielt die Stellung. Er zeigte nicht mehr auf die Süßigkeiten im Regal, er zeigte auf mich.
»Was kostet *das*?«
Ich hielt inne ...
Birds Augen lächelten, sonst war sein Gesicht wie immer, nur sein dunkler Blick leuchtete.
Die Stadt hat mich rührselig gemacht. Und wenn schon?

»Ally, warum geht Bird nicht in die Schule?«
Sie zuckte schwerfällig die Achseln.
»Bird ist einfältig, wissen Sie, zurück – geblieben.«
»Aha. Wer sagt denn das?«
»Die Fürsorge, die vom Sozialamt, wissen Sie.«
»Oh, ich verstehe.«
Ich verstehe nicht.
Bird gab sein Was-kostet-das?-Spiel auf. Meistens rede ich jetzt, und er hört zu. Sperrig auf Stöcken und geschienten, plumpen Beinen steht er da und lauscht, während ich rede und rede. Von dem Haus, das ich selbst gebaut habe. Von den weißen Kiefernpfählen, die ich auf Bestellung zuschnitt.
Von September und November, wenn Sprotten gefischt wurden. Von Prilen, Sandbänken, Fischläufen.
Wieder und wieder, ungewollt, erzähle ich, daß ich nach Süden will, zum Ende der Welt, wo die Brandung hohe, helle Wellen schlägt.
Bird sagt gar nichts. Er hört zu, dann leuchten seine Augen, und dann quält er sich mühselig davon.
Ich glaube, Bird ist klug, klug genug, seine Gefühle und sein Wissen zu verbergen.

Nächte, die nie ganz dunkel sind, Tage, die schon im Morgengrauen verbraucht wirken.
Die Geschäfte sind langweilig gut. Die Ladendiebe kommen höchstens ein-, zweimal pro Woche. Ich stehe früh auf und räume Waren ein; tagsüber bediene ich bis zum frühen Abend; mache Kasse; mache sauber und suche meinen Trost bei der Flasche.
Ich war benebelt, als Charlie wiederkam, auf den Tag nach zwei Wochen, wie versprochen.
»Wer ist da?« fragte ich durch die Tür.
»Tante? Alles OK, Tante?«
»Zum Teufel, Charlie!«
Ich schloß die Tür auf.
»Oh, wie gut, daß du wieder da bist«, ich weinte, und er umarmte mich.
»Ich habe dich noch nie weinen sehen.«
»Alles nur Wasser, Charlie. Mach dir keine Sorgen. Ach, wie gut, daß du wieder da bist, wie gut.«
Jetzt sorgt er sich wirklich.
»Du bist dünner geworden, Frances.«
»Zuviel Flüssignahrung!«
»Ach, zum Teufel, Tante. Das Leben hier ist nichts für dich. Komm nach Hause. Ich komme mit. Ich pflastere den Weg. Zementplatten bis zum Strand, dann kannst du mit dem Rollstuhl überall hin. Ich verbreitere die Türen. Setze das Waschbecken tiefer. Richte das Klo, so wie hier. Mache alles so, daß du gut zu Hause wohnen kannst. Und ich –«
»Charlie, du kannst keine Schaufel vom Spaten unterscheiden.«
»Das lerne ich.«
»Ja, ja, ja.«
Er kocht schweigend Tee, doch sein Schweigen ist nachdenklich, nicht beleidigt. Nach dem Essen fragt er:
»Läuft der Laden?«
»Kannst gerne neue Ware einräumen. Sonst alles, wie gehabt.«

»Was machen deine Ladendiebe?«
»Fast ausgestorben. Die jetzt noch da sind, hält der Laden aus.«
Er nimmt einen Schluck von meinem Wein.
»Hab Bird vor dem Laden gesehen.«
»Um diese Tageszeit? Was hat er gemacht?«
»Nichts. Ich habe ihm eine verpaßt und ihn nach Hause geschickt.«
Mein Neffe grinste sein altes freches Grinsen.
»Die Dose vom letztenmal habe ich nicht vergessen.«
In jener Nacht träumte ich und hörte die Regenvögel, hörte den Kuckuck in den Bergen.
Oh, Charlie, was du so alles sagst.
Ich höre ihn leise schnarchen.
Ich höre eine ferne Sirene.
Ich höre einen Hund kläffen, die Straße hinunter Au! Au! Au! Vielleicht derselbe, wie in der ersten Nacht...

»Ich gebe mir noch einen Monat, Charlie. Bleib wenigstens so lange und warte, ob ich mich eingewöhne.«
»OK, in dieser Woche kümmere ich mich um deinen Laden, nächste Woche fahre ich in den Süden, und am Monatsende komme ich zurück. Vorsichtshalber, falls du früher weg willst.«
Du mit deinen großen Entschlüssen, sagte ich mir. Du mit deinem Vorsatz, dich von deinem alten bewegten Leben zu trennen. Beim bloßen Gedanken an den Monat vor mir, bin ich, ohne zu trinken, betrunken. Noch dreißig Tage im Exil und dann...
Kein besseres Mittel, mit allen Rädern fest auf dem Boden zu bleiben, als das Verkaufen. Weltlich, dinglich, sachlich. Fraser, du wärst stolz auf mich. Ich drehe und wende mich hinterm Ladentisch, bediene, lächle, wache, daß die Kasse stimmt. Ich beschneide mich, Fraser, du würdest es nie verstehen. Du hieltest es für ein Zeichen von wild wucherndem Eigenwillen. Nächtelang Wein und viel Ge-

kicher. Charlie leiht mir seine jungen starken Schultern und hält mir die Welt aufrecht. Er kocht für uns beide, hält alles sauber. Die Regale im Laden sind vollgepackt. Er bedient, wenn ich vor Kichern nicht mehr kann.
Ich bin hinten im Bad und kühle meinen heißen Kopf. Ich habe ein Hochgefühl, es befreit mich von meiner Schwerkraft, Frances... Ich schwebe aus diesem Stuhl, auf und davon ha ha, und da... höre ich:
»Warum willst du nicht zurück nach Auckland?«
»Da ist es dunkel.«
»Da brennen doch mehr Lichter als weit und breit hier.«
»Da ist es dunkel. Wo ich bin, ist es dunkel.«
»Wohnst du in einer Höhle?«
»Da ist es dunkel.«
»Komm, Bird. Das hast du jetzt schon drei-, viermal gesagt.«
»Es ist trotzdem dunkel.«
Charlie stöhnt verächtlich.
Ich höre, wie Bird davonschlurft.
Ich sitze da und sehe in den Spiegel.
Schmerz frißt Fleisch. Auch Angst und Haß und Kummer. Dünnsein ist keine Tugend. Meine Beine sind Haut und Knochen, man hat es mir vorausgesagt. Die Augen auch eingesunken. Der Tod schnitzt schon einen Schädel. Ich bin über fünfzig.
Mir war noch nie aufgefallen, wie dünn Bird ist.
Schmutzig, ja. Sein stumpfes Haar, bleigrau, verfilzt. Ally ist eine Schlampe. Ihr Körper riecht ranzig, nach Schichten von Nachtschweiß. Es kümmert sie nicht, niemand kümmert sie.
Und mir schien sein dunkler Blick angeboren, nicht aufgezwungen. Manche kommen mit diesem inneren Dunkel zur Welt.
Charlie kommt nach hinten und pfeift ein kleines Lied.
»Nüchtern, Tante?«
»Ja... Was pfeifst du da?«
Sein Grinsen wird noch breiter.

»Ein Abschiedslied für Bird.«
»Aha? War das eben Bird? Mit dem du geredet hast? Habt ihr Versöhnung gefeiert?«
»Genau, Bird. Habe mich mit ihm unterhalten ... ha! Wasmachstdu in Christchurch, Charlie? Habe ihn mal singen lassen.«
Er wirbelt herum.
»Ein komischer Vogel, komischer, als du ahnst. Ha ha!«
Ha ha ha.

Charlie stimmte seine Gitarre. Bird stand mit großen Augen da. Ich saß an meinen Stuhl gefesselt. Ich war den Stuhl so leid. Vielleicht stand er mir im Gesicht geschrieben. Vielleicht legte Charlie deshalb vor dem Spiegel die Gitarre beiseite.
»Hast du ein Lieblingslied, Bird?«
»Nein.«
»Magst du Maori-Lieder, Bird?«
Der Junge zuckte die Achseln.
Charlie griff die Gitarre, unsicher. Er sah mich an. Ich sah in mein Glas. Es war kein Spaß mehr.
»Komm mit nach hinten, Bird.«
Vorher hatte Charlie gesagt: »Du gehst bald hier weg? Wir auch.«
Er blinzelte mir zu.
»Hab' was für dich. Hier«, und reichte ihm eine Batterie und eine Rolle Pfefferminz.
»Geschenkt«, sagte Charlie strahlend. »Wir stellen auch keine Fragen.«
Bird nahm alles an. Er rückte seine Krücken zurecht und stand regungslos da. Ich begriff, daß Bird nahm, was er bekam, ein Leben lang schon. Doch wie ich damals stundenlang im Wasser, wußte auch er, daß manche Schläge tödlich sind und der Tod langsam sein kann.
Es traf ihn weniger gerüstet als gepanzert, erstarrt. Rührst du dich nicht, glauben sie, du lebst nicht. Rührst du dich

nicht, trifft es dich nicht. Der Reglosigkeit spielte Charlie sein Lied.
Pipi pipi manu e
Nie war mir mein halbes totes Ich so schwer.
Pipiwharauroa,
Der Bruch zwischen Leben und Tod schmerzte.
E pi pi ana e
Ich wünschte ein Feuermesser, Erlösung, Befreiung.
Mo papa, mama wharauroa,
Doch nur mein Inneres brennt, weil ich nicht atme.
Mo papa, mama wharauroa.

»Ein gutes Lied«, sagte Charlie gekränkt. »Gute Melodie, guter Rhythmus. Ein Kinderlied, um Himmels willen. Nicht unanständig und gar nichts.«
Er stopfte seine letzte Jeans in den Rucksack.
»Im Mai komme ich wieder. Vielleicht.« Er drehte sich noch einmal um. »Frances, es war ein Scherz.«
Ich wartete, bis er draußen war. Dann warf ich den Tafelwein an die Tür. Warf meinen Körper nach vorn, bis der Gurt ins lebende Fleisch schnitt. Es schmerzte.

Ja, ich weiß. Mit 19 ist man ein Kind. Mit 19 ist man ein Junge und kein Mann, ist man grausam wie ein Kind. Ich hatte von Kindern gehört, die ihre kleine Schwester genommen, in einen Karton gepackt und mitten auf die Fahrbahn gestellt hatten. Sie lachten sich tot, als zwei Autos über den Karton fuhren. Es war ein Scherz, Mama.
Vergehe, Starrheit. Augen, vergeht.
Ich habe wieder von Regenvögeln geträumt, diesmal waren sie nicht in den Bergen. Sie sangen an meinem hellen Strand, und ich ging dem Traum entgegen, stolperte. Ich wollte ihn töten. Ich schrie.

Ich wollte Reichtum.
Du gabst mir Fangrecht
an einem fernen Strand.
Dann nahmst du mir mein Recht!

Jemand lachte laut.

Selig, die nichts erwarten, denn sie werden haben.
Ich wollte meinen Schmerz lindern und tauchte in die Menge. Trieb mich über vier Straßen zur nächsten Kneipe. Ein langer Weg für die Hände. Mein Gebrechen stößt sich an Bordsteinkanten, bis mir die Luft ausgeht. Doch der Schmerz bleibt.
Die Bar quillt über vor Rauch und Lärm. Peinliches Zurückweichen vor meinen Rädern. Ich bekomme mein Bier und steure einen Tisch an. Die Menge um mich schmilzt. Ich bin ein Krüppel mit Decke und allem, was sich gehört. Bin wie die müden Männer, die mit ihren heimlichen Schnapsbräuten in einsamen Ecken vor Liebe sabbern. Ich sehe in mein Glas. Dann:
»Wie ist die Lage? Was gebrochen?«
»Aus dem Nest gefallen.«
Er lachte scheppernd. Rot gedunsenes Gesicht. Einer von den Säufern, die wahllos mit entsetzlicher Freundschaft um sich werfen, denke ich. Dann faßt er unwillkürlich an seinen Hosenschlitz, und ich begreife, daß ihn Krüppel reizen. Er redet dumm und ununterbrochen. Tranige, breiige Sätze. Ich sitze in der Klemme und kann nicht weg.
Ich denke an Bird und erstarre. Daß der Mann geht, nehme ich nicht wahr.
Vielleicht taugte die Methode des Jungen.

Am letzten Kassenwächtertag sage ich zu Ally: »Ist Bird krank?« Ganz nebenbei.

»Oh, meine Schwester hat ihn abgeholt«, sagt Ally mit undurchdringlichem Gesicht. »Vor einer Woche. Da hat meine Schwester ihn geholt.«
»Aha«, sage ich ganz und gar nebenbei.
Bird ist wieder in Auckland, das Lächeln gefangen in seinen Augen.

Ich höre sie in den Bergen singen, *kui kui kui whiti whiti ora.* Ein junger Vogel ruft laut, ein Kuckuck, ruft immerzu nach dem Vater, der Mutter Kuckuck. Regenvögel.
Zum Teufel, dachte ich.

DIE ZIKADEN DES SOMMERS

»Francis, ich habe Durst.«
»Im Krug ist Wasser.«
»Das Wasser ist warm.«
»Dann hol dir Eis.«
»Kann ich eine Cola haben, Francis?«
»Nein.«
»Ich gehe auch für dich zum Laden.«
»Nein.«
»Warum nicht?«

Es ist Mittag und überall zirpen Zikaden. Sie kreischen wie Kreissägen, quälen die Nerven.

»Waaaruuum niiicht?«

»O Gott.«

Der Busch verdorrt in der Sonne, und sein Kopf wird immer enger, verdorrt wie der Busch.

»Bitte Francis?«

Er legt seinen Kopf auf Berge von Papier und träumt von tiefen, kalten Wassern. Träumt er genug, quellen die Wasser aus seinen Augen und fließen sacht heraus, und vielleicht, vielleicht mildert diese Osmose die Enge in seinem Kopf.

Ist sie sein Schweigen leid, geht sie nach hinten zu den Rileys. Mrs. sagt: »Ich habe über ihn die absonderlichsten Dinge gehört hallo mein Kind.«

Hall Riley weicht wie üblich Rohr ein. »Muß Essenszeit sein, wir bekommen Besuch.«

»Ich habe keinen Hunger. Ich suche ein Buch. Was ist absonderlich?«

»Nichts, mein Kind. Es hat mir nur jemand erzählt, daß er

früher in Christchurch gewohnt hat, ganz ähnlich wie hier. Kleine Hütte abseits vom Haus. Blieb für sich, ging nur zur Bowlingbahn. Kein Trinker, aber für einen Engländer konnte er einiges vertragen. Dann verschwand er eines Nachts, so plötzlich, wie er hier auftauchte. Und eine Woche später fanden sie diese winzige das ist nichts für deine Ohren Kind.« Mrs. kann wie niemand sonst auf der Welt ihre Zuhörer in Schach halten. Sie wirft Gwen ein spitzes Lächeln zu.
»Winzige was?«
»Was für ein Buch?« Hall schnipst ein bleiches Rohrende ab.
»Insekten. Zikaden. Winzige was?«
»Dachte, dein Vater hätte so etwas in seiner Bibliothek«, sagt Mrs..
»Da sind nur Bücher über Mathematik. Er hat nichts Lebendiges.«
»Armer Mann.« Mrs. dreht sich zum Spülbecken, scheppert einen Topf, einen Deckel, wieder einen Topf.
Hall hievt sich vom Stuhl und schlurft klirrend zum Regal. »Da«, sagt er. »Bring es wieder, wenn du es gelesen hast.«
»Tu ich doch immer.«
»Abgesehen von den zwanzig, die du in deinem Zimmer hortest«, sagt er bissig, und sie grinsen sich an. Er läßt sich wieder hinter seinen Arbeitstisch fallen, die Beine steif von sich gestreckt. »Alles Gerede«, sagt er zu seiner Frau. »Wie wär's mit einem Bier?«
Sie seufzen alle zufrieden. Die Gläser sind vor Kälte beschlagen; das bernsteinfarbene Getränk kühlt Kehle und Kopf.
»Mir gefällt das nicht«, Mrs. schaut stirnrunzelnd zu ihrem Mann. »Überall Stockrosen, nirgends mehr Flachs für die Körbe.«
Gwen weiß, was sie meint. Im Winter war ein neuer Mieter ins Gartenhaus gekommen. Im hinteren Teil des Wohnhauses lebten schon immer die Rileys. Doch nach

dem Tod ihrer Mutter stand, was sie Schuppen oder Studio nannten, mahnend leer. Vermietet es bald, sagte Mrs. und gab eine Anzeige auf. Mehrere Mieter kamen und gingen, keiner blieb lange. Und dann, Ende Mai, war er gekommen, durchsichtig und hager, all seine Habe in einem alten Plastikkoffer. »Schönes Fleckchen, mein Cottage«, sagte er über den Schuppen und verkroch sich, bis die Sonne wiederkam. Dann tauchte er in einem blendendweißen Bowlinganzug auf. Im Fortgehen lächelte er den Rileys zu. Gwen übersah er. Daß es Francis gab, schien er nicht zu wissen. Frühmorgens stand er auf und ging zur Bowlingbahn, und keiner hörte, wann er nachts nach Hause kam. Doch er kam.

»Ich habe ihn erwischt, wie er kochendes Wasser auf den Flachs goß«, sagt Mrs. erbost.

Sie haben doch nichts dagegen? hatte er mit verkniffenem Lächeln gesagt. Soll ein Cottage ganz wie zu Hause sein. Jetzt überwuchern die kitschigen Stockrosen den kümmerlichen Flachs.

»Er ist er ist er ist«, Mrs. findet keine Worte für das, was er ist.

Er ist groß und dünn und trägt makelloses Weiß. »Keine Ahnung, wo er die Sachen wäscht, auf der Leine hat noch nie etwas gehangen«, murrt Mrs. In Weiß wirkt der Mann wie gelackt. Sein Anzug steht steif ab. Und ledrig glatte Hautflächen verschieben sich, wenn er lächelt. Seine Sprache klingt knapp.

»Ich mag die Sprache nicht«, sagt Mrs. unwillig. Sie stellt ihr Glas ins Spülbecken, stellt scheppernd einen Topf auf den Herd.

»Seine Sprache kannst du ihm nicht vorwerfen«, sagt Hall. Er flicht weiter an seinem Korb. »Oder daß er den Flachs erledigt hat. Er zahlt die Miete pünktlich auf den Tag. Er macht keinen Ärger. Nicht wie Lanson.«

Mrs. zuckt die Achseln. »Der war ein junger Taugenichts.«

»Und diesmal haben wir einen alten Geheimniskrämer, sei froh.«

»Bin ich aber nicht ... sag deinem Vater, das Essen kommt in zehn Minuten, Gwennie.«
»Okay.«
Sie geht hinaus in die leuchtendhelle Sonne, und die Zikaden sirren und klirren und rasseln. Hall sagt, es ist unnatürlich, daß es auf diesem Teil der Insel so lange trocken ist. Hall sagt, deshalb sind die Zikaden so laut, deshalb gibt es so viele. Hall sagt, deshalb machen sie die Leute wahnsinnig. Sie stört das nicht. Es sind Ferien, und sie kann allein im Busch bleiben, solange sie Lust hat, kein Regen, der sie ins Haus treibt. Was macht es schon, daß manche Leute klagen und zanken, was macht es, daß Francis ein weinerlicher Schatten seiner selbst geworden ist? Solange die Rileys sie in ihre dunklen kühlen Schattenräume aufnehmen, solange dort Bier und Beschäftigung auf sie warten, kümmert es sie nicht.
Sie hockt im Schatten der Ngaios und schlägt das Buch auf. Francis weiß, daß es irgendwann zu essen gibt. Das braucht sie ihm nicht zu sagen. Er ißt sowieso nicht. Wahrscheinlich weint er wieder. Sie starrt auf eine Seite. Eine kleine weiße Laus rennt den Rand herunter. Sie wartet, bis sie beinah unten ist, und drückt sie tot.
Und dann ziehen die Worte sie langsam, immer stärker in ihren Bann, nehmen sie gefangen, verschließen ihre Ohren vor der Welt.
Sie hatte das Wort »Zikaden« zum erstenmal gehört, als sie in den Schulferien nach Hause gekommen war. »Verdammte Zikaden«, hatte Hall gesagt. Es hieß nichts. Einen Tag später lag sie draußen im Hof flach auf dem Bauch, hatte nichts vor, wollte nur fort von den Tränen, die Francis weinte, und entdeckte dieses Etwas. Die braune hohle Schale eines Insekts, die wie aus Lack schien. »Eine Zikadenhülle«, sagte Mrs. und zeigte ihr, was daraus zum Vorschein gekommen war. Das Insekt saß regungslos auf einem Pfosten im Hof; es läßt sich von der Sonne trocknen, sagte Mrs.. Gwen sah mit großen

Augen die drei rubinroten Fühler auf seinem Kopf, starrte, bis es davonflog.

»Francis, schau mal. Exuviae.«

»Was?«

»Gutes Wort, nicht wahr? Hier.«

Er schaut. Er sieht nichts.

»Nett.«

»Da kommen die Sänger heraus. Seine Haut zu verlassen, muß wie sterben sein.«

»Was?«

»Das sind ihre Häute, diese Exuviae. Verstehst du, von den Zikaden.«

»Ja, Gwen, bring den Teller zu Mrs. Riley.«

»Aber Francis.«

Er läßt den Kopf wieder hängen.

Es stört sie nicht, daß es ihren Vater nicht interessiert. Sie hat eine Pralinenschachtel halb voller brüchiger Hüllen. Grabkammern auf dem Weg ins lärmende Leben ... kein Wunder, daß die Erwachsenen Sänger heißen, Rehuas Sänger. Sie fragt sich, wer Rehua war? Ihre Sänger, seine Sänger sirren und rasseln Tag und Nacht. Sie singen vor Freude in der Sonne, und wenn die Sonne fort ist, singen sie weiter, damit sie wiederkommt. Manchmal, wenn sie im Morgengrauen aufwacht, hört sie das Klicken und Klacken, mit dem sie die Nacht vertreiben, leiser als tags, lauter als Francis, der sich nebenan schweißgebadet hin und her wirft.

Rileys Katze fing sie aus der Luft, mit einem Pfotenschlag. Sie aß den weichen Hinterleib, ließ die spröden fleischlosen Flügel liegen, die gepanzerte Brust, den gehörnten Kopf. Manchmal kroch die zerrissene Zikadenhälfte fort. Francis fand so eine, zertrat sie, zerstampfte sie, bis ihn der Fuß schmerzte.

Gwen hielt die Katze auf dem Schoß und dachte, daß er zum erstenmal nach Briars Tod eine heftige Bewegung gemacht hatte; bedauerte, daß ihn jedes, egal welches Tun schmerzte. Sie sah die Katze an. »Wie hat es geschmeckt, Mica?« Die Katze blinzelte aus goldenen Augen, gähnte, entwand sich ihren Armen. Im Buch stand, Zikadennymphen könne man essen. Die eiertragenden Weibchen auch. Sie ging in den Busch und begann zu graben.

Der Busch wirkt bräunlich, und die Farne sind vertrocknet. Das Gras steht hoch und ist seltsam gelb; die Brombeeren sind verdorrt, zu Samen verwelkt, ohne Früchte zu tragen. Sie muß die warme trockene Erde ein Stück aufgraben, bevor sie auf feuchten Boden und Zikadennymphen stößt. Die erste liegt auf ihrer Hand. Der Hinterleib krümmt sich ein wenig, sonst nichts.

Vor etwa einem Jahr hat ein Weibchen ihren Legestachel in das lebende Gewebe eines Baumes gestoßen. Sie kennt die Kerben, sonderbare und gefährliche Verletzungen für einen dürren Baum.

Aus dem Ei wurde eine winzige Nymphe, und die Nymphe kroch abwärts, in den Boden. Sie bohrte mit ihrem Rüssel, saugte den Lebenssaft und wuchs. Ausgewachsen, hörte sie sich zu nähren auf und baute eine unterirdische Kammer, in der sie schlief, während sie verwandelt wurde.

Sie weiß, manche liegen drei Jahre lang träumend im Erdboden, manche viel länger. Und während sie träumen, sind sie gefährdet wie nie, trotz ihrer listigen unterirdischen Verstecke. Sie werden von Käfern gefressen, und manchmal von Käferlarven. Der Fungus Cordyceps, dieser eigenartige Pilz, läßt sie im Schlaf verwesen. Und es gibt Menschen ...

Die Träumer haben weiße Augen, die korallenrosa werden, je näher der Tag kommt, an dem sie zum Licht vordringen. Am Licht sterben. Leben als Sänger. Solche Verwandlung, von Ei zu Nymphe, zu verpupptem Träumer;

aus langer, kühler, untergründiger Stille an eine gellend grelle Sonne. Diese Nymphe hat Korallenaugen, stellt sie fest.
Hart, denkt Gwen, bevor sie sie in den Mund steckt.

»Francis, wandeln wir uns, wenn wir sterben?«
Das schreckt ihn auf. Er starrt sie aus engen Augen an.
»Ich meine, verwandeln wir uns in etwas anderes? Wie die Zikaden?«
Sein Blick ist erschreckend.
»Ich meine nur ...?«
»Wir verwesen.«
Seine Stimme ist grob; seine Hände zerdrücken sein Gesicht.
»Wir verwesen.«

»Hall, wenn wir sterben, verwandeln wir uns wirklich in Engel?«
Hall sieht sie an. Er hat sich heute nicht die Mühe gemacht, seine Beine anzuschnallen.
Er lehnt gegen den Stuhlrücken.
»Manche Leute behaupten das, Gwen.«
»Was meinst du?«
»Weiß nicht. Hab's noch nicht erlebt.«
Mrs. kommt mit Getöse durch die Hintertür. »Himmel, ist das heiß ... wißt ihr, was ich getan habe?« Sie trägt ein boshaftes Lächeln zur Schau und an ihren Händen klebt Erde. »Habe vier Flachsstöcke gepflanzt, *vier* Stück. Das soll ihm eine Lehre sein.«
Hall schüttelt den Kopf, sein Blick geht zu dem Mädchen und wieder zu seiner Frau. »Das macht die Hitze«, sagt er sich, »das machen der verdammte Lärm und die Hitze.«

Der Regen, der in den Nächten fiel, war müde, war niemals genug. Eines Morgens jedoch fand sie in einer Pfütze neben dem zerbrochenen Abfluß eine Zikade, die auf dem Rücken lag. Mit ihren Flügeln klebte sie an einem Stein. Sie zirpte noch, doch jedesmal langsamer. Die Sonne erhitzte sich nicht schnell genug, um sie zu befreien. Sie sah zu, wie die Zikade starb.
»Hallo, mein Kind.« Er zieht schnell seinen weißen Hut vor ihr, dreht sich schnell um, geht sehr schnell fort zur Straße.

»Francis, kann ich helfen?«
»Um Gottes willen. Um Gottes willen.«
Er sitzt zurückgelehnt an seinem Schreibtisch. Seine Augen sind geschlossen. Sein Gesicht ist grau und durchweicht von Weinen nachts und tags, wann immer er sich ungehört glaubt.
»Bitte, Vater?«

Da ist der Hof, und dahinter der Busch, und mitten im Busch der Bach. Sie hat Halls Buch gelesen, kennt es in- und auswendig. »Amphisalta Cingulata, Amphisalta Zealandica, schwarze Zikade, Bergzikade, grüne Zikade und braune.« Sie kann jedes Glied des Beines benennen, alle Teile des Unterleibs, nie erträumte Worte schrillen in ihrem Kopf – Mandibulo Thorax Chiton Tegmina. Und im Hof und dahinter im Busch und überall am Bach zirpen die Zikaden.
In diesen siedendheißen Tagen ist ihr übel vor – sie findet kein Wort dafür. Die schweren Insektennamen sind ihr im Weg. Das ist es, denkt Gwen. Daß alles reif aus dem Boden kommt. Ein Dutzend habe ich gegessen. Ein weiteres Dutzend habe ich ausgegraben und auseinandergenommen. Und immer noch schlüpfen sie aus. Überall.
Sie macht einen wütenden Buckel. Wenn Francis aufhört

zu weinen, regnet es vielleicht. Hört es vielleicht auf zu stauben. Hören *sie* auf.
Sie geben weiter ihr schrilles Hohnkonzert.

»Hör um Himmels willen mit diesen *verdammten* Stockrosen auf!« schreit Hall.
Mrs. schmettert ihr Glas ins Spülbecken, wo es zerbricht.
Wie sie sich anknurren, denkt Gwen. Sie *knurren* sich wirklich an.
Die Kühle in den Hinterzimmern hat sich in Luft aufgelöst. Mrs. und Hall blitzen sich an, und sie sieht die Funken stieben.
Mrs. dreht ihnen den Rücken zu. Sie sucht die Splitter aus dem Spülstein, als wäre es egal, ob sie sich schnitte.
»Himmel, Liebling«, sagt Hall leise und langsam. Und lange Sekunden später: »Es tut mir leid.«

Töten befriedigt tief innen. Hundert Nymphen zog sie ans Licht und ließ sie als Frühgeburten in der Sonne vertrocknen. Das zu beobachten tat gut, doch es verlangte Geduld. Sie auszugraben und ihre fetten Körper zu zerreißen, war viel besser. Am besten war es, eine Nymphe ans Licht zu bringen, auf die Erde zu legen und mit dem Stein zu erschlagen. Im Sonnenlicht den bewußtlosen, prallen Sänger mit einem Schlag zu vernichten. Hitzetagelang spürt sie die Sänger auf, zerschmettert sie die Nymphen. Wieder zu Hause an staubigen Abenden lauscht sie. Ist das Sirren leiser geworden? An ihren Fingern klebt Nymphenfett, und ihre Handgelenke schmerzen.

»Francis, wie wird man stark?«
Auf seinen Tabellen liegt Staub. Der Bildschirm seines Computers ist seit Wochen eisgrau. Seit sie zu Hause ist.
»Stark?«

»Ja, ich habe Steine und Sachen gehoben. Sie wiegen einiges, weißt du?«

»Ja.«

Seine Augen sind trocken. Er ist ruhig.

»Ich möchte wissen, ob man man *ich* stark werde, wenn ich so weitermache?«

»Warum, Nen?«

Sie muß weinen, plötzlich, überraschend. Ich habe meine Kosenamen nicht vermißt. Sie geht grollend durch den verdunkelten Raum.

»Mir tun nur die Handgelenke weh. Ich *weiß*, wie ein Stein sich anfühlt, jeder alte Stein. Weißt du? Sie sie passen genau in die Hand. Aber –«

»Soll ich eine Gleichung aufstellen? Zwischen dem Gewicht der Steine pro Woche und dem Gewinn an Muskelkraft bei einem Mädchen vor der Pubertät?«

Sein altes Lachen ist endlich wieder da.

»Ja bitte, Francis.«

Er seufzt.

»Später, Nen. Bestimmt.«

Ich töte sie alle, verspricht sie der Dunkelheit. Die einsame Zikade klickklickklick vor ihrem geöffneten Fenster hält einen Augenblick inne. Das ist ein gutes Omen.

Eine Woche später riecht der ganze Busch nach Rauch. Die Sonne hat einen glühendblauen Hof, und die Zikaden rasseln im Fieber. Mrs. sagte beim Frühstück, »Jimmy Fast hat sich erschossen«, und Hall seufzte. »Bin mit ihm zur Schule gegangen. War mit ihm bei der Bahn, bis.« Für sich setzt sie den Satz fort, »bis ich meine Beine verlor.« Sie will nichts zu trinken haben und geht nach draußen, will zum Bach, reibt sich die Handgelenke. Sie schmerzen nicht mehr.

Sie schreckt zurück. *Das* haben sie sonst nie getan. Eine gewöhnliche bleiche Nymphe, aus ihrer Kammer gegraben, bewegt sich peitschend hin und her. Ihr Körper krümmt sich um 90 Grad, gen Himmel, zur Erde. Fühlen sie, daß sie sterben, zerschmettert, vernichtet werden? Fühlen sie Schmerz? Es kümmert mich nicht, es kümmert mich nicht. Sie nimmt einen Kiesel, wiegt ihn in der Hand, hält ihn schräg, schlägt zu, und sofort hört das Zukken auf. Es kümmert mich nicht.
O Gott, soviel Leben wird verschwendet. Zuviel ist mir fremd. Mir bleiben noch fünf Tage. Dies führt zu nichts.
Sie hockte sich, lehnte sich an Nahes, Hartes und versuchte das Bild der tödlich zuckenden Nymphe auszuschließen.
Ich habe seit Jahren nicht mehr am Daumen gelutscht ...
Was ist das für ein Schatten? Regen? Mein Regen? Sie setzt sich auf.
»Guten Tag, mein Kind.«
Sein Lächeln knarrt. Sein stechender Blick glänzt wie Zikaden. Er faßt ihre Schulter. Sein Griff brennt wie glühendes Eisen. Sein Griff ist unwiderstehlich. Komm, sagt er, der Bach ist heute kühl. Komm mit mir

»O Gott Mr. Prendergast o Gott Francis aufwachen!«
Seine Finger rutschen von den Tasten.
»Ich bin's, ich bin's Eadie Riley, schauen Sie mich nicht so an!«
»Eadie?«
»Francis, bitte, der Kerl ist fort.« Sie würgt, sie keucht, sie findet ihre Sprache wieder. »Der Mieter, verstehen Sie?«
»Was?«
»Sie ist nicht da, Gwen ist nicht, sie ist seit Stunden nicht da. Verstehen Sie? Und Hall ist betrunken und o Gott Francis!«
»Sie?«

»Gwennie! Sie ist fort und sie ist nicht da und der Kerl«, und Francis stieß den Computer um und lief.
Er bricht die Tür auf – nein, das nicht, nie habe ich meine Tränen gespürt, Hall ist gefallen, ich gehe.

Der Schmerz zieht nach oben bis zu ihrem Brustbein. Der Bach ist kalt und die Welt verschwimmt. Sie spürt den Schmutz um ihren Kopf, sie spürt das Harte, weit weg, Stein?
Ihre Hand umschloß den Stein. Den ganzen Sommer lang
hatte sie es geübt
und sie wußte
wie endgültig
sie zuschlug.

Es regnet.

DRACHENSTEIGEN

Du sagtest, schreib alles auf, schreib es nieder, faß es in Worte.
Ich werde es versuchen.
Es ist nicht einfach.
Hat man jahrelang Aufsätze korrigiert, korrigiert man auch sich selbst. Unterrichten macht leicht überempfindlich, man fühlt sich unwohl, wenn man sein Wissen anwenden soll. Man wird eher Kritiker als Praktiker.
Trotzdem, ich versuche es. Wie es mir in den Sinn kommt.

Ich bin weder jung noch alt. Ich hatte vermutlich eine behütete Kindheit und habe ein ruhiges Leben geführt. Solange ich denken kann, wollte ich einen akademischen Beruf. Einige Jahre war ich Lektorin, nicht ohne Erfolg. Ich war keine Sensation, doch ich war auch kein Versager. Hier bin ich seit drei Monaten.

Du sagtest, ich solle die körperlichen Details so genau wie möglich beschreiben. Mein Aussehen ist nichts Besonderes.
Ich bin nicht groß, ich bin nicht schön, ich bin auch nicht häßlich. Ich wirke aufgedunsen, wie Hefeteig, aber meine Nase ist schmal und klar, und meine Finger sind lang und dünn. Dieses Mißverhältnis liegt in der Familie, ich meine, es ist ein Merkmal.

Die Nacht war wie gewöhnlich, das heißt unruhig. Benebelt. Betäubt.

Ich versuche, alles *gegenwärtig* zu machen.
Der Tag ist hell.
Wenigstens draußen ist es hell. Hier drinnen ist es wie nachts, dunkel, schal und still.
Es läutet an der Tür, schrill und fordernd.
Ich habe versucht aufzuräumen, seit ich die Hupe gehört habe. Die Hupe rief zum Angriff, wie die Fanfare eines Kreuzritters vor feindlichem Schloß.
Der Lärm hört auf.
Ich öffne die Tür.
Ein halbes Dutzend Menschen, und M und K und C und D, in hellen Sommerkleidern.
Sie stürmen auf mich ein:
»Komm mit uns, los!«
Und die Kinder flitzen blitzschnell und giftig wie Tropenfische.
Ich sehe sicher abweisend und verschlafen aus.
Sie rufen im Chor:
»Supertag!« »Spitzenwetter!« »Tolle Idee!«
»Los! Los!«
Ich kann mich nicht daran gewöhnen, wie sie die Sprache verdrehen, verstümmeln, mißbrauchen.
»Was?«
»Wir fahren an den Strand!«
Sie grinsen auf Kommando, sie lächeln alle, sie geben sich freundlich.
»Es wird dich auf andere Gedanken bringen«, sagt leise K. »Dein Tief verscheuchen, deine schlechte Laune.«
»Tief? Schlechte Laune?« Ich widerspreche. Doch die Teufelskinder ergreifen die Worte, schleudern sie zurück. Schlechte Laune! Tief! Laune! Tief!, und ihre Eltern lassen es geschehen.
Damit sie aufhören, sage ich:

»Ich komme, natürlich komme ich.«
Sie johlen begeistert. »Toll!« schreien sie.
Sie lachen natürlich über mich.

Die Straße windet sich eigentümlich. Es ist, als suche sie erst ihren Weg und sei von der Richtung selbst überrascht.
Sie kommt an einen Strand, den sie nicht erwartet hat.
»Wo sind wir?«
»Doctor's Point«, sagt C lächelnd. »Die Kinder sind hier am liebsten.«
Ich hatte Menschenmassen befürchtet, Lärm, laute, ausgelassene Leute, die ihren Spaß haben wollen. Doch der Strand ist leer, kahl, wesenlos, eine öde Wüste. Der Wind zerrt am Sand.
Ich fürchte den Wind und bleibe sitzen.
Die anderen stürzen aus dem Wagen.
Sie wickeln geheime Dinge aus, Päckchen wie Pfähle, Päckchen wie Köpfe. Die Kinder tanzen wild im Kreis und werden um des Friedens willen auf Dünenexpedition geschickt. Überall Gelächter und heimliche Gespräche.
Ich friere beim Zusehen.
Das ist spürbar Tatsache: es ist sehr kalt, obwohl die Sonne scheint.
Ich gehe zu D.
»Kann ich helfen?«
Er lächelt, schüttelt den Kopf. »Komm, nimm ein Glas«, schlägt er vor.
Er meint, ob ich etwas trinken möchte.
Ich versuche, mich über seine Ausdrucksweise lustig zu machen – immerhin unterrichtet er Grammatik –, doch mir dröhnt der Kopf. Das Ergebnis ist ein lahmes, ein schüchternes Lächeln. Eine Lüge auf meinem Gesicht.

Ich bin müde vom Lügen. Ich versuche, mein Gesicht mit Lügen zu verdecken, ich verstecke, was die Natur aus meinem Gesicht gemacht hat, eine Maske. Innerlich brennt der Schmerz, doch äußerlich?
Ruhe. Haltung. Fette blasse Gelassenheit.
Zeigt mein Blick Todesangst? Zeigt er wenigstens Leben?
Drinnen ist überall Dunkel, jagen Schatten.
Niemand sieht es mir an.

Der Sand am Strand ist fein und weiß wie Puder. Er knirscht bei jedem Schritt.
Unwirklicher Sand – einen Augenblick, denke ich, bin ich in einem Traum gestürzt. Ich fühle mich unbeobachtet und mache meine Experimente, lasse den Sand in allen Tonarten quietschen.
»Es liegt an Größe und Zusammensetzung der Teilchen«, erklärt M.
Sie hockt linkerhand im Sand, umringt von gieräugigen Kindern.
»Oh?«
Sie lächelt sanft. Sie sieht auf das Gebilde, das sie zusammensteckt. »Wir lassen den Drachen steigen ... willst du zuerst?«
Die Kinderhorde brüllt im Chor: »Ich zuerst! Ich zuerst! Ich zuerst!«
Es schüttelt mich, ich schüttle den Kopf, Nein Nein Nein, ich gehe über den gequälten Sand.

Der Strand ist übersät mit totem Krill.
Es scheint die gleiche Sorte wie zu Hause zu sein, aber so viel habe ich noch nie angespült gesehen. Überall gespenstische Hügel, zu bleichen durchsichtigen Schalen verwest.
Warum sind so viele gestorben?

Wahrscheinlich weil sonst die Bartenwale den Krill in Grenzen hielten. Die Walfänger haben die Wale ausgerottet. »Alle zwanzig Sekunden stirbt ein Wal.« Bis keine mehr sterben, weil keine mehr da sind. Jetzt vermehrt sich der Krill überreichlich, treibt im Meer wie eine rote böse Strömung.
So könnte es sein, ob es wahr ist, weiß ich nicht. Ich habe seit vielen Monaten keine Zeitung gelesen, kein Fernsehen gesehen, mich mit niemandem unterhalten.
Der Sand knirscht grausam bei jedem Schritt.
Ich versuche zu schleichen, leise, auf Zehenspitzen, doch der Sand zwitschert schadenfroh bei jeder Bewegung.
Geschlagen setze ich mich mitten zwischen den toten Krill.

M hat den Drachen steigen lassen.
Ein blaues Delta mit Fledermausflügeln. Wie es so an zwei Schnüren schwebt, wirkt es wie ein grausamer künstlicher Raubvogel.
M zieht an der linken Schnur. Der Drache taucht. Sie zieht an der rechten Schnur. Der Drache schlingert, sein weißer Kunststoffschwanz peitscht kreisend die Luft.
Die Kinder jagen wie wildgeworden hinterher. Ich höre ihre hellen Schreie.
Oh, warum?
Triumphieren sie über den Sturz des Drachen. Oder haben sie einen Verbündeten gefunden? In diesem Raubvogel...
Ich schaue in den Sand, Tränen steigen mir in die Augen.
Durch den Schleier sehe ich, daß der Drache nicht weiß ist. Nur die Sonne läßt ihn so scheinen. Eigentlich ist er blaßbraun, lohfarben. Er hat eine schimmernde Oberfläche, körnig und rauh, daher die optische Täuschung.
Eines der Kinder stapft vorbei.
Ein Mädchen. Sie trägt ein billiges rot-gelb-geflecktes T-

Shirt und giftgrüne Shorts. Nackte Arme, nackte Beine, nackte Füße, dem Wind, der Kälte zum Trotz. Sie schreckt vor mir zurück, doch als sie vorbeigegangen ist, dreht sie sich um und lächelt schüchtern. Kleine weiße spitze Zähne.
Zur Antwort verziehe ich den Mund. Hau ab, Giftzwerg.
Ihr Lächeln schwankt.
Ihre Schritte werden schneller.

Zwei Dinge hatte das Kind: eine hinterhältige Freundlichkeit, aufsässige Freundlichkeit, falsche, verführerische Freundlichkeit – das war das eine.
Außerdem hatte sie ein Mal auf der Stirn, ein weinrotes Zeichen, und es schien ihr nicht bewußt, daß es sie entstellte. Sie verbarg es nicht, schämte sich nicht.
Ich habe lange über diese Dinge nachgedacht. Sie haben mich beunruhigt: beunruhigen mich noch.
Dann machte mir ihre unpassend grelle Kleidung ein ungutes Gefühl.
Fühlen die Menschen hier keine Kälte?

Mein Kleid war aus Leinen, schlicht, ordentlich, langärmelig. Ich kam mir zwischen den Shorts und Jeans und Hemden der anderen lächerlich vor.
Doch auf meine Kleidung achte ich momentan.
Die Tür in meinem Büro stand offen, das war ihnen nicht bewußt.
D hatte laut gesagt:
»Großer Gott, habt ihr die letzte Verkleidung gesehen? Pferdedecke mit Fransen und eine Halskette, selbst meine Tante Gertrud würde sich nicht so herausputzen!«
Alle lachten schallend.
Ich schloß sehr leise meine Tür.

Ich bin müde, ein Leben lang zu lügen, Lüge, die mein Leben ist. Sicher ist es besser, sie halten mich für langweilig und normal. Besser, sie halten mich für altmodisch und verschroben.
Sollen sie spotten. Sollen sie lachen. Sollen sie hinter meinem Rücken reden und mir ihr falsches Lächeln schenken.
Solange sie das Chaos in mir nicht kennen.
Doch ich bin müde vom Lügen.

Das Mädchen geht weit oben am Strand.
Ihre dichten Locken, die dicke Brille, das Geburtsmal, nichts ist mehr zu sehen.
Nur ihre grellen Kleider sind leicht zu erkennen.

Ich habe meine Theorie über Entstellungen. Ein Monstrum wird entweder gefürchtet oder verehrt. Selten etwas anderes.
Kennen Sie, zum Beispiel, die Geschichte der riesigen steinernen Olmec-Köpfe?
Wußten Sie, daß den Olmecs Werwölfe heilig waren? Daß ihre Rasse von einer Vielzahl von Mißbildungen heimgesucht wurde, entstellte Kinder mit unförmigen Köpfen und eingedrückten Gesichtern. Manche dieser Mutationen blieben am Leben. Olmec-Köpfe sind in meinen Augen deformierte Mutationen mit Kopfschutz. Werwölfe, geboren von sterblichen Frauen. Als Götzenbilder gerade recht.
Ich für meine Person denke, alle mißgebildeten Monster sollten bei der Geburt schmerzlos vernichtet werden.
Der Schmerz, den sie jenen zufügen, die ihnen nahe sind, ist undenkbar.

Der Wind ist stärker geworden. Wenn man stillsitzt, zittert man ungewollt.

Also gehe ich dicht am Wasser entlang.
Reste von Krill, Reste von Krabben, Tang spülen als fauliger Schlick an den Strand.
Überall Tod... der Sand unter meinen Füßen fühlt sich unsauber an. Das Meer reinigt nicht mehr. Es ist voll Öl, voll Blei, Phosphaten und Abfall, Atommüll tickt in verrotteten Fässern: kein Wunder, daß das Meer stirbt.
Um die Felssockel unter Wasser sind blutrote Krillklumpen. Zum Tode verdammt durch die Gezeiten. Verdammt zur Massenvernichtung. Manche sind schon gestrandet, regungslos kochen sie in ihren Panzern.
Tränen schmerzen in meinen Augen.
Das ist verrückt, verrückt.
Warum um diese Schalentiere weinen? Warum das Unabänderliche beweinen? Wer weint um mich?

Der Strand wird schmaler. Felsen versperren den Ausweg. Sie wirken morsch, geborstene dunkelgrüne Felsen, Buckel, Brocken, Splitter, Higgelty-Piggelty-Hopse-Haufen.
Doch ihre Schattierungen sind echt und ihre Schatten auch, und sie halten den Wind ab. Selbst die Brandung ist schwächer. Sie türmen sich unsicher, höher und höher. Bilden Gewölbe. Ein schiefer Dom.
Die Glut ist feiner, feuchter Sand. Das Meer hat sich zurückgezogen. Es fühlt sich seltsam sauber an.
Die Wände sind grünlich naß, beinah durchscheinend, wie Chrysopras.
Das tosende Meer klingt gedämpft. Die Luft ist still.
Ich liebe diesen Frieden.

Könnte ich die Stimmen zum Schweigen bringen, die Geräusche, das letzte Wimmern, das Gerede und die Vorwürfe und meine eigene angestaute Wut, die lauten Klagen der Hinterbliebenen, das Schreien der Toten; könnte

ich einen Dom des Friedens errichten, einen Ort der Zuflucht in meinem Kopf...
Doch ich weiß, daß Rückzug Wahnsinn ist. Sie brauchen mir das nicht zu sagen.

In der Kühle dieser Höhle ruhe ich ein wenig, öffne die Augen und sehe Muschelschwärme. Sie überziehen die Wand, schwarzblau und glänzend wie Lack.
Manchmal sitzt in ihrer Mitte ein Muschelfremdling, blaßgrün, ein Muschelgespenst. Bleich, offensichtlich angreifbar. Nie leistet ihr eine zweite blaßgrüne Muschel Gesellschaft.
Das andere, das Abnorme, das Fremde, die Mißgestalt.
Wer – oder was – zeichnet die Person aus, die an ihrem Anderssein leiden soll?

Kennen Sie das Gefühl, aus tiefen Gedanken plötzlich ins Nichts zu fallen?
Etwas kitzelt mich am Rücken.
Eine Mücke?
Plötzlich sind sie überall, Wassermückenhorden, ein monströser Schwarm hebt sich von den Wänden, senkt sich vom Dach, wirbelt sirrend im Kreis. Ich schlage meine Hände in die schwirrende Luft.
Ich hätte schreien können.

K fragt,
»Alles in Ordnung?«
Seine Stimme ist tief, besorgt.
Mein Atem fängt sich im Hals.
»Natürlich.«
Er lächelt, sein Lächeln ist geschickt, mitleidig, ein wenig zu glatt, um von Herzen zu kommen.
»Natürlich«, antwortet er.

Er kommt auf mich zu.
»Ich will mir die Höhlen ansehen. Und Sie?«
»Ich wollte mir auch die Höhlen ansehen.«
Meine Stimme ist kühl und fest, angenehm in meinen Ohren.
»Gut«, sagt er. »Es gibt eine ganze Reihe davon.«
Er geht wieder zurück und biegt am meernahen Ende der Höhle um die Ecke. Ich hatte nicht bemerkt, daß die Höhle weiterführte, daß es einen konischen steinernen Bogen gab, am äußersten Ende einen Strebepfeiler, den Meer und Wind gewaschen hatten. Dahinter ist Wasser, Ebbe und Flut.
Ich gehe weiter. Das Tosen des Meeres erschlägt mich, und der Wind durchbohrt mein Lächeln.

In der nächsten Höhle fließt ein seichtes Rinnsal, Ausläufer der Flut.

In der dritten Höhle wartet K.
Er hockt auf einem Felsen und grinst. Oben auf dem Felsen wirkt er massig und verkrampft.
»Gefallen Ihnen unsere Höhlen?«
»Ist dies hier die letzte?« Meine Stimme ist immer noch kühl, immer noch fest, obwohl mein Kopf sticht und dröhnt.
Er weist mit der Hand südwärts.
»Es gibt dahinter noch eine, ähnlich wie diese. Jetzt kann man dort nicht hin. Die Flut ist zu hoch.«
Er senkt den Kopf, sein Lächeln ist fort. Er scheint nicht überrascht, daß ich seine erste Frage nicht beantworte. Das Tosen des Meeres scheint lauter geworden. Dann:
»Ist alles in Ordnung?«
Nein, alles ist in Unordnung, schießt es mir durch den Kopf, doch ich sage:
»Wie bitte?«

»Sie scheinen, eh, manchmal so *angespannt,* eh, seit Sie bei uns arbeiten. Ich habe mich manchmal gefragt, ob etwas nicht in Ordnung ist.«
Es läßt sich nicht vermeiden. Aufforderung zur Beichte. Zum Verrat.
Oh, ich weiß, daß sie sich den Mund zerrissen haben in ihrem Gemeinschaftsraum. Ich weiß, das fehlende Jahr in meinem Lebenslauf fällt auf. Seit meiner Ankunft war ich auf diese Frage gefaßt. Doch daß sie jetzt kommt, nicht in den sauberen Räumlichkeiten des Universitätsbetriebs, sondern in einer finsteren Höhle am Rande der kranken gefährlichen See!
Ich sehe keinen Ausweg.
Ich sage meine Lüge auf, schnell und endgültig:
»Eine gute Freundin starb unter traurigen Umständen. Das hat mich ziemlich mitgenommen. Ich brauchte ärztliche Behandlung.« Es hilft nichts.
»Und jetzt?« fragt K.
Ich schweige.
»Und jetzt?« fragt K.
Ich presse meine Hände so hart wie möglich gegeneinander.
»Und jetzt?« bohrt er.
Ich will nicht. Ichwillnicht, es kommt einfach, hat nichts mit mir zu tun.
»O Gott, ich habe es nicht gewollt, es war eine Wochenbettpsychose, sie hat sich umgebracht.« Kurzes ewiges Schweigen. »Ich meine, wir haben jahrelang zusammengelebt, und dann mußte sie unbedingt ein Kind haben. Es war, es war, es war nicht in Ordnung, als es zur Welt kam. Sie hat es getötet. Dann tötete sie sich. Es soll eine Wochenbettpsychose gewesen sein.« Ich zittere, meine Stimme zittert. »Es ist lange her, fast zwei Jahre, doch es kommt immer wieder. Es tut mir leid. Ich versuche, damit fertigzuwerden. Ich werde nie darüber hinwegkommen.«
Der Wind fällt langsam, sein Klagen verebbt.

Das Meer ist verschwörerisch still.
Sein Kopf bleibt gesenkt. Er bleibt auf dem Felsen, schwerfällig und still.
Schließlich sagt er:
»Es tut mir sehr leid. Wir wußten, daß, eh, etwas Tragisches geschehen ist, aber wir hatten doch keine Ahnung.«
»Es ist Vergangenheit.«
Nur meine Hände zittern noch.
»Hat man Ihnen geholfen?«
»Ja.«
»Und meinen Sie, daß Sie darüber hinwegkommen?«
»Ja.«
Er klettert vom Felsen und ich mache einen Schritt zurück. Er wird mich freundschaftlich berühren und ich

doch er sagt

ruhig

»Wenn Sie jemanden brauchen, jemanden, mit dem Sie reden möchten, ich bin da. Wir sind da«, leise, warmherzig, mitleidig. Mitfühlender als alles, was man mir jemals gesagt hat.
Dann biegt er eilig in die andere Höhle ein.
Eine Welle schwemmt über meine Füße.
Die Flut kommt schnell.

Natürlich ist fast alles Lüge.
Ich war fast mein Leben lang allein.
Und jene neun Monate waren hinterher entsetzlich.
Warum tische ich diese nützliche Lügengeschichte auf?
Warum lebe ich eine Lüge, male ich eine Lüge aus, viele Lügen?

Weil das Chaos, das Durcheinander, das Schattengrauen in seiner zerstörerischen Wirklichkeit zu schrecklich ist, um es jemandem zuzumuten. Die Wahrheit erzählen über – NEIN!
Ich verstecke mich hinter meiner Verschrobenheit, verkrieche ich hinter meiner Farblosigkeit und erzähle ein annehmbares Melodrama. Mein fremdes Ich zieht Mitleid und Verständnis magisch an.

VERSTÄNDNIS!!!
Ich wüte. Die Wut schüttelt mich, stärker, stärker, stärker, stärkerstärkerstärker, krampft, bis ich still bin.
Wäre es danach ruhig und friedlich gewesen, es wäre nichts geschehen, verstehen Sie?
Zu diesem Zeitpunkt war mir nicht nur sehr kalt, ich war zum Bersten angespannt.

Der Mond am blauen Vormittagshimmel ist blaß wie Gaze.
Aus den Steaks auf dem Grill tropft Fett. Das Feuer raucht und zischt und faucht. Hin und Her und Durcheinander beim Verteilen von Geschirr und Essen. Flasche klirrt an Glas, und das Lachen wird lauter. Das blutige Papier, in das das Fleisch gewickelt war, hebt sich und schwebt im Wind.
Sie führen leichte Reden, erzählen Skandalgeschichten und Universitätsgeschwätz. Ich werde freundlich einbezogen. Verschwiegene Blicke; sie nehmen an, ich bevorzuge stille Anteilnahme.
Ich bin eine Weile in Sicherheit.
Ich nicke, und ich lächle.
Ich weiß, mein Nicken ist steif und mein Lächeln frostig und abwesend.
Sie sind sich sicher, daß sie verstehen. Die Luft trieft vor

Mitgefühl. Es schwängert die Reden wie der Opferrauch der versengten Steaks, den wir atmen müssen.

Warum verachte ich sie so?
Sie haben ihr Bestes getan, haben mich hierhin und dorthin eingeladen. Es ist nicht ihr Fehler, daß ich nicht zu ihnen passe.
Und Verständnis ... ich verstehe es selbst nicht.
Ich habe nicht mehr versucht zu verstehen, nachdem Blut so schrecklich vergossen war, es endgültig still war, alles in Dunkelheit zerfiel, Gedanken in mir nur noch stammelten.
Es war vollbracht und meine fleischroten Hände haben ihre Gnade gerächt und die große kranke See gewährt sie nicht gewährt sie nicht gewährt sie nicht, dieser Schmutz ist Erbschuld und schlimmer.
Ich habe nicht mehr versucht zu verstehen, als das greinende Owarumhastdunur? sich bewußtlos gesungen hatte und langsam langsam das Leben wieder alltäglicher wurde. Alltäglich wie fromme Lügen.
Und ich verstehe es immer noch nicht.

Ich gehe nach dem Essen noch einmal den Strand entlang, mich aufzuwärmen, zu entspannen. Ich gehe entlang, wo die Hochflut ihre Spur gelassen hat, besehe den Sand, betrachte den Abfall der See. Schneckenhäuser. Riesige Herzmuscheln, Miesmuscheln – Clams. Verblichenes Gebein und Dinge, die alles sein könnten – Zeit und Wasser haben sie so entstellt. Zerbrochene Krabbenschalen.
Und überall Krill.

Das Lachen der anderen ist weit weg.

Ich sehe einmal zurück.
Sie stehen zusammen am anderen Ende des Strandes.
Ich kann nicht erkennen, was sie tun.
Ich betrachte wieder Tod und Zerstörung.

Es begann als ungutes Gefühl, als ob ein unfreundliches Wesen mir hinterrücks auflauerte.
Ich verstand nicht, warum ich mich gestört fühlte.
Als ich aufsah, verstand ich.
Es war der Drache.

Es ist der Drache, der Raubvogel hoch über meinem Kopf, ein kühler elektrisch-blauer Eindringling. Eine Drohung. Er schwebt leicht am Ende der Schnur, als wäre er, wenn er wollte, frei, frei zu jagen und zu töten.
Der Sand quietscht töricht, schriller als zuvor. Ich sehe zu Boden. Der Schatten rutscht vorbei. Der Schwanz streift mein Gesicht.
Ich bin in Deckung gegangen, habe schützend die Arme hoch genommen, bevor ich mich besinne.
Bevor meine Vernunft einsetzt und ich denken kann: »Beruhige dich, der Drache ist nur abgestürzt.«
Es ging so schnell!
Und schon ist er wieder am Himmel. Er schwankt in heillos luftigem Tanz.
Einen Augenblick bin ich erstarrt, immer noch in Deckung, wie ein Kaninchen gebannt vom Raubvogelschrei.
Dann richte ich mich auf, während mein Herz rast.
Der Drache über mir taumelt. Dann taucht er, streift den Boden dicht vor meinen Füßen.
Ich betrachte den Gefallenen, Plastik und Schnur. Ich sehe den Strand entlang.
Ein Kind hält das ferne Schnurende, steht da und lacht giftig, grell wie ein Fliegenpilz.
Ich weiß, die Erwachsenen lachen auch.

Es ist, als sei ich ein Automat. Ich kann auf sie zugehen, lächeln, sogar Scherze machen, ganz gefaßt.
Überall freundliche Blicke und reichlich Herzlichkeit und großes Gelächter und Schulterklopfen.
Sie bieten mir zum Spaß den Drachen an. Und ich lächle noch, als sie vereinzelt den Strand entlanglaufen, alle, auch das Fliegenpilzkind.
Sie stürzen ins Drachenland, leichte Beute.

Die Sonne hat sich ein wenig gedreht. Es ist später Nachmittag.
Der Himmel ist noch auffallend blau, doch schwarze Wolken senken sich über bezwungene menschenleere Hügel.
Durch die tiefen Wolken fühle ich mich wie in einer Arena. Der Sinn steht mir nach Spielen, nach Theater. Nach starker Oper mit Gladiatoren und Tod.
Der Himmel ist blau gemalt.
Die Hügel sind unecht.
Der Wind kommt aus einer Maschine.
Und wir sind Helden in einem alten und mißverstandenen Drama.

Doch jetzt halte ich den Drachen und triumphiere. Ich wußte nicht, daß ich noch so lebendig war. In meinem Blut brennen heimliche Feuer, die lodernd in mir aufsteigen. Der Drache hat eine Stimme, und er spricht.
Ich fühle den Sand unter meinen Füßen versinken, mein Kleidersaum schlägt gegen meine Beine, und meine Zähne sind so kalt, die Füllungen schmerzen. Doch es spielt alles keine Rolle. Nichts kann meine zunehmende Begeisterung trüben.
Ich weiß, der Todesvogel über mir ist lebloses Plastik, schwaches Fiberglas, ellenlange Schnur.
Ich weiß es, und es spielt keine Rolle. Es ist unwesentlich.

Wahrheit und Schönheit: die schwingenden Schnüre sind meine Hände, und ich sehe mit den Augen des Drachen.

Unten tanzen sie, M und K und D und C und ihre dreisten Kinder. Sie denken, es ist ihr Spiel.
Ich lache, ich lache, Lachen, das ein Jahr nicht war. Mein Leben lang.
Ich bin der schöne Killer. Die Schnüre sind summende Bänder, und ich bin der Drache und singe.
Ich weiß, ich dringe durch jeden dieser tanzenden brüchigen Schädel.

Wir tauchen und steigen und wenden und gleiten.
Wir jagen sie, daß sie sich irr zerstreuen.
Wir streifen ihre Köpfe, und sie werfen sich jauchzend in den Sand.
Sie spenden unserer Kunst wilden Beifall.
Wir wirbeln und wir kreisen. Ohne Mühe. Nähern, beschleunigen, auf und davon in ausgelassenem Fluchtgeschrei; abwärts im Sturz um Haaresbreite mit falschem Todeskuß.
Bei diesem Wind wird der Fiberglasstab zum Eisenschnabel, und Plastik und Schnur werden Fabeltierhaut.
Und da läuft sie, schreit, das Fliegenpilzkind. Ihr Haar, ein harmloser Glorienschein, leuchtet in der Sonne und darunter, aufreizend, das rote Mal... wir stoßen herab, und sie schreit und lacht hingerissen.
Aufstieg
Halt:
und wir stürzen.

Im Rücken getroffen, fällt sie.
Und dann ist schwarze Nacht, und wir zerbrechen für immer.

Rufe und Schreie sind fern, und Menschen, die laufen.
Die dunklen Wolken gießen über die Hügel, und die Luft ist plötzlich tränennebelfeucht.
Ich bin starr, so kalt, so matt.
Sie sind alle seltsam still, dahinten, doch ich halte noch die leblose Schnur.
Die Stille steigt mit dem Nebel, erstickt sogar den wimmernden Wind.
Das Meer hält den Atem an.
Der Krill stirbt, stirbt.
Die Hoffnungslosigkeit der bleichen Muscheln in ihrer Abgeschiedenheit.
Der endlos weinende Sand.
Und, ach, mein dunkles dunkles Zimmer...

Was habe ich dir erzählt?
Was bedeutet es dir?
Oder sind es nur Buchstaben?
Alles nur Worte?

NAMENLOSE INSEL IN UNBEKANNTER SEE

Der Inhalt:

Mensch, du. In den letzten irren Stunden deines Todes sah ich in deinen Augen ein Schauspiel: Seelöwen, die dir ein Grab bereiteten, Albatrosse mit schweren Herzen, rosadottrige Eier. Jetzt bin ich wieder allein, muß die Bilder gegen die Tatsachen abwägen. Eine Wirklichkeit vor der anderen.

1: der Bug. Er ist wie jedes Vorschiff, aber massiv. Bedrohlich. Eines Tages wird er stürzen, doch das fürchte ich nicht. Das Wrack liegt seit endlosen Zeiten hier – erinnerst du dich an den Talisman? Moa-Knochen, sagtest du, und ich glaube dir. Es waren alte alte Knochen, so alt, daß die Ratten sich nicht darum scherten.

2: Tangfetzen linkerhand. Ich habe sie enger verflochten. Ein schäbiger Windschutz.

3: dein Schlafsack. Ich habe ihn gewaschen und gegen Felsen geschlagen, bis Schweiß und Schmerz und Schmutz wichen. Er ist fast trocken. Ich habe ihn zusammengerollt, er dient mir als Rückenstütze. Ich bin unentschlossen, ob ich heute nacht darin schlafen soll. Vielleicht.

4: der Felsboden. Er neigt sich zum Meer. Kam dir das nicht seltsam vor? Das Dach ragt himmelwärts und der Boden unter unsern Füßen möchte nichts wie fort, abwärts, hinaus, fort.

5: das Feuer, o ja, ich habe es nicht ausgehen lassen. Selbst wenn ich schwimme, will ich es von weitem sehen. Ich füttere es mit trocknen Tangstummeln und Mikkimikzweigen und Mondgeröll, Federn und sonnendürren Fischblasen und angeschwemmtem Styropor.

6: zwölf Muscheln in ihren Schalen. Sie liegen mir im Bogen zu Füßen. Sie geben kleine Blubber- und Zischtöne von sich, als hätten sie Münder, die nach Luft schnappten. Kußgeräusche. Sie gibt es zum Tee.

Dann gibt es mich in Verzweiflung und nassen Kleidern; meine wunden Füße; dein aufgeweichtes Tagebuch. Mein Tagebuch. Mein Kugelschreiber. Ich hoffe, er verläßt mich nicht.

(Wie letzten Endes von dir nur deine letzten bewußten Worte blieben, bleibt von mir nur, was auf diesen Seiten steht. Und vielleicht wird jemand sie finden, der nichts versteht, der kein Englisch kann, dem es nicht der Mühe wert ist, eine fleckige, verblichene Schrift zu lesen, der alles verbrennt. Wie ich das arme braune Gebein des Moa verbrannte, in dem vielleicht alle Lieder seines Lebens steckten. Konnten Moas singen?)

Ich habe die Muscheln gegessen. Dünnes Fleisch, Muscheln. Auch die Krabben sind mehr Schale als Inhalt. Und sonst habe ich sie so gern gegessen, saftige Muscheln in sauberen schimmernden marineblauen Schalen, mit Knoblauchbutter oder in geschmolzenen Käse getaucht –

Lieber an Tag 2 denken, die verfluchten Felsen hatten meine Füße schon massakriert, und ich war verzweifelt, weil du die Schnecken und Muscheln nicht bei dir behieltest, und etwas anderes konnte ich nicht auftreiben. Und plötzlich warfen die Wellen einen Fisch an den Strand. Er wand sich kaum, seitlich hatte er eine klaffende Wunde – ein Barracuda, sagtest du. Ich schlug ihm den Schädel ein – schlug mit einer Wildheit zu, die ich an mir noch nicht kannte.

Muscheln und Schnecken zu kochen war einfach gewesen – lege sie sorgsam in die Asche und lasse sie rösten. Doch Fisch? Ganz einfach, sagtest du. Du klangst sehr müde, und du lagst zusammengesunken. Tang, Kelp? Suche dickere Stränge, schlitze sie auf und stecke den Fisch dazwischen. Kümmere dich nicht um die Innereien.
Das weiche Fleisch hast du bei dir behalten. Doch es reichte nicht. Vielleicht verschlimmerte es deinen Zustand.
Wie viele Tage nach Tag 2 kamen, weiß ich nicht mehr. Vielleicht bin ich schon 9 Tage hier.
Manchmal während der Nächte – 10? 8? – manchmal während der Nächte sahen wir Lichter auf hoher See. Ferne Schiffe vielleicht, obwohl einige seltsam schnell größer wurden, andere ungewöhnlich konstant blieben, nächtliche Leuchttürme, die im Morgengrauen verloschten. *Wir* sahen Lichter? Dir schienen sie nur einmal bewußt, in der Nacht, als die Wellen tanzten, quicklebendig leuchteten. Porotitiwai, flüstertest du, porotitiwai, und ich vergaß zu fragen, was das heißt.
Weißt du, daß ich immer Angst vor der See hatte? Lach nicht. Sie ist grausam. Sie ist unmenschlich.
Du hättest jetzt gelacht.
Mir ist kalt und feucht und rauchig, und ich bin so allein, ich glaube, die ganze Welt ist heimgegangen und hat mich allein im Dunkeln gelassen. Mir fehlt dein Lachen. O Gott, wie fehlt mir die Berührung deiner Arme. Ich saß vor dir, und du paddeltest. Ein Katzensprung, sagtest du. Nur dreißig Knoten zur Insel dahinten und sieh dir die See an, ruhig wie ein Teich. In Null Komma nichts sind wir drüben, schließlich habe ich Cook Strait durchpaddelt! Und auf meine Einwände sagtest du: Bedenke! Niemand hat seit Jahrzehnten einen Fuß auf diese Insel gesetzt! Ist das keine Geschichte. Und fügtest augenzwinkernd hinzu, Wenn Sie wirklich wegen einer Geschichte und nicht meinetwegen gekommen sind.
Ich sagte förmlich, ich sei Journalistin, zwar freiberuflich,

doch wegen einer Geschichte hier, und Geschichten über verschrobene Forschungsassistenten verkaufen sich nirgendwo.
Es ist sinnlos. Die Ratten werden es fressen.
Wer wird nach dem Tagebuch einer freiberuflichen Journalistin suchen?
Wollen Sie wissen, in welcher Flasche ich die Post abgeschickt habe –
Als Kind las ich begeistert alles über Inseln. Schiffbruch schien mir himmlisch. Man verbraucht die Vorräte an Bord, schwelgt in den Schätzen der Insel, und schließlich, wenn es zu langweilig wird, entzündet man Riesenfreudenfeuer und lockt vorbeifahrende Luxusdampfer an und kommt so glücklicher, besser und reicher nach Hause.
Gott weiß, wie ich mich abrackerte, als ich das Flugzeug hörte. Ich griff alles, was brennbar war, und dazu den qualmenden Tang und rannte zum steinigen Halbmondstrand. Und der Sprühregen durchweichte alles. Das Feuer war Rauch und matte Flämmchen. Verzweifelt – oh, klingt das nichtssagend! – *verzweifelt!* Ich hätte meine Haare geopfert, wären sie länger, meine Kleider, wären sie nicht nasser als das Treibholz gewesen! Ich rannte zum Vorschiff und griff meinen Schlafsack und legte ihn um die jämmerliche Glut. Ich betete. Meine Füße schmerzten vom Laufen so, daß ich weinte. Das Flugzeug flog dröhnend weiter und weiter und plötzlich fing der Schlafsack Feuer und brannte lichterloh. Niemand sah es. Nur ich.
Seitdem ist es still, so still es nahe der See sein kann. Auch vorher war diese Stille. Du sagtest etwas, wenige zusammenhängende Sätze –
Weißt du, daß Pinguine aus der Haut fahren, bevor sie gefressen werden. Man fängt sie unter Wasser und taucht mit ihnen auf und schüttelt sie blitzschnell, bis die Vögel aus der Haut fahren. Dann speist der Seeleopard.
Bis dahin kannte ich das *Wort* Seeleopard nicht einmal.
Ich wollte Fragen stellen, doch deine Augen waren geschlossen, und es war wieder eine ganze Nacht Stille.

Die Tage sind auch so still. Die ersten 3? 4? Tage wenigstens. Dein Bauch wird schwarz. Das Haematom vergrößert sich bis zu den Schlüsselbeinen. Du verblutest innerlich, doch alles braucht seine stille Zeit. Meistens stille Zeit.
Du windest dich, aus zusammengefallenem Sitzen wird liegendes Sich-Krümmen. Du liegst wie ein Embryo und zeigst mir deine andere Insel. Du sprichst gegen den ständigen Schmerz.
Die Insel, die du liebtest, war ein rauher Ort. Kahl und vulkanisch, trocken und ungeordnet. Ein subantarktischer Ort, dessen Wasser vor weißen Haien wimmelte, wo der Wind immer wehte.
Nebel lag über der Insel, verhüllte die Welt, bis sie gerade die richtige Größe hatte.
Sie war Fels oder Sumpf, sagtest du, doch dazwischen auch Laubgehölz, und so kamen wir durch mannshohes Gebüsch. Wir konnten die Torfmoore umgehen, doch wenn man vom Weg abkam, verlor man sich schnell und traf auf einen Steinhügel, unter dem vielleicht ein Grab war – als hätte der Hügel dich gerufen. Oder man kam an einen stillen Bergsee im Inselinnern, und dort, tief im Wasser, lag ein rostfreies Stativ. Wir sind dort gewesen, andere sind dort gewesen, trotzdem wirkte das Land unbelebt, und Menschen fehlten ihm gewissermaßen, Menschen, auch die See-Elefanten und die Seelöwen und die Skuas und der Albatross.
Dieser gottverdammte Fels, *diese* Insel ist belebt. Sie will uns nicht. Hier sind schon Ratten und Kormorane und Mikkimik. Die Ratten leben von den Kormoranen und voneinander, glaube ich. Die Kormorane leben wohl vom Meer. Sie nisten zur Zeit nicht. Die ausgewachsenen Vögel hüpfen, hüpfen schneller, als ich hinken kann. Und der Guano brennt schrecklich an meinen Füßen.
Du sagtest mühsam: In meinen Ohren ist der Wind.
Es ist so still draußen. Der Nebel verbirgt selbst die See.
Da ist immer Wind, sagtest du, und fast immer Regen oder

Schnee. 90 Knoten Wind... Ich machte mir Sorgen um die Vögel. Und wie hielt das Vieh es aus? Diese kleine, zerstreute, ängstliche Herde – verkrochen sich die Tiere in den Schluchten, starben sie schließlich in den Mooren?
Dein Atem veränderte sich.
Du keuchtest: »Manchmal ist es unnatürlich still, eine bedrohliche Stille, als ob der Wind für eine Stunde innehielte, sich auf die kommende Richtung besann.«
O Gott, das war nicht seine Stimme, so schwer. Blut in der Lunge. Ich kann nichts tun, konnte nichts tun. Schnecken und Muscheln sammeln und Brühe kochen und die Thermoskanne bereithalten, damit er Suppe schlürfen kann. Der Nebel legt sich auf den Felsen. Wir haben Wasser. Der Nebel verschlägt uns den Atem. Ich huste auch.
Doch deine Lungen stöhnen ein und aus harnh harnh rasseln bei jedem Atemzug, schriller und schriller, bis du schreist –
Ich bleibe draußen, weil du schreist – weiß, wie ich dachte, ich habe doch auch geschrien. Ich schrie: Was war das? Wir lagen verschlungen zerdrückt im Schaum an Land. Du lachtest noch und zogst das rechte Paddel tief durchs Wasser. »Landung!« riefst du. Und die See schlingerte. Etwas Glattes und Massiges und Wälzendes, ein grauer schneller gewaltiger Rumpf stieß ins Kajak stieß an mir vorbei in dich hinein floh vorbei in die Brandung. Ich schrie: Was *war* das? Du knurrtest: »Seeleopard. Wollte ins Meer. Wir waren im Weg.« Du lächeltest. Dein letztes Lächeln. »Wir haben ihn zu Tode erschreckt.«
Von dem Kajak wurde nichts angeschwemmt.
Ich kann jetzt nichts tun. Ich lege mich neben dich und halte deine Hand. Du sagst, als das Schreien ein Ende hat, das Atmen fast ein Ende hat, sagst du in diesem müden rauhen Flüsterton:
»Bei Neumond sind die Strömungen stärker. Ungeheure Fischschwärme treiben landeinwärts. Die Haie sind raubgierig. Manchmal geraten sie an ein Rudel ebenso raub-

gieriger Seelöwen. Und dann siehst du das Seelöwengrab – Körper starr im Wasser, Köpfe stehen steif heraus, und die Weißen Haie kreisen und drohen und treffen die verrückte Entscheidung, ob sie einen nehmen oder alle. Alle können sie nicht nehmen. Das ist das Gesetz der Insel.«
Und ich sehe mit deinen Augen, und ich sehe die Felsen wie hinterhältige Pfeilspitzen aus dem grauen Meer ragen. Ich sehe die Schafe, wilde Drysdales, geschickt wie Ziegen, furchtlos blicken sie herab auf kletternde Menschen. Ich sehe den Albatross mühsam zu seiner windgeschützten Höhle wanken, in der sein Junges wartet. Ich sehe ihm beim Füttern zu. Ich sehe, wie ein Skua ein rosadottriges Pinguinei stiehlt und dann hungrig weiterfliegt. Ich sehe, wie er das Albatrossjunge nimmt, ein schwaches zerbrechliches flaumiges Knäuel. Ich sehe, wie der Albatross auf halbem Wege steht und zuschaut; kehrt macht und zum Abgrund schwankt, sich in den Wind stürzt.

Und dann plötzlich schütteln die Kormorane ihre Schlangenhälse und lassen stinkenden Dung auf die Felsen fallen.

Und in deinen Augen ist niemand.

Doch du sagtest etwas, als du den trauernden Albatross sahst, ich hörte dich hinter den Augen, du sagtest:
»Habe keine Angst. Wir sind Inseln, doch das Meer verbindet uns, alle. Schwimm.«

Ich stellte mir die schwimmende Insel vor und lachte, als du starbst.

Ich übergab dich der See. Ich rollte dich den Anhang hinab an den steinigen Viertelmondstrand und überließ dich der See. Die Wellen spielten in deinen schönen schwarzen Haaren, die Wellen spielten mit deinen rissigen starken Händen. Dann überrollten sie dich und trugen dich davon.

Ich habe meine Botschaft dem Meer übergeben, meine Flaschenpost. Es ist unerträglich.

Das Notizbuch von der namenlosen Insel nahe Breaksea Sound

Es handelt sich um ein Standardnotizbuch No. 1065, 18 cm × 13 cm, mit schwarzem Schließgummi, 46 beidseitig linierten Seiten, Mitteltrennlinie und rotem Deckel mit Wasserflecken. Der dazugehörige Stift seitlich fehlt. Die letzten 10 Seiten und die ersten 2 Seiten sind herausgerissen.
Das Notizbuch befand sich in einer Butterbrotdose aus Plastik (Tupperware CT 106), die in einen leichten Daunenschlafsack gewickelt war (Marke »Camper«, hergestellt von Arthur Ellis, Dunedin). Der Schlafsack, der von Ratten stark angefressen war, wurde unter dem Bug gefunden (siehe Beschreibung unter »Inhalt«).
Auf der Insel befanden sich sonst keinerlei menschliche Spuren.

Schluß:

Es wurde viel über die Identität des Verfassers spekuliert, seit dieses Notizbuch von zwei Fischern der »Motu« (Dunedin Registration 147 DN) gefunden wurde. Der namenlose Adressat mag Jacob Morehu sein, ein Forschungsassistent, der während der Bestandsaufnahme der Blaupinguine (Eudyptula minor) bei der DSIR auf Resolution Island beschäftigt war. Zwei Tatsachen sprechen für diese Identität: Morehu war 84 auf Campbell Island (bei der DSIR) beschäftigt, und Morehu verschwand kurz bevor der berüchtigte ›Gehäutete Leichnam‹ in Goose Cove gefunden wurde. (Morehu ist bisher nicht in Betracht gezogen worden. Er war ein begeisterter Kajak-Paddler, und sein Kajak verschwand zur selben Zeit. Die Gegend um Breaksea Sound ist auf allen Karten als ›ausgesprochen gefährlich‹ gekennzeichnet, und dies gilt auch für die kleine namenlose Insel dahinter.)

Es ist jedoch weitaus wahrscheinlicher, daß dieses Notizbuch ein schlechter Scherz ist, den sich eine Unbekannte geleistet hat. Für diese Schlußfolgerung, der sich das Department anschließt, spricht:

a) daß *niemand sonst* auf der *gesamten Südinsel* zu diesem Zeitpunkt vermißt gemeldet wurde;
b) daß es sich bei dem ›Gehäuteten Leichnam‹ mit großer Wahrscheinlichkeit um Mord handelte, wobei der mutmaßliche Täter der Feuerschiffschütze Mike Corely ist, ein Sonderling, der zwei Tage vor Auftauchen des Leichnams im bekannten Riesenaalsee im Fjordland National Park ertrank;
c) niemand konnte mir bisher eine befriedigende Erklärung dafür geben, warum auf eine Kajak-*Tagestour* zwei Schlafsäcke mitgenommen wurden. Eine Butterbrotdose – ja, aber zwei leichte Schlafsäcke?

STATIONEN AUF DEM WEG NACH AVALON

Die Stadt

Im Spätherbst, wenn die blanke Sanduhr abläuft, kommt der Schlachter. Immer im Mai heißt es Schweineschlachten.

Sie donnern den Holzweg hinauf, ihr Hufschlag klingt wie Trommelwirbel.

»Paß auf, sonst verdirbst du die Schinken.«

Schon sind sie Nahrung. Doch sie laufen noch, stolpern über die Planken, klagen, grunzen, klagen.

Am Ende wartet der Schlachter mit schwerwiegendem Messer.

»Fahrkarten aus Wellington, die Fahrkarten bitte.«

Er bleibt vor mir stehen. Ich wußte es.

»Zugestiegen?«

»Nein, ich habe sie schon an der Tür gezeigt.«

Er glaubt mir nicht. Sie glauben mir nie.

»Die Fahrkarte, bitte.«

»Da. Sie haben sie schon geknipst, sehen Sie.«

Er sagte nichts, grinst höhnisch, Klugscheißer, knallt seinen Knipser scheppernd gegen die Sitzbank, bevor er weitergeht.

Die Klappe öffnet sich. Der Schweinekadaver fällt.

Die Klappe öffnet sich. Der Schweinekadaver fällt.

Die Klappe öffnet sich. Das Schwein

Kaiwharawhara

Spazieren im Stadtsonnenschein ... oder Vorstadtsonnenschein? Irgendwo Sonnenschein, schwach, blaß, atemlos.

Ich meine, niemals bekomme ich richtig Luft. Ich pumpe meine Lungen voll, und der Luft fehlt etwas. Was? Etwas Sättigendes. Etwas Notwendiges. Das es hier in der Stadt nicht gibt. Mangelwaren-City.
Schon wieder weißer Hundekot. Als bekämen die Hunde nur Knochen zu fressen. Schon wieder Baumkrüppel. Blätter keuchen nach Luft.
Bald kommt die Auffahrt. Ein neuer Tag beginnt. Nacht. Sitzen im Regiesessel. Stoppuhr, Zigaretten und Drehbuch vor mir in Reih und Glied. Die Cutterin hat Schnupfen, die Sekretärin ist erkältet.
Ich massiere meine Stirn und betrachte die kahlen, blanken Bildschirme.
Oh, die Schinken sind immer saftig, rosa, salzigsüß.
Wir hängen sie an die Balken, nicht des Rauchs wegen, sondern weil sie dort immer gehangen haben. Es ist so Brauch. Jahrein, jahraus hängen dort die Schinken. Und geht der Herbst seinem Ende zu, essen wir das süße rosa Fleisch. Hol den Schinken herunter, Junge, und schneide mir für meine Suppe eine nasse Scheibe ab.
»Okay, Kameras fertig.« Die Sekretärin schnieft gehörig.
»Danke, Mike. Drei, bitte ... Wer ist auf Drei?«
»David auf Drei.«
Eins und Zwei melden sich: »Mary auf Eins«, »N'Abend, Robert, Trev fix und fertig auf Zwei.«
»Hallo, Mary, David, Trev ... Okay, Drei, bitte, versuche, seine Gürtelschnalle aus dem Bild zu halten.«
Ich rede zuviel. Ich weiß. Ich mache es absichtlich. Ich glaube an Geräuschkulissen. Möchte alle mit meinen Worten verbinden.
Ich bin froh zu hören, daß Abend ist. Minutenlang auf meinem Weg war ich mir unsicher. Sie wissen, wie so etwas sein kann, die sterilen Straßen von Wellington mit kalkigem Hundekot und Baumkrüppeln.
Die Zeit verschwindet.
Die Zeit verschwindet.

Adrian ist tüchtig. Sie sollte die Sendung leiten, nicht ich. Zweimal sagt sie, wann geschnitten werden soll. Eigentlich meine Aufgabe. Immerhin, wir schaffen es. Das ist die Hauptsache, daß wir es schaffen. Verstehen Sie, das Problem ist die Anspannung. Sie läßt im Kontrollraum nie nach. Ob man sich in seinem Plastiksessel dreht und wendet, ob man raucht, bis die Kehle qualmt, ob man die Nägel bis zu den Ellenbogen abbeißt, die Anspannung bleibt.

Wenigstens empfinde ich es so.

Ich weiß es nicht.

»Wie bitte?«

»Was?«

»›Ich weiß es nicht‹ ist wohl keine Antwort. Ich meine, entweder weiß man, daß man geht, oder man weiß, daß man nicht geht. Oder hängt diese Entscheidung an irgendeiner fürchterlichen Möglichkeit?«

Klugscheißerin. Sie sollte die Sendung leiten.

Habe ich das schon gesagt?

Ngauranga

Bis zu den Häusern am Hang sind es einhundert, dreißig und neun Stufen.

Und jede bliebe lieber unbetreten.

Der Farn, den unfähige Gemeindegärtner gepflanzt haben, stirbt am Windbrand. Reichlich Unkraut überlebt. Wächst und gedeiht. Unkraut gedeiht in jeder Stadt, darauf kann man sich verlassen.

Mein Briefkasten ist leer. Die tote Katze liegt immer noch im Rinnstein. Sicher wird sie bald stinken. Seit drei Tagen liegt sie da, und niemanden scheint es zu kümmern.

Die Frau in der Nachbarwohnung hat ihr Auge am Türschlitz, als ich vorbeigehe. Das Haus ist voll übler Gerüche und Moder und Feuchtigkeit. Der Gestank schnürt mir die Kehle zu.

Ich winke in Richtung Türschlitz.

Ich glaube, es ist schon spät.
Heute habe ich eine Kakerlake gefunden. Nichts Ungewöhnliches in einer feuchten Wohnung, doch diese war auf dem polierten, kalten Stahlboden meines Kochtopfs herumgekrochen. Ich fragte mich, wie lange es dauerte, bis ihre blassen Beine nicht mehr konnten.
Ich wollte chinesisch kochen. Ich habe die dazugehörigen Nudeln und Pilze und echte Sojasauce und verschiedene Gemüsesorten. Doch nach Essen ist mir nicht mehr zumute, also beobachte ich den Sonnenstrahl, der über die Wand wandert.

Petone
Ein junger Mann mit strähnigem Haar geht vorüber, bläst seine Hände warm – auf den Zeigefingern sind Nikotinflecken –, er sieht mich von der Seite an. So spät ist es doch noch gar nicht?
Und ich weiß, daß kein Werktag ist. Es ist mein freies Wochenende, so wie die Wochen zerteilt und zerhackt werden. Ich weiß es genau. Ich habe gehört, wie die Frau in der Nachbarwohnung klatschte, als die Nachrichten vorbei waren. Ich meine, sie beklatscht jedes Programm, weil es ihr gefällt oder weil sie sich freut, daß es vorbei ist. Doch diesmal waren es zur Abwechslung die Nachrichten. Ich leite manchmal die Nachrichten, wenn jemand in der Produktion ausfällt, und da die Nachrichten gesendet wurden, frage ich mich... wo war ich?
Auch heute gab es Nachrichten. Und einen Brief von meiner Liebsten, im Umschlag aus Ölhaut, versiegelt mit dem Zeichen des vertrauten Rings. Im Sommer habe ich sie kennengelernt, als wir den groben Sand durchkämmten, und wir lagen im langen Gras auf der Rückseite des Hügels, und sie sagte: »Lieg mit mir. Koste meinen Honig. Schlag mich an und schaukle mich, Schmeichler du«, und schloß ihre Augen. Bronzewimpern beben. Die sahnewei-

ßen Gräser zittern, wogen im Wind. Das Bett ist geweißte Schafgarbe, ranzig, ranzig wie nasse Hunde, doch mir jetzt süß.
Und die See war wechselhaft wie Opal, Aquamarin und Ultramarin und sonderbar scheinendes bleiches Weiß, und der Horizont ein Saum so dunkel wie dunkle Trauben. Dann Wolkenwechsel und die Farben flackern nun haigrün und dichtblau und weit hinten Schlüsselblumenfarbe.
»Die Zugestiegenen aus Lower Hutt, Zugestiegene die Fahrkarten bitte.«
Er bleibt vor mir stehen. Ich wußte es.
»Die Fahrkarte, bitte.«
»Sie haben meine Fahrkarte schon in Lower Hutt geknipst.«
Er glaubt mir nicht: nie glauben sie mir.
Wieder grinst er höhnisch im Weitergehen.
Oder ist jetzt heute, und ich erinnere eine Vergangenheit?
Sie sagte: »Wenn der Winter kommt und die Jagd beginnt, jagen wir zusammen.« Bestimmt sagte sie es, denn ich sah das Licht aus der See springen und alles schien wie klarer Diamant.
»Und was sehe ich da? Er kotzt ins Waschbecken. Kotzt wie ein Reiher... Was zum Teufel war gestern abend mit dir los, Robert?«
»Mit mir?« Ich lege die Stoppuhr, die Zigaretten, das Manuskript in Reihe und Glied. »Ich hatte frei.«
»Ken zufolge hattest du Dienst. Adrian mußte einspringen. Kein Sendeleiter war da.«
»Ich bin sicher, daß ich frei hatte. Ich weiß...«
»Komm, was soll's, wir haben jetzt keine Zeit.« Dreht sich zur Cutterin Jan. »Wir kommen auch ohne den Arsch zurecht.«
Sie dachten, ich höre nicht zu.
»Sag Bescheid, wenn die Kameras fertig sind, Mike.«
Gerade läuft ein seltsamer Film. Er flackert über die Mo-

nitore, und ich kann die Bilder fast voraussehen. Verstehen Sie, was ich meine.
Als ob man mit jedem Auge einzeln zwei verschiedene Bildschirme sähe, auf denen der gleiche Film nicht ganz gleichzeitig liefe.
»Robert, der Moderator wartet auf sein Zeichen...« Zisch. Ich zische zurück. »Danke, Adrian...« (lauter)... »Drei, näher heran, uuunnd jetzt!«
Zwei Betrunkene sitzen im Spätzug. Ich höre im Bahnhof die Putzfrau sagen: »Können Sie sich vorstellen, wie mir zumute ist, wenn ich jeden Morgen diesen Dreck hier sehe.«
Morgen?

Melling
Sobald die Bar öffnet, trete ich ein.
Zu Hause habe ich nichts zu trinken. Ich glaube, meine Nachbarin hat einen Schlüssel zu meiner Wohnung. Ich habe die Flasche mit Bleistift markiert – oh, nur ein haarfeiner Strich auf dem Etikett, den sie sicher nicht bemerkt –, und ich weiß genau, daß sie etwas getrunken hat. Also, zu Hause kein Alkohol mehr.
Ich selbst bin ein vorsichtiger Trinker.
Bernsteingrün und einfach Grün und gelbes Braun: hundert Pfeifer und Piraten und ein munteres weißes Pferd. Zapfhähne glitzern. Salzkristalle auf meinen Pommes frites reflektieren, und seltenere Getränke werfen selteneres Licht. Ich verlasse mich auf Getränke, die leuchten wie Gold. Wie Bronze, um genau zu sein. Wie Tintenfischaugen.
Wir sind fertig. Der hintere Block ist sauber, und am Zaun hängen ineinander verknäult die Tintenfische. Ihre Augen sind rund und ebenso golden. Fast golden, und auf ihren Lederhäuten liegt ein Goldschimmer. Fast golden. Bald werden sie erschlagen. Schade. Ich meine, als Kind hatte ich zu Hause einen Tintenfisch, und er war zahm

und klug wie ein Hund. Doch ihre Mäuler sind Gift für die Schweine. Außerdem gibt es zwischen ihnen und den großen Tieren, die im Sand hausen, eigenartige Verbindungen.
»Noch einen? Ja bittte...« Dann muß ich wirklich etwas trinken. Ich meine, essen. Das Chinagericht war das letzte, was ich zu mir genommen habe. Das mit der Kakerlake. Im Topf war eine Kakerlake.
Die Kneipe ist nicht weit.
Die Erde bebt leicht, doch Erdbeben gibt es immerzu in dieser Stadt. In diesem kranken, blassen, grünlich grauen Slum mit kranken Leuten und Rauch und staubigen Erinnerungen. Wie können sie erwarten, gesund zu werden, wenn sie kaum atmen können? Ich weiß. Ich dürste nach guter Luft, und niemand läßt mich atmen.
Die Kneipe ist voll. Bin ich mit jemandem verabredet? O ja, mit Adrian, der Produktionsassistentin... Vor ein paar Abenden habe ich versprochen, daß ich komme. Doch ich glaube nicht, daß ich mir einen Weg hinein bahnen kann...
Also, 139 Stufen hinauf zur Terrassensiedlung.
Eine alte Frau sitzt im Rinnstein und murmelt vor sich hin. Nebenan schreit ein Kind. Die tote Katze ist verschwunden. Die Nacht ist kalt, verkündet Frost, und ein Hund bepinkelt einen Laternenpfahl, sauer, scharf, beißend, Geruch und Geräusch und Gelb, der Frost wird eine harte tückische Pfütze daraus machen... wie Schmelzwasser ins Nichts gleitet, stirbt das Kindergeschrei. Die alte Frau schnieft. Sie ist wild wie Fleischers Axt.
Woher kommt diese Redewendung?
Eine Axt ist eine Waffe, rasiermesserscharf, großzügig geschwungen, wohlgewetzt und gut gestielt. Sie liegt jetzt in meinem Küchenschrank, gewickelt in braunes Papier. Die umhüllte Schärfe ist tröstlich. Dieser Gang ist viel zu dunkel, sehen Sie, und Augen, die durch Türschlitze spähen, habe ich noch nie gemocht. Wenn es doch nicht so

alt röche! Wenn nur Frische, Blumen, Sauberkeit, vielleicht auch der Wind die tote tote tote Luft vertrieben und wir alle atmen könnten.

Ava

Die Bahnhöfe sind braun ... vom Rauch vorbeifahrender Züge? Von der üblen öligen Luft? Die Gleise sind auch braun, und die sterbenden Bäume, die am Bahndamm flackern, flimmern, flackern, sind ebenfalls braun überzogen.
»Hutt ... Zugestiegene aus Lower Hutt, die Fahrkarten bitte.«
Er bleibt vor mir stehen. Ich wußte es.
»Ihre Fahrkarte, danke.«
»Sie haben sie schon kontrolliert.«
Er glaubt mir nicht. Sie glauben mir nie.
Warum glaubt er mir nicht. Er befingert die Fahrkarte, als möchte er sie zerbrechen, mich zerbrechen oder einfach ein Fenster zerschlagen oder den Zug demolieren. Er wirft sie mir fast zurück.
Der hohe Wohnturm hat auf der Sonnenseite alle Vorhänge zugezogen. Das Eis ist geschmolzen, und der Tag wird warm.
Wo bin ich? O ja, kein schlechter Posten. Einen halben Film geschnitten, vielmehr dem Cutter beim Schneiden zugesehen, dann oben in Tonträger Drei den Synchronton eingespielt. »Wie fandest du das Erdbeben gestern abend?« Ich bin froh, daß ich das Erdbeben erinnere. Daß ich etwas habe, worüber ich reden kann.
Der Cutter sieht mich fragend an.
»Erdbeben? Gestern abend? Davon habe ich nichts gemerkt.«
Ich zucke die Achseln.
»Wahrscheinlich war es vorgestern.« Die Kabinentür öffnet sich.
»Ken möchte dich sprechen, wenn wir hier fertig sind.«

Sehr tüchtig, Adrian, allerdings mischt sie sich zu sehr in anderer Leute Angelegenheiten.
Nicht wie meine willige bronzene Dame Kareth du Vree, und die Bilder flimmern flackern und der Ton brabbelt stöhnt.

Woburn
An einem hellen grausamen Morgen mache ich mich wieder bereit.
Und lege Zigaretten, Stoppuhr da, Manuskript *hier* bereit.
Ken beugt sich über mich, bis ich seinen Pfefferminzatem rieche, und sagt kalt:
»Du kommst zwanzig Minuten zu spät. Die Crew hat zwanzig Minuten gewartet. Sie waren alle pünktlich. Ich möchte dich sprechen, wenn du fertig bist. Und hör um Gottes willen auf herumzufummeln, fang endlich an.«
Also spule ich eine ordentliche Nummer ab, während sie sich vielsagende Blicke zuwerfen, zwinkern, wenn sie glauben, daß ich nicht hinsehe. Also sehe ich nicht hin. Nach dem Hundekot habe ich auch nicht mehr gesehen. Und war heute morgen überrascht, daß er nicht mehr da war. Der Frost hat ihn sicher zerbröselt und der Nachtregen in den Gulli gespült. Dafür kleben überall Kaugummifladen auf dem Asphalt. Und auf dem Bahnhof von Woburn hat jemand seine Fish'n Chips fallen lassen und zu fettigem Brei zertreten.
»Fertig«, mechanisch, »Titel auf Eins, fertig?« Auf dem Bildschirm zuckt es, also: »Ansage und Schnitt!« Der Schnitt kommt, bevor ich ausgesprochen habe. »Ausblenden«, zum Teufel, was soll's.
Adrian streckt sich in ihrem Sessel. Sie greift meine Zigaretten. »Oh, deine letzte ...«
»Nimm ruhig. Ich habe Kopfweh.«
Sie lächelt, sieht mich nicht an.
»Hätte ich auch an deiner Stelle. Danke für die Ziga-

rette«, sie nimmt ihre Tasche und geht in Richtung Tür.
Wenn ich könnte, würde ich weinen.
Doch sie verachtet Tränen. Als ich die durchgeschnittene Kehle beweinte, so jung so jung so jung sterben ein mühsamer roter Guß dann ein Strömen, doch die Winterernte muß eingebracht werden, wandte sie, sie sich ab. Sie reichte meinem Nachbarn die Hand, griff unter seinen Pelz. Er schaudert und lacht. Das Weinlaub aus Gold, das er sich angesteckt hat, klirrt, als ihm schaudert. Ich kenne die kalten flinken Hände, und denke, denke nur: Flüssiges Gold für den Wein, der lebt, bis die Zellen ersticken, die Adern pochen träge langsamer versperrt für immer...
Sie besahen mich nur kurz, besahen sich lang. Kens Tür ist abgeschlossen, und draußen ist es dunkel.

Waterloo
»Die Zugestiegenen aus Lower Hutt, Lower Hutt, meine Damen und Herren, bittteee!« Freundlich und gutgelaunt, so wird die Kälte bewußt. Der Komiker.
Er bleibt bei mir stehen. Ich wußte es.
Doch scheinbar wechselt er den Schritt. Kurzes Anhalten und dann macht er im Wagen kehrt.
Auf dem Heimweg bin ich verwirrt. Offensichtlich hat er mich für jemand anderen gehalten. Ihn wird er statt dessen nach der Fahrkarte fragen. Ein schwerer Fehler für alle Betroffenen.
Die Tür schließt leise, doch der Blick war da.
Ich bin froh, daß ich meine Klinge sicher versteckt habe. Versteckt hinter dem Sicherungskasten, wo kein Schnüffler spioniert. Für alle Fälle, für alle Fälle.

Epuni
Wir haben die letzten Kartoffeln gerodet, die letzten Heringe gesäubert und gesalzen. Das Werk der Jahreszeiten

ist getan. Alles ist fertig und die Winterernte unter Dach und Fach.
Nun kann man des nachts in der Ferne ihr Heulen hören. Ein abgrundtiefes Klagen. Während sie durch den Sand ziehen, sprechen sie eine unergründliche Tränensprache.
Die Hunde, die sich in Wellington auf einer Straße treffen, kennen sich offensichtlich. Sie beschnüffeln sich, beatmen sich und überleben so in der dünnen Luft. Wir teilen keine Knochen mehr aus.
Es ist kalt, kalt, kalt.
Die Bäume schrumpfen zusehends, ziehen sich zurück, während der Frost ihrem Mark den Kampf ansagt.
Ich ziehe meinen Schal bis unter die Augen, meinen Hut über die Ohren, mumme meine Finger ein und wünsche mir einen Mantel.
»Hätten wir doch Mäntel...«
»Ich sagte, die Fahrkarten, Freund.«
Ich bin nicht sein Freund.
Und meine Fahrkarte...
»Urrr.«
»Einundachtzig Cents«, hält hart die Hand auf. Seine Augen blitzen, blitzen gierig unter seiner Schaffnermütze.
Mein Magen schmerzt. Ich höre, wie sie sich hin und her bewegen und heimlich kichern. Alle beobachten mich. Die Wagenfenster beschlagen, während sie sich hinter ihren Zeitungen und Büchern verstecken. Ich gebe ihm einen Dollar derrestistfürsie *bitte* der Rest ist für Sie. Doch er sucht umständlich und absichtlich Cent für Cent zusammen.
Und jedesmal, wenn der Zug hält, geht er an mir vorbei und lächelt langsam.
Und mitten in der Sendung macht es peng! und der Bildschirm ist leer und schwarz, von Kamera Zwei kein Bild. Und die Kameras auszutauschen, hat keinen Zweck, bei Zwei ist die Sicherung durchgebrannt/ ich brauche Eins für die Absage/ Eins Achtung/ Drei abfahren Gott ab-

blenden/ Eins fertig und Schnitt/ in den Kopfhörern surren Reden Flüche und der Moderator schnappt wie ein Fisch bis er sein Zeichen hat und immer noch keine Absage.
Und wir entschuldigen uns.
Und wir entschuldigen uns.
Die Sekretärin sagt kühl: »Robert, ich glaube, du solltest nach Hause gehen.«
»Ich fühle mich nicht gut.«
»Ich glaube, du solltest nach Hause gehen.«
Meilenlange Flure, rötlicher Teppich, grüner Teppich. Meilenweit Schweigen.
Vor Sonnenaufgang sammeln wir die Pilze für das Fest. Es ist ruhig und mild, als wir über die Berge sehen. Kein Sand und kein Stöhnen, denn die Jagd ist fern, morgen, und heute ist friedlicher Tagesanbruch. Stilles Wandern zwischen den phantastischen sonnenbeschienenen Glasgespinsten der Spinnen, Pilze weiß wie Hirnwindungen sprießen aus dem Boden.
Doch sie hält seine Hand. Ich verstehe es nicht. Im Spätsommer an der See sagte sie, daß sie bald zur Jagd ginge und ich mit ihr. Sagte sie, sagte sie.
Jemand hat seine Exkremente hinter der Treppe auf den Weg geschmiert.
Ich trete hinein.
Jemand hat ruhig unter freiem Himmel geschissen.
Ich trete hinein.
Jemand hat hier gehockt, der darauf pfiff, ob ihn einer sah.
Und ich trete hinein.

Naenae
Niemand im Zug sieht mich.
Ich zeige meine Fahrkarte, als er mich streift.
Er sieht meine Hand nicht.
Niemand sieht mich in der Siedlung.

Niemand sieht mich in der Kneipe.
Eine Suppe und einen Kaffee, mehr kann ich mir nicht leisten. Dosensuppe, Kleister mit Hühnergeschmack, und der Kaffee ist lauwarm. Der Gitarrist spielt Recuerdos d'Alhambra ich habe es mir gewünscht doch ich habe kein Geld für ihn und kann ihm nicht in die Augen sehen.
Im Flur sind überall Augen, die mich genau beobachten.
Ich lächle.
Meine schöne Klinge ist in Sicherheit, wo, sieht niemand.
Doch als ich die Tür öffne, riecht es rauchig und verbrannt... Habe ich die Flamme brennen lassen? Der Teppich ist heil, keine schwarzen Wände... Wo ist das Feuer?

Wingate
Vielleicht stehst du mit den Füßen darauf, oder gehst mitten in der Herde. Nichts deutet darauf hin, nichts ist sichtbar, nur endloser Sand. Und dann tauchen die Sandwale auf, höckrige Wirbel und breite Buckelhäupter und weite geisterhafte Fluken. Und ist die Axt nicht scharf und dein Schlag nicht genau, sehen deine Augen ihre schrecklichen traurigen Augen glühen und du bist besiegt. Denn Sandwale haben Menschengesichter. Und sie bluten wie wir, Haupt und Herz und Haut.
»Wie bitte?«
»Ich sagte, fahren Sie in die Stadt?«
Ich seufze.
»Wissen Sie, der Zug hielt, und ich stieg aus, bevor er wieder kam. Ich denke, ich kann mit den anderen gehen, selbst wenn sie nicht mit mir geht. Ich weiß jetzt, wie.« Ich lache ein wenig, weil es seltsam klingt. Er sieht mich von der Seite an, sieht woandershin.
»Ja, in die Stadt«, schnell.
Er zuckt die Achseln.

Die schwarze schnelle Straße eilt dahin, und unsere Regungslosigkeit spielt keine Rolle. Der Atem in mir reicht bis nach Hause. Reicht, die stählerne Axt zu schleudern. Reicht, meine Augen äußerlich zu schließen, den Film anzuhalten, der die flimmernde Stadt zeigt.
Reicht, eine Tür zu öffnen und ein Auge, ein weinendes Herz zu beruhigen, Offenbarung der Apfelinsel, Glasinsel, Trauminsel.

Avalon
Im Winter jagen wir Sandwale, und wir halten die Äxte scharf...

EIN FENSTER TRUNKEN IM KOPF

Nach Zeiten der Dürre und Unruhe
ist alle Welt voll Sterne du atmest und die eilende See und
deine festen lieblichen Finger in meiner Hand
ganz du, neben mir
Kitsch
Klischée
was kann ich sagen, was sonst? Mond und Mai und Messer. Jeder hat jedes Wort probiert. Aber o mein Liebster
deine Nähe und das Salz und der Sternenschein . . .

und am frühen Morgen in trunkenem Kicherglück heimholpern

---

o Mann weg, wo bist du
Mann, weg?
Keine Hand hält

Und Tod
das Skelett
das Skelett hält

fahren fahren
graue Straßen
führen zu nichts
erreichen nichts
Ende der Welt
keine Hand hält mehr

Mann, weg
von mir im Schatten
kein Tag keine Nacht
kein Morgen

Worte stehen stumm auf Papier. Ich lese keinen Sinn. Ich glaube nicht, daß ich sie geschrieben habe. Wer hat mit meiner Hand geschrieben?

»Oh, da bist du ja.«
»Da bin ich.«

Alle Räume weiß gestrichen, Decken, Wände, Leisten, Böden. Überall Papier auf dem blaßgrünen Plüsch. Schränke weißgestrichen. Wollte die Spiegel streichen doch fürchtete ihre Augen zu schließen. Türen gestrichen. Weiße Gruft ha ha. Grabesstille. Spielzimmer für fahriges Licht, grenzenlose Räume.

Er legte die Pauas in den Kühlschrank. Ihre klebrigen schwarzen Füße, Saugnäpfe sind in der Kälte geschrumpft. Jammer. Sie ringeln sich aneinander, schwacher Trost.
Er schloß die Kühlschranktür, sachte.

Kälte tötet die Liebe der Pauas, Muschel für Hornmuschel.

Er schlitzt sie alle aus ihrem Glück und greift Gedärm, ein fettes grünes Bogenorgan, und schneidet die dünnen Zahnreihen aus und schlägt den verstümmelten schwindenden Fisch mit dem Rücken des Fleischerbeils.
Dann taucht er die Entstellten in Ei, macht sie zu Steak, wirft sie ins zischende Öl. Pro Seite eine halbe Minute, dann nichts wie hinaus und ein wenig abtropfen. Und dann Liebe essen. Frucht des Riffs. Und sie ist süß und saftig und zarter als alles Fleisch. Und sicher tot.

Ich esse vier kräftige Paua-Steaks. Proteinfett. Energiefett.

Und dann ein Bohnensprossengewirr leicht und zartgrün. Passend zubereitet; dünnes Öl und Ingwerraspel und Seesalzkristalle und Knoblauchschnitze. Scharf, knusprig, lebendig.

Dann Karottenstücke und Selleriestengel und zarte rohe Stangenbohnen und Brokkoliblumen, gewaschen in Salzwasser. Und wie versprochen, die Sauce, grüne Flüssigkeit aus dem Rogensack angerührt mit weinverdünntem Sauerrahm.

Dann bläulicher Geist Grog, nie zuvor geschmeckt oder gesehen. Es brennt auf der Zunge und fließt dann kühl und willkommen die Kehle hinab in den Magen.

Dann zuletzt, ein Pfirsich. Ich vertropfe Saft. Der Saft schwemmt mich davon. Der Saft ist sowohl süß und tükkisch säuerlich. Er leckt den Saft von mir, er leckt ihn ab. Ich esse den Pfirsich auf und sauge lange am Stein.

Wir alle wissen daß Menüs Lust/Liebe transportieren

Auge in Auge während der Mund Austern schlürft und wir schwelgerisch anderes im Sinn haben

---

Haben Sie schon einmal mit Champagner ein Strichmännchen auf eine nackte Männerbrust gemalt? Mit der Zunge langsam wieder ausgewischt? Champagner auf den Laken verschüttet und trocken gerieben erhitzt

---

Im Sternenschein das Riff ausgeraubt. Er steht taillentief im kalten Schaum. Ich halte ruhig im schlängelnden Kelp. Er ist Schatten und dunkelnaß. Ich zittere und sammle triefende Pauas. Rauh und klebrig in der Hand.

Die leimigen Spuren sind Wurmwege, sagt er. Wenn sie nicht schnell waren, stehst du auf ihren Köpfen.

Denke:
tausendmal am Sandstrand, und nicht einmal zum Riff gewagt

Schlangenhäutige Käferschnecken und verwitterte wellengeschundene Napfschnecken
Die kannst du auch essen
sagt er, Suppe.

O Mann lange weg
Schlängelmann
Ich schreibe kein Trübsalstraktat/ ich schreibe Aufsätze, treibe Studien, ich weiß alles über Geotria australis, von Ammoccoetes zu Macrothalmia zu Velasia bis zu dickbäuchigen geschlechtsreifen Erwachsenen

---

»Schon zu Hause.«
»Ja.«

Das bittere klare grüne Wasser. Nacktes Sternenlicht.
Rohe und salzige Meerestiere.
Weiße Räume. Weiße Muschelwände
So deutlich brauchst du es nicht zu machen.

Bemerke ich hier die rauhe weiche warme handgesponnene Jacke? Wer hat sie ihm gesponnen? Welche Spinnenfrau? Welcher Spinnenmann? Farben wie Flechten: breite Bänder aus Ocker und Gelb-Orange und Rostbraun und Hellgrün. Wie sehr sorgsam er ein Haar aufnahm, das mir vom Kopf gefallen war. Bemerke ich die kräftigen Hände? Die stumpfen Nägel? Das wirre vorsätzlich wirre

Haar? Schmunzeln, ungekünstelt, stolz, einladend. Die vollen schönen Lippen. Der feste Hintern, die verwaschenen Jeans. Beflügele ich Ihre Phantasie? Es ist mein Abschied, mein letzter Blick.
Gönnen Sie sich auch einen.

Ich trinke mit den Augen. Mit dem Mund bin ich Säufer.

Einmal sah ich auf der Inselfähre einen Mann mit einem Heiligenschein aus schwarzem Kräuselhaar sein Baby wiegen, Säugling, Milchkind, Baby im wahrsten Sinne des Wortes. Er hielt den weichen jungen Schädel in breiten & freundlichen & fähigen Händen. Er war so betrunken, daß er von einem Fuß auf den anderen rutschte und wenn er gerade stand, gleich wieder taumelte. Sein Baby lachte und gluckste ihn an. Vollkommen sicher. Wahrhaft sicher. Ich wartete, daß er fiel. Er wiegte taumelnd das Kind.

Habe ein Fenster offen gelassen. Mögen Sonnenstrahlen hereinrutschen und mich erleuchten, alles erleuchten. Das ist abgegriffen. Manchmal *kommt* Licht durch das Toitoi – Geflecht, das dieses Fenster verbarrikadiert.

Ich sagte, so etwas hätte ich noch nie berührt, schlau strotzende Nüsse in faltiger weicher Hülle, und du grinstest, sagtest sacht:
»Eier.«

Einen anderen Körper berühren. Ein anderes Wesen berühren.

Leben wird durch Überraschungen lebendig, plötzlich aufleuchtende ergötzliche Erscheinungen. Ein Mann, der dich im Dämmerlicht anlächelt, dich & deine frühen Falten & deine Stubenhockerblässe. Der deine Hände nimmt und dich hinaus auf ein neues Riff voll Gefahren führt, voll Spalten, in denen der Schrecken haust und Wesen, die leiden, zusammenzucken, zurückweichen, deine Nahrung werden. Ein Fremder, Mann, zuversichtlich, sehnsüchtig, gefährlich fremd. Dessen Lächeln augenblicklich wirklich ist, plötzlich vertraut, dessen Mund süß und voll Erinnerungen. Für dich. Erinnerungen, die von den Brustknospen bis zu jenem flachen faltigen Hängebusen dauern, den du bald zu Gesicht bekommst. Hexerei.

»Bist du das?«
»Wer sonst?«

Er lobte meine Weißmalerei. Wir saßen auf dem Teppich und tranken ruhig und trocken Champagner extra brut. Ich fühlte mich sogar wohl. Fragte mich, warum er meine Tüncherei mochte, meine Grabesbotschaft.

Banale Witze. Bettfürze und unterdrücktes Gekicher. Hörbloßaufmichzukitzeln. Hinterläßt sie befangen eng. Hinterläßt auch in einer Felsspalte einen Schuh und hol-

pert leichtherzig lächelnd zurück in eine unbekannte Wohnung. Verbringt eine schwindlige freigebige Nacht, bevor sie nach Hause holpert, ernster braver kleiner brauner Vogel. Schnurstracks nach Hause.
Ordentliche Papiere, stapelweise. Manche gedruckt. Neunaugen. Stille & Leere & kein Licht.

Ich bebte wirklich vor Lachen, eine Million kleiner glucksender Lacher.

Der andere sagte, ohne zu lächeln: »Noch eine Flasche Mosel?« »Warum nicht?«

Vielleicht sehe ich den Baby-wiegenden Mann wieder, und diesmal werde ich glucksen und lächeln und mich an seine Brust schmiegen, und die See wird sich über uns auftürmen und die Pauas werden sich heimelig an uns kuscheln.

Du erlaubtest mir, mit dem kleinen Fleisch zwischen deinen Wangen zu spielen, du sporntest mich an, ich entdeckte dich, wir
spielten ein
Spiel
wohingegen hier
hier und jetzt
ist bloßes Eindringen, jämmerlicher Empfang, leblos und wenig Samenvergießen.
Warum ist meine Kühnheit auf dieses eine außergewöhnliche nächtliche Abenteuer begrenzt?

Und wie flüstertest du mir tief ins Ohr, am Ende, so süß:
»Es gibt kein Morgen und kein Zurück.«

Ist ein Spalt im Hirn eine Chance, daß es hell wird?

Worte singen benommen. Ein trübes unaufhörliches notwendiges Weinen.
Meine Worte? Wer sonst schreibt Tag für Tag in mein Tagebuch?
Wird der Stipendienausschuß es annehmen?
Hat es sonst noch Sinn?
Natürlich nicht!

Und ich schreibe,
Sie konnte nicht glauben, daß es Sinn hat. Sie glaubte nicht, daß sie beim Schreiben eine Absicht hatte. Zeiten der Dürre und Unruhe. In der Tat. Wo sind die fetten Pauas vom vorletzten Jahr? Und die Tage, als ich wild und frei umherzog und vorsätzlich verrückt spielte? Wo?

Es verblaßt, es verblaßt, wie Salzschatten von der Haut gespült mit kalter Dusche.
Es stirbt, es stirbt, und du bleibst eine hungrige Öffnung, bodenlos.
»Reich mir die Flasche... Oh, du bist schon da?«

Weiße Räume und grüne Pflanzen weit weit weg von der brausenden See.
Reitest du noch auf weißen Schaumkronen?

Wartest du noch auf deinem schwarzen Riff auf einsame Frauen, die abends spazieren gehen, traurig verlorene Wiegenlieder singen? Ich hoffe es und ich wünsche dir Glück und ich wünsche ihnen Glück und daß deine nächste Paua voll Würmer ist.
Der Wein ist sauer.
In jener Ecke sind mehr Schatten, als ich glauben wollte.
Ich habe hundertmal nach dir gesucht. Der Strand ist anders. Die Pauas vermehren sich frech.

Wir essen braunes Brot und braunen Reis und braune Bohnen. Wir essen braune Sauce o ja braune Sauce mit *Käse*geschmack und braunen Kuchen und manchmal braunes Fleisch. Er hat seine Theorie, was Kohlehydrate betrifft. Meine Zunge kennt die fettigen Kindergelüste nicht mehr.
Die samtig fette Haut der Sturmtaucher. Rauchige gelbsüße Kumara. Gekochte Kresse, dunkelgrün, dunkelgrün. Goldener Syrup und Rewena-Brot, das Mrs. Maki buk. Honigsüße Kiekie-Frückte, die mir mein Vater schenkte.

»Ich bin da.«
»Oh.«

Ich hatte keinen Seegarten mehr besucht, seit ich ein barbeiniges Mädchen war und mir aus Tang schlüpfrige Sandalen machte und Schnecken quälte, bis sie ihre Türen schlossen. Ich hatte seit meiner Hochzeit niemanden mehr umarmt, zuviel feuchte Nasen und faltige Gesichter. Ich lebe in einer fremden, einer zurückgezogenen, einer strengen Welt. Absichtlich. Kühl und ruhig und ordentlich und schattig und sauber und vernünftig. Keine Störung in Sicht.

Unser Haus. Schlichte saubere Möbel. Keine Volants, keine Gardinen, keine Rüschen. Überall Teppich. Fliesen im Badezimmer, überall. Er hätte auch das Klo gekachelt. Kein Wandschmuck außer zwei steifen Bildern, reine blasse Farben. Nirgends ein Schnörkel. Nie eine blühende Pflanze. Staub existiert nicht. Mein letzter Witz, letztes Jahr: »Hier werfen wir nicht mal Hautzellen ab.« Er gab mir Recht.

Deine Wohnung. Staubflocken, Dreckbrocken, Wolken überall. Eigelb auf Tellern. Durcheinander fettiger Messer und Gabeln. Und Kleiderberge am Boden, du Affe. O Mann, halt deine Hand still, ich triefe, und das ist unsäuberlich...

Eine kurze Zeit versprachst du, vollippig, vollstimmig, eine kurze Zeit heiliger Lust, verstehst du. Ich verstehe, ich verstand, ich verstehe
Und dann gehst du nach Hause
zu deinem Alten
o Mann weg
Ich ging

Lieder kommen zurück. Vergangenes warmes Lachen, vergangenes betörendes Lachen. Ich verlängere die Qual nicht. Ich gehe nicht mehr an den Strand, der einsame Strand und die See, und ich will nur einen großen Mann und einen scharfen Mann und einen Mann, der will und mich

Ich traue meinen Augen nicht. Habe ich das geschrieben? Bedenke.

Die supra-ovalen Laminae im Velasia Stadium unterscheiden sich in ihrer Anzahl und dienen als Identifikation wenn

identifizieren identifizieren identifizieren

die Vergangenheit immunisieren. Blödsinn.

Ich bade meine Zunge in Champagner. Ich bade meinen Gaumen in Chablis. Ich bade meine Speiseröhre in Rotwein. Meine Seen sind versiegt.

Und er berührte mit seiner breiten rosa Zunge die winzige rosa Zunge und das Baby gluckste ihn an und meine Schenkel waren naß vor Sympathie. Geht das über den Verstand? Dort auf der schwankenden Fähre: der wankende Mann und der sichere gurgelnde Säugling und ich, ein Fenster trunken im Kopf.

Wohin fahren?
Der graue sichere Weg und der graue kleinmütige Weg
o Mann lange weg
nirgends
geh mir zur Hand

Ich fragte nach Feuer und
er gab mir seine Hand

»Warum weinst du im Dunkeln?«
»Ich habe vergessen, das Licht anzumachen –«
»Oh.«

Eine klare Linse, langsam gewachsen, wie ein Tumor, ein drittes Auge wie bei den Tuataras, je mehr ich trinke, desto klarer sehe ich, ein heimlicher Ausblick ins Innere und ich beweine, was ich jetzt sehe, die Leere und die Klarheit
Mann weg, Mann weg,
Knochenhand ungehalten
kein Weg
Stille und Sorgenmann
Einsamkeit
Lösung
Mann weg.

Du könntest mit mir kommen.
Lippen gegen meinen Schädel. Worte schwingen in meinem Kopf.
O nein, meine Doktorarbeit ist doch nicht fertig, ich habe du *könntest* mit mir kommen.
Moment mal das kommt so plötzlich nein noch nicht nein
Träge träge Deckung als du micht anstarrst. Auf. Ab.

Ich liege in meinen Armen nachmittags nachdem ich ohrenlose gedankenvolle leidenschaftslose sorgenvolle Studenten unterrichtet habe

---

Natürlich mit einer Flasche als Baby.
Das klingt vielleicht rührselig. Keine Sorge. Ich bin glücklich mit schwerer Zunge und tauben Lippen und blankem Fenster im Kopf und horch!
»Ich bin wieder da.«
Mhmm.

Mann weg

EIN TRAUMTREIBEN

Helle Lichter. Sie hatte vergessen, wie grell sie waren. Und Lärm. Zuviel Lärm dröhnte ihr entgegen, schlug auf sie ein. Und wie die Leute an ihr vorbei hetzten, manche einen Moment beunruhigt, doch die meisten mit leerem Blick. Sie wollte ihre Augen schließen, sich die Ohren zuhalten, doch dann fiel sie noch mehr auf, und Schmerz und Not verschwanden nicht, indem sie ihnen auswich.
Sie steht da an einer Ecke, in einem langen hochgeschlossenen Kleid, einem demütigen grauen langen Kleid aus gutem Tuch. Sie trägt auch eine Jacke mit breiten gepolsterten Schultern. »Gutes Tuch«, hatte Schwester Hildegarde gesagt. »Als ich hierher kam, habe ich sie getragen.« Sie hatte nachdenklich den Stoff befühlt. »Die wird Sie warmhalten.«
Die Wagen jagen vorüber. Die Leute hasten und schieben. Sie steht und zittert.
Ich bin 36 Jahre alt. Man hält mich für standhaft. Man hält mich für klug.
Aus dem Zittern wird Schütteln. Sie schlägt die Arme um sich, hält sich fest.
»Ist etwas?«
Einer von den grellen lärmenden Menschen ist bei ihr stehengeblieben. Es ist ein Mann, denkt sie. Er hat langes zurückgekämmtes Haar und ein Gesicht mit hohen Backenknochen. Schräggestellte grüne Augen.
»Bist du gefallen?«
Die Stimme ist mild, klingt warm und besorgt.
»Ich, ich, ich«, die Stimme versagt wie ihr Körper. Panik schnürt ihr die Kehle zu.

Ich bin 36 Jahre alt. Ich bin Marie-Clare de Vraiencourt. Ich bin seit vier Stunden in der Welt.

Wenn möglich, würde er immer so an sie denken, wie er sie zuerst sah; eine kleine schlanke Frau mit braunen Augen, zitternd inmitten der Menge.

Er macht einen Tee. In allem, was er tut, ist wunderbar fließende Anmut.

»Gleich wirst du dich besser fühlen. Setz dich. Da.«

Da ist ein – Sack? Kissen? ein großer Stoffhügel: der Bezug ist bernsteingelb und purpurrot mit indischen Mustern bedruckt. Sie starrt, bis die verschlungenen Linien vor ihren Augen verschwimmen.

Man hält mich für stark. Denk an den Winter, als dir die Füße aufrissen, und du bist einfach weitergegangen auf dem frostigen Boden, hast deine Schwestern angeführt, als ihr die Betonsteine für den neuen Schlafsaal auslegtet. Du lachtest immer, wenn Lachen nötig war, denn der Schmerz war, verglichen mit der Liebe, die in deinem Herzen brannte, nichts. Man hält mich für stark, ich bin nicht ohnmächtig.

»Verzeihen Sie mir«, flüstert sie. »Ich bin an, an, an Menschen nicht gewöhnt. Menschenmengen. Leute.«

Er hockt sich geschickt ihr zu Füßen, in jeder Hand eine Tasse Tee. Duftender Dampf umgibt ihn.

»Und ist das Sünde, nicht an Menschen gewohnt zu sein?«

Sie sieht ihn überrascht an.

»Sünde? Was wissen Sie von der Sünde, junger Mann, daß sie so leicht scherzen können?«

Oh, unerträglich schulmeisterliche M-C, was für eine dumme Antwort diesem schillernden Engel, deinem Retter aus der Menge.

Doch er lacht. Seine Zähne sind weiß und schön.

»Mehr als ich zugeben würde... Komm, trink den Tee. Pfefferminztee ist gut gegen Angst.«

Als sie die Tasse nimmt, streift seine lange schmale Hand ihr Handgelenk.
»Du hast hart gearbeitet.«
Die gerötete Rauheit: die stumpfen häßlichen Nägel. Zuletzt war Waschen ihre Pflicht gewesen. Sie war drei Jahre lang Wäscherin, Waschbretter und kaltes Wasser und harte selbstgemachte Seife.
Sie sieht sich in dem einen Zimmer um. Wohlgerüche entsteigen einem bunten Messingbuddha. Der Gasofen zischt. Wirre Pflanzen mit langen Ranken quellen aus verschiedenen Ecken und Ebenen des Regals. Schnüre von glitzernden Glasperlen umgeben ein Licht und werfen hochrote und smaragdgrüne Schatten.
»Ich träume«, sagt sie. Der Dampf steigt aus der Tasse. Sie ist benommen. Ihre Tränen fallen.
»Ich muß träumen.«

Der junge Mann stöhnt. Er liegt am Boden neben dem Bett, in eine Steppdecke gewickelt. Er hatte nicht zugelassen, daß sie auf dem Boden schlief, obwohl sie stokkend erzählt hatte, wie sie sonst schlief.
»Im Sitzen! Sicher, und ich habe so etwas gehört, doch nicht heutzutage. Nimm das alte Bett. Es ist hart, es wird dich nicht verweichlichen. Warm ist es, und du brauchst Wärme.«
Und nachdem er das Licht ausgelöscht hatte, klang seine Stimme golden im Dunkel:
»Marie-Clare de Vraiencourt, hab keine Angst. Ich bin Liam Finn McConnell, ich kann schlecht sein, aber ich vergewaltige keine Nonne.«
Undeutlich denkt sie: Ich bin keine Nonne mehr.
Seit gestern nachmittag vier Uhr nicht mehr, seit sie das sonderbar weiße Dokument unterschrieb, seit sie den abgetragenen Reif vom Ringfinger zog, dünn, silbern und schlicht. Die traurigen Augen der Mutter Oberin und die trauernde Abwesenheit ihrer elf Schwestern und die steife Höflichkeit des schwarzgekleideten Bischöflichen

Beauftragten, der sah, daß alles seine Richtigkeit hatte. Und die Tür schloß sich mit sanfter Endgültigkeit, behielt ihren ehelichen Namen in den armen nackten Mauern, nicht mehr Schwester Bonaventura, wieder Marie-Clare, keine Teilhaberin mehr an Gottes Freuden und Qualen, wieder trostlose Laiin. Denn nach zwölf Jahren loderte nicht nur menschliches Feuer in ihrem Körper so hoch und unbändig wie eh und je, auch ihre Liebe zu Gott war gestorben. Die brennende Liebe war ganz und gar verbrannt in diesem ungewollten und dringenden Bedürfnis nach –

Wonach? Verbindung mit einem Mann? Ich habe es niemals versucht. Ich möchte ... halten. Gehalten werden.

Ihre Gedanken wandern.

Der junge Mann stöhnt wieder. Im Dämmerlicht kann sie die schimmernden Tränen auf seinen Wangen sehen.

»Wir müssen es von der praktischen Seite sehen«, er schlürft noch eine Tasse Tee.

Am Morgen glüht er, langes blondes Haar zum Zopf geflochten, helle Haut, die vor Gesundheit leuchtet. Seine grünen Katzenaugen sind voll Freundlichkeit und Wissen. »Ich singe. Ich kann gut singen. Ich handle. Ich kann gut handeln. Was kannst du?«

Sie lächelt schwach.

»Waschen.«

»Im Ernst.«

»Früher war ich Lehrerin. Für Englisch und Französisch.«

»Und willst du wieder unterrichten? Bestimmt bringt es Geld.«

»Ich würde lieber Klavier spielen.«

Nachher weiß sie nicht, warum sie es gesagt hat. Die Erinnerung an seine nächtlichen Tränen oder der Stolz in seiner Stimme, als er sagte, ich kann gut singen –

»Hast du gehört, eine Musikerin!« Er ist außer sich vor Begeisterung. »Ich wußte, es tut gut, dir zu helfen, und schon hat es sich ausgezahlt. Marie-Clare, weißt du, daß du aussahst, als würdest du den Verstand verlieren, doch

jetzt scheinst du meine Rettung. Ich *brauche* eine Begleitung.«
Ich bin alt genug, seine Mutter zu sein, denkt sie. Vergiß nicht, alt genug, seine Mutter zu sein.

Den Nachmittag verbringen sie in einer anderen kleinen Wohnung, die weniger reich an Farben und Pflanzen ist, statt dessen gibt es ein Klavier, das die halbe Wohnung einnimmt. Es gehört einem Freund; es scheint, daß Liam viele Freunde hat. Dieser sieht benebelt aus, steht schwankend in der Tür, winkt sie herein, Klar, Paddy, ja, Freund, tu alles für dich, bedien dich. Hast du Stoff?
»Da, spiel«, sagt Liam, aber sanft. Er lächelt ihr zu, wendet sich ab.
Das Klavier ist staubig, doch erstaunlich gut gestimmt. Ihre rauhen Finger sind steif und ungeschickt. Jäh fühlt sie sich in die Vergangenheit zurückversetzt, Nachmittage und der harte gnadenlose Takt des Metronoms; die harte Stimme ihrer Mutter; das harte Sonnenlicht, das im Takt ins dunkle Zimmer marschierte und Staubwolken auftrieb, die Schatten schalt und den harten strengen Porträts ihrer Vorfahren, die an der Wand lauerten, einen strengen Blick zuwarf... Maman, warum hast du sie alle hierhergebracht? Sie wären glücklicher gewesen an den Schloßwänden, die du hinter dir gelassen hast... die heiteren Franzosen. Sie war nie heiter. Nur verloren. Doch in diesem rauchigen Zimmer geschieht etwas mit ihren Fingern: die Steifheit verschwindet, wie der Rauch zunimmt, die Steifheit ist Rauch? Wohin verschwand das finstere Sonnenlicht, und warum lacht sie? Ihre Finger sind jetzt beweglich, und sie begreift, daß zwanzig Jahre Musik und Spiel nicht einfach verloren gehen.
Liam steht stolz neben ihr. Sie kann sich nicht erinnern, wann er in ihre Musik einstimmte, es ist, als hätte ihr Spiel ihm eine glorreiche Bahn geebnet, Wege und Windungen für eine Zauberstimme.
»Mann. Wow. Mann.« Liams Freund steht schwankend

vor ihr, zeigt mit Raucherfingern auf sie. »Wow«, sagt er in die Stille hinein, während der magische Rauch ihr Lächeln umtanzt.

Die Nacht ist voll feingesponnener Träume. Sie erinnert Regenbögen um Pflanzen und seltsam gehaltene Töne, die aus ihren Worten klingen, Töne, die hallen, obwohl sie vergangen sind. Und Liam macht ihr noch einen Schlaftee.
»Ist das wirklich Tee?«
Er lacht, und sein Lachen ist klingelnder Glockenklang.
»Oh, meine Liebe, natürlich!« schüttet eine Mischung aus einem bunten Paket in die Kanne. Er ist schlank und groß und golden, ein Junge, fast Mann, und sie ist gelassen und ruhig und jünger, als sie jemals war. Diese Nacht ist voller Musik. Selbst der Tee singt.

»Und warum bist *du* von zu Hause fortgegangen?«
An diesem Morgen sieht Liam grau und matt aus. Der Boden ist zu hart, denkt sie schuldbewußt, heute muß ich gehen... Doch mit dem Morgentee beginnt das Gespräch, fließt dahin, sie erzählt ihm ihre trostlose Geschichte, und jetzt will sie seine hören.
Liam runzelt die Stirn.
»Es ist keine gute Geschichte. Ich bin gegangen, weil das Schloß ein Sumpf war mit alten grauen Männern, die mürrisch in den Ecken hockten. Was konnte mich da halten?« Sein Lachen ist kurz und hart und sein helles Gesicht düster. »Ich sage es dir, mein Großvater – tausend Jahre Qualen seiner Seele – mein Großvater lachte an meiner Mutter Grab. Es war vielleicht nichts Besonderes. Sie war eine schwermütige Frau, verrückt, schon seit meiner Geburt, warum sollte der Alte also nicht lachen? Doch dieses Lachen, als der Sarg sich senkte... seine verfluchte sichtbare Genugtuung, Dank sei Gott, die Hure ist tot, nur der Hurensohn ist übrig...«
Seine Schultern beben, und sein Gesicht ist zu jung und

zu bitter zugleich für jemanden, der achtzehn ist. Das Beben und die Bitterkeit machten ihr Angst, und noch mehr Angst machte ihr das fremde Leben, das sie plötzlich durch fremde Augen sah. Eine lange Zeit – beängstigend grau und schmerzhaft, die unerwünschte Schwiegertochter war in des toten Ehemannes Haus gefallen, den unerwünschten Sohn im Schlepptau, und der Alte, einst so mächtige wünschte nichts sehnlicher, als ihre grauen kleinen Leben zu zerbrechen... Ha! Wie er tobt und droht, und jedes Toben erschüttert seine gebrechlichen Knochen, und jedes Drohen dreht sich in seinem Mund, würgt ihn, nimmt ihm die Luft, während die Frau wimmert und geifert und der Junge Sabotage und Haß lernt... Und wie er den Ahnensaal in Brand stecken konnte? Wie? Da schlief ich einen Augenblick, einen Augenblick nach der Beerdigung der Hure und plötzlich Rauch und Feuer. Ha! Tritt es schnell aus! Und Rauch... Sie liegt am Boden in Liams Armen, und Liam starrt sie an.
»Das weißt du?«
»Ich weiß es«, und ihre Stimme zittert vor Staunen.

Es dauerte lange, bis ihr Haar wuchs. Sie trug ein Tuch, bis die Stoppeln zur Frisur geworden waren. Niemand sagte etwas zu ihrem Kopftuch. Einer von Liams Freunden war kahl, und auf seiner Stirn war wie eine Spinne ein tätowiertes Pentagramm: eine Freundin, die mit kleiner Mückenstimme ständig sang, hatte vor einem Jahr ihre kastanienbraunen Locken zu dünnen Zöpfen geflochten. Seitdem hatte sie sie nicht gewaschen. Was Liams Freunde interessierte, waren Musik und Träume und Sex, und die Frisur spielte keine Rolle.
Sie lächelte.

Und ich dachte, die Eitelkeit sei schon lange ausgerottet.

Sie trinkt noch einen Schluck. Sie mag diesen Wein mittlerweile, ein blaßgrüner Trank, einer von Liams Antipodi-

schen Freunden hat viel davon besorgt. Die Freunde sind lustige, laute, rauhe Gesellen, konsumieren Unmengen von Liams Liedern und ihrem Klavierspiel und Liams Träume. Kommt nach Süden, kommt mit nach Hause, lärmen und drängen sie, und Liam lächelt sein Katzenlächeln, und sie, jetzt lacht sie auch.
Doch als sie zum erstenmal ankamen, ein grölender Mob, hatte sie sich in einer Ecke versteckt und geweint. Liam brachte ihr Becher für Becher vom stillen grünlichen Wein, hielt sie, redete ihr leise zu, hielt sie, sang ihr vor, als wären sie beide allein und die lauten Gäste nach Hause gegangen. Und am nächsten Morgen sagte er stolz:
»Im Singen und Trinken haben wir sie übertroffen, und das will bei Denen Da was heißen.«
Sie lächelt.
Erinnerung vergeht, geht, doch diese Nacht bleibt unvergessen, Liam, der aufstand und neben ihrem Bett kniete.
»Ich habe wirklich gewartet«, sagt er flüsternd.
»Genau wie ich«, antwortet sie.
Sie trinkt mehr Wein.

> Ich bin bald 37. Ich fühle mich stark und leicht. Ich werde immer jünger. Als Kind muß ich uralt gewesen sein.

Oh, es taugt zur Legende, sagte Liam seinen lachenden Freunden, ich habe Gottes Braut genommen, und sie fand mehr Wohlgefallen an mir.

Was nicht ganz stimmte.
An manchen grauen Morgen, wenn Liam aus dem Bett gesprungen ist, spürt sie einen Schmerz in ihrer Brust. Als sei sie seltsam hohl. Dann betet sie. Nicht die langen ordentlichen Litaneien, die sie jahrelang gesprochen hat, auch nicht die einfachen Gebete. Sie hält den Rosenkranz ihrer Mutter, ihre Mitgift, die der Orden ihr bewahrte, ihr beim Abschied zurückgab, den goldenen Rosenkranz mit

echten Steinen, den sie als Kind so gern halten wollte, immer vergeblich – sie hält den Rosenkranz und weint leise, eindringlich weint sie um den Schmerz der Welt, um ihr Glück, um etwas sie weiß es nicht weiß nicht was will sie nicht wissen.

Und übers nächste Jahr sieht sie feine Falten in Liams blassem und schönem Gesicht, um den Mund. Nie ist er grob zu ihr, nur einmal sieht sie bei einem wilden, schrillen Fest, wie er einer Frau in den Bauch tritt. Zu oft fällt ihr ein, wie er seinem Großvater ein Feuer gelegt hat. Weint sie über seine Gewalt, will sie ihn verlassen, beharrt er auf einer letzten Tasse Tee –
»Weißt du noch, die erste, Marie-Clare?«
erstarrt trinkt sie und erinnert sich. Zwei Tage später wacht sie auf, entrückt, verloren, im Nebel.
Und er verzaubert ihre Angst, besingt sie und liebt sie mit neuen Liedern, heiter und geschickt.
Und sie, die so nach Nähe und Feuer suchte, fragt sich träumend, warum sie fort will von dem, der doch ihr leichter Herzschlag ist.

»Hast du keine Angst vor einem Kind?«
Sie ist ein schmuddeliges kleines Mädchen, 14 oder 15, Freundin eines Freundes, Übernachtbesuch. Hatte stolz ihre Pillen vorgezeigt, als sie alle drei zu Bett gingen.
»Ich bin zu alt«, sagt Marie-Clare beruhigt. »Liam und ich sind schon über ein Jahr zusammen, und ich bin nicht schwanger geworden.«
Und während sie das sagt, fühlt sie eine unbekannte Angst.

»Du bist schön, meine Schöne, viel lieblicher als Deidre und weißer als Etain.«
Sie sieht ihn fragend an. Ihr Körper schimmert im Spiegel, zierlich, fest, wohlgestalt.
»Siehst du etwas?«

»Vollkommenheit.« Seine Augen sind klare Bergseen, tiefgrün.
»Du solltest mehr sehen als ich.«
Ihr Akzent ist stärker geworden. Einen launischen Augenblick lang fragt sie sich, warum sie, seit sei ins Kloster kam, nie mehr Französisch sprach.

»Wem können wir es sagen?«
Er ruft, kreiselt begeistert, er staunt, raunt.
»Keinem außer uns.«
»Sonderbar«, er streckt sich leicht am Boden aus. »Unsere Familien gibt es nicht mehr, und Eltern hatten wir kaum – du als frühe Waise und ich mit der verwirrten Mutter und einem Vater, der mich nie kannte. Und wir, wir komisches Paar, fangen neu an.«
Er fragt nach einem Augenblick des Schweigens:
»Wünschst du dir einen Sohn. Oder eine Tochter?«
»Ich habe mir nie vorgestellt, Mutter zu sein. Ich wäre über beides erstaunt.«

Er kehrte hager und zornig aus Irland zurück. Sie stand einen Augenblick gelähmt vor Angst, daß er die Regenbogen und die Zaubermittel, mit denen er handelte, probiert hätte, daß er schließlich doch den zuckrig braunen Kuchen, den glitzernden Kapseln, den unecht schneeig schimmernden Pulvern verfallen wäre. »Die Leute brauchen Träume, ich gebe sie ihnen gern, doch wir, mein Herz, wir haben unseren eigenen Regenbogen, und um kein Gold der Welt brauchen wir dieses – Scheißzeug.« Er spricht blumig wie ein Ire, oft wie ein schlechter Schauspieler, und dann zerstört er seinen Satz mit einem einzigen unpassenden Wort. Wie seltsam ihr die Worte vom vorigen Jahr im Ohr klingen, während sie das fremde und entsetzliche Gesicht anstarrt.
Dann streckte sie ihre Arme aus, und er betrat ihren Kreis und weinte.
Später sagte er hart, er sei ein Narr, er habe einen närri-

schen Fehler gemacht. »Du kannst niemals zurück, mo chridh, du kannst nie mehr nach Hause, wenn du einmal gegangen bist. Ich dachte, vier Jahre ... hätten den Alten erweicht. Doch er ist grauer und grausamer geworden. Nur ein Monster versucht sein eigenes Fleisch und Blut hinter Schloß und Riegel zu setzen.« Sein helles, schnelles Lachen dringt pfeilschnell durch Tränen und Zorn. »Selbst wenn der Besagte rein zufällig ... morden wollte.« Noch später, als sie Seite an Seite liegen, streift er einen schweren goldenen Siegelring auf ihren Daumen. »Ich bin nicht mit leeren Händen verjagt worden. Er gehörte meinem Vater und seiner Mutter Vater und vielleicht vielen vorher. Er war mein Erbe und ist das Geschenk deiner Hochzeitsnacht, denn mit diesem Ring binde ich dich, diesen Körper traue ich dir an, und mit *diesem* Herzen liebe ich dich alle Tage meines Lebens. Wir haben nur einander, meine Marie-Clare, doch wir haben einander.« Sie weint Freudentränen und denkt, diese Worte hat er wieder und wieder geübt, und auch darum liebe ich ihn. Und sie denkt, ich habe ihn und er hat mich, doch ich habe einen Passagier.

Die beiden Polizisten überraschten sie nicht, auch nicht ihr Haftbefehl. Sie war ehrlich überrascht, als sie nach Timon Padraic McDonnagh fragten, und diese ehrliche Überraschung verwirrte sie. Sie gingen, ohne die Wohnung zu durchsuchen.

Es war, als triebe sie mit dem Passagier in sicheren Gewässern. Sie belächelte zufrieden durch sachten Wellengang das Jagen und Blenden und Lärmen draußen, wußte, daß nichts sie berührte, denn nichts davon war wirklich. Die Sonne in Spanien war ... die Sonne in Spanien, doch die Wasserwelt war dunkel und kühl. Sie erinnerte sich an Gesprächsfetzen, halbgehörte Worte flossen bedrohlich nah vorbei, jemand lag im Sterben oder war tot, eine Brieftasche?, und der enge Zug um Liams Mund, bis sie Nepal verließen, und der höllische Ton, der sich in seine Lieder geschlichen hatte. Doch sie wußte, wie Wasser Töne verzerrte, und sein Lächeln war so fest, wie Lächeln sein kann, betrachtet durch ein Schattenmeer.

Nichts fürchtet sie, die Städte nicht und die Menschenmenge nicht und besonders nicht diese Antipodische Stadt am Meer und diese Menschenmenge. Ein feingeschwungener Brückenbogen im Hafen und ein Opernhaus, das alle Segel gesetzt hatte. Sie faltete die Hände über ihrem Leib. Hier war ein guter Ort, den Passagier abzuladen, ein guter Ort... fragte sie sich... aufzutauchen und Luft zu holen? Sie fühlte das Kind im Rhythmus der Wellen.

»Es geht weiter«, sagt er. Er kniet ohne Vorwand oder Scham und legt seine Arme um ihren Körper. »Ich weiß, es ist bald Zeit für dich, aber ich brauche dich bei mir, und ich werde übers Meer gehen...«
Ihre Finger irren über seinen Kopf, spielen in seinem Haar.
»So?«
»Ich habe einen Mann und eine Frau gefunden, die daher kommen, wohin wir gehen, und er ist Seemann und sie Hebamme. *Das* kann nur Glück sein oder Gottes Hilfe.«
Sie lächelt: »So?«

Sie horcht nach dem dünnen weinerlichen Laut. Sie fühlt das Heben und Senken des Decks unter sich, die Sonne, die Schweiß und Tränen in ihr Gesicht einbrennt.
Bin das wirklich ich, wirklich Marie-Clare?
Die andere Frau hat ihr Tücher zwischen die Beine gelegt und reibt ihr den Körper ab. Sie macht es schnell und geübt. Ebenso schnell und geübt ist ihr Lächeln.
»Wie ist es, einen Sohn und Erben zu haben?« Die Stimme der Frau klingt näselnd und flach. Sie hält leicht

und geschickt das Kind. Es ist mager und rot und faltig, sein Gesicht nur weit geöffneter Mund.
Sie antwortet nicht. Sie betrachtet den klebrigen schreienden Fremden, der winzig, doch lauthals lebendig ist. Aus einer Brust rinnt cremige Flüssigkeit. Sie sieht die Männer verlegen grinsen, sieht Liams Gesicht, rot und wütend und stolz.

Der Zweimaster ankert unter der hohen Sommersonne. Die Bucht ist eng und bewaldet und voll schreiender Möven. »Kakapo Sound«, sagt Liams Seemann. »Wir sind in einer Stunde zurück.« Die Männer gehen auf eine einzelne kleine Hütte zu, die auf Stelzen halb im Wasser steht. Die andere Frau sonnt sich an Deck, ausgestreckt wie ein Adler.
Sie ist froh über das Sonnensegel, das Liam gespannt hat. Ihr Kind liegt ihr am Herzen, sein Mund an ihrer Brust. Sechs Tage alt und schon ein Weltensegler. Feines blondes Haar glänzt zart auf seinem pochenden Schädel. Also schlägst du deinem Vater nach. Dann öffnen sich seine Augen, und sie blickt in die blaue Leere, glaubt einen Hauch Grün zu sehen.
Und was ist in dir von mir, kleiner Fremder? Was spielt das für eine Rolle. Ich bin 38 Jahre und habe einen Mann und ein Kind, und ich habe dich, Gott, ganz vergessen.
Sie hat schon seinen Singsang in der Stimme, und der Singsang seines Lebens ist der Rhythmus ihrer Träume, ihres Lebens.
Liam grüßt sie übers Wasser, und sie blickt auf, und ihr Lächeln ist sonnig.

So möchte er sie in Erinnerung behalten, eine kleine starke lebendige Frau, endlich ohne Schatten, an ihrer Brust das Kind, und doch erwartet sie ihn.

Er sieht das Morphium in der Spritze. Er sehnt sich nach dem Einstich und der augenblicklichen Ruhe.

Wir hatten einander, wir hatten ein gutes Leben.
Er zittert vor Zorn und ohnmächtiger Wut.

Sein Wagen ist glänzend und fremd, und er ist über die Geschwindigkeit entzückt.
»Anschnallen und Mundhalten«, sagt er und lacht seine Frau an. Sie tut, was er will. Sein Sohn auf ihrem Schoß lacht zurück. Er ist fast zwei und hat zum Lachen genug Zähne, doch er spricht noch nicht. Worüber sie sich keine Sorgen machen: er lief mit zehn Monaten, er ist aufgeweckt, neugierig, umgänglich, ein lächelndes Sonnenkind. Als in der Spielgruppe eine der Mütter sein Schweigen ansprach, hatte Marie-Clare ruhig und ernst gesagt: »Er ist Vollkommenheit. Er ist in meinem Herzen wie Gott«, doch Liam war wütend geworden. Eine Anwesende griff ein: »Manche brauchen ihre Zeit. Mein Sohn war fast vier, als er anfing zu sprechen, und wissen Sie, was seine ersten Worte waren? ›Stell' bitte den Fernseher ab, Mama.‹ Eine schöne Überraschung. Da drüben, das ist er.« Sie deutet auf das kleine Genie hoch oben auf einem Autoreifenturm, das sich die Seele aus dem Leib schreit: ihr alle weg da jetzt komme ich. Beide lächeln sie der dicken, braunen Frau zu, die jetzt mit einer anderen Frau auf Samoisch weiterspricht. Liam ist sich sicher, daß sie über ihn reden. Er ist der jüngste Vater und der einzige Vater hier, doch es schert ihn nicht: ihre Augen sind traumverspielt, und sein Kind kräht und kämpft mit dem kleinen Genie, und auf seinem Konto sind neunzigtausend Dollar, und er hat ein Haus in Remuera und einen hochseetüchtigen Zweimaster für seine Geschäfte und den Citroen zum Vergnügen.
»Anschnallen und Mundhalten«, sagt er, und dieses Mal lacht seine Frau.

O GOTT, wenn er sie so in Erinnerung behielte!

ein langsames Knarren durch endlosen Himmel Bremsen hart auf schwarzem Asphalt schürft ihn lebenslang häutet seine Hände und Arme und seinen Rücken entsetzlich *das* soll meine Haut sein *das* darunter mein Fett und immerzu das dünne hohe Kreischen seines Sohnes in der Nähe irgendwo und schlimmer das Fauchen der Flammen und die glühende Hitze und der glühende Schrei ohne ENDE

Das Kind ist ist drei Monate später ein Fremder, mager und ein kleines Gesicht mit erschrockenen Augen.
Sicher bin ich auch ein Fremder für dich. Mir selbst fremd. Du siehst aus wie 102, schöner Liam.
Das kommt vom ständigen Schmerz. Es kommt vom zerbrochenen so kostbaren Schweigen. Wenn das Kind leise fragt:
»Maman?«
schlägt er um sich, greift eine Hand, einen Hals und schreit: »Sprich nicht von ihr! Sprich nicht von ihr! O Gott ein Leben für das andere ist gerecht aber sie doch nicht du hast ihn den alten grauen Mann unter dem Dach des Himalaya du hast mich das ist gerecht denn unter meiner Hand ist sein Atem vergangen aber doch nicht sie sprich nie mehr von ihr!«
Er sagt zu dem brabbelnden Bündel am Boden: »Denn Gottes Feuer ist über sie gekommen und über uns alle.«

Er bereitet eine andere Reise vor, die Nadel durchsticht seine Haut, er sagt sich: »Das Feuer Gottes ist über sie gekommen«, nur so erinnert er sich an sie, und er weint leise, und es wird still.

TE KAIHAU
DER WINDESSER

Lügen & Überlegungen

Es gibt
eine Sandbank am Ende der Erde, wo der Ozean aufhört und der Himmel aufhört und die Winde der Welt zur Ruhe kommen. Die Winde sind launisch wie Schicksalsgöttinnen, jäh neigen sie zu unmenschlichem Ungestüm – was nicht verwundert; menschlich wollten sie niemals sein. Am liebsten verachten sie uns und fast alles um uns. Doch einst geriet ein Wesen unter ihren Schutz. Sie wurden Patentanten.
Diesen Anfang finde ich besser als: Ich wurde geboren und sterbe. Das ist so abgedroschen, und schließlich geht es jedem so. Was ich will, ist, mein ungewöhnliches und unvernünftiges Lebenspuzzle ausbreiten, vielleicht ergeben die Teile bei näherem Betrachten ein Bild, denn im Augenblick erscheinen sie mir als das einzig Sinnvolle.
Ich machte zum Beispiel den Fehler und fragte meine Großmutter, als *sie* im Sterben lag, nach ihrer besten Geschichte. Ihre beste Geschichte lautete so:

»Da war ich also, keine sechzehn, und schon war deine Mutter unterwegs, und ich ganz allein, weil dein Großvater mit einem Pferd, das nicht beschlagen war, über den Fluß war, und der Fluß war über die Ufer getreten, und er konnte nicht zurück. Ich hatte starke Wehen und Angst, ich könne mir nicht mehr helfen, und vielleicht wäre das Kind tot, bevor es anfing zu leben... und als es am schlimmsten war und ich glaubte, deine Mutter bliebe auf immer in mir stecken, als ich nur noch schwitzen und schreien konnte, da wurde es Licht. Weißt du, elektrisches Licht gab es damals noch nicht, und die Wehen hatten am frühen Nachmittag angefangen und jetzt war schon tiefe Nacht; ich hatte keine Lampen angezündet, und der Herd war lange ausgegangen. Heute würde ich sagen, jemand knipste ein Licht an: damals dachte ich, der Mond sei zu Besuch gekommen. Es war nicht nur Licht, sondern eine süße tiefe Stimme, eine Männerstimme sagte: ›Keine Sorge, Mädchen, sie kommt schon durch.‹«

An dieser Stelle schüttelte meine Großmutter immer staunend den Kopf.

»Woher *wußte* er das, dieser Mann mit den sanften Händen? Daß es deine Mutter war, die auf die Welt kam, und kein Junge? Jedenfalls waren die Schmerzen wie weggeblasen, und deine Mutter wurde lächelnd geboren. Und ich sah, daß alles Licht im Zimmer von dem Mann ausging. Er sagte zwar, er sei Pferdedoktor, doch ich erkannte, daß er zum Volk des Herrn gehörte, und war kein Beweis, daß der Schal, den er dem Kind zur Geburt schenkte, sich nach einem Jahr an ihrem Geburtstag in Nichts auflöste?«

Auf diese Frage hatte ich keine Antwort, den Schal habe ich nie zu Gesicht bekommen (viel von meiner Mutter auch nicht). Doch je größer ich wurde, desto neugieriger machte mich Großmutters Geschichte, denn die war wie sonst keine – die anderen hatten immer eine Moral. Also fragte ich sie, als sie im Sterben lag, war sie wirklich wahr, die Geschichte, Volk des Herrn und lichte Gesichter und so? Und sie zog ein Gesicht und wisperte: »Was würdest du deinem Mann erzählen, wenn er wie von allen guten Geistern verlassen nach Hause käme, und du lägest sauber und friedlich da mit einem Kind in einen Seidenschal gewickelt? Was würdest du allen erzählen? Die schreckliche Wahrheit?« Sie seufzte und starb.

Das war immer mein Pech. Ich habe immer die falschen

Fragen gestellt und immer eine Antwort bekommen. Heute würde ich weiter fragen, war seine Haut rotbraun, wie wenn der Mond durch einen Karneol scheint? Waren seine Augen so schwarz, daß sein Blick blitzte? Stimmte etwas an ihm nicht, hatte er einen Finger zu viel oder ein Mal auf der Haut?

Es ist vier Jahrzehnte zu spät, sie zu fragen. Nur in den nächsten Stunden könnte man es versuchen.

Hinter jeder Laune steht ein launischer Engel

Ich war ein runder glücklicher Säugling. Ich lächelte meine nicht lächelnde Mutter an und kicherte feucht und vergnügt, wenn sie weinte. Ich lächelte jeden an, ich lächelte die ganze Welt an. Ich fand, das Leben machte Spaß. Ebensogut konnte ich das Lächeln ein für allemal hinter mich bringen.

Meine erste Erinnerung halten alle für unmöglich, weil ich viel zu jung war – elf Monate, ich fing gerade an zu laufen. Niemand paßte auf mich draußen in meinem Laufstall auf, niemand hielt es für nötig. Meine Mutter war in der Küche oder in der Waschküche und jammerte (wahrscheinlich); mein Vater beförderte ein weiteres unglückliches Pferd ins Jenseits (wahrscheinlich), und meine Großmutter wohnte noch nicht bei uns.

Die Wiese war gemütlich warm, und ich zerkaute zufrieden einen Regenwurm. Ich erinnere mich genau an das sandige Braun innendrin und die feuchte rosa Haut und das Ringeln. Plötzlich waren da ein Schatten und zwei kühle Hände und eine wunderbar gütige Stimme (wetten, daß ein Säugling von elf Monaten merkt, ob eine Stimme gütig ist?): »Ka kite te taniwha, e pepe?«

Ich verstand zwar kein Wort, doch ich sabberte reizend meinen Regenwurm und nickte eifrig, was soviel hieß wie, daß ich jederzeit mitkäme oder so. Woran ich mich danach erinnere, sind starke weiche dunkle Arme, die

mich im Sonnenschein tragen und an einen Ort mit glitzernden Wassern bringen. »Titiro!«
Kann Wasser zugleich sinken und sprudeln? Es spie und strudelte, eine große grüne bewegte Wasserspirale, eine Anakonda tanzte durch ihre eigenen mächtigen, schwingenden Windungen, spult sich auf und hebt sich und schmilzt
»He taniwha, ne?«
sagte die wunderbar gütige Stimme, und die weichen Arme öffneten sich und tauchten mich ein.

Sehen, wie der Spiegel sieht

Bis zu meinem zehnten Lebensjahr erinnere ich nichts mehr. Was sonst geschah, als ich Kind war, hätte nicht zu geschehen brauchen. Man erzählte mir, daß ich nicht mehr lächelte. Ich wurde ein großes gehörig naschhaftes Kind, das überall aneckte und sich Schelte und Schläge einhandelte, bis ein Lehrer entdeckte, daß ich so gut wie blind war.
Halt! So gut wie blind ist nicht gleich wirklich blind. Ich war zwar sehbehindert, unfähig, Menschen oder Berge oder meine eigenen Hände am Ende meiner ausgestreckten Arme zu erkennen, doch mit Brille konnte ich so gut wie sehen. Ich konnte nachvollziehen, was Erwachsene meinten, wenn sie von Vögeln oder schönen Aussichten (oder meinetwegen Glühbirnen) redeten. Es war keine schlechte Überraschung, im Alter von sieben Jahren all diese Dinge zu entdecken, doch was meine eigenen Ansichten betraf, hatte es einen doppelten Effekt. Zum einen traute ich nie ganz meinen Augen.
Ein Blick in den Spiegel zeigt mir, zum Beispiel, eine durchschnittlich große Person, doppelt so dick wie der Durchschnitt, Augenfarbe farblos und Haut blaßbraun. Haare:
Großmutter: »Deine Mutter hatte seidenglattes see-

hundbraunes Haar, und ich hatte seidenglattes seehundbraunes Haar, und dein Großvater (er ruhe in Frieden) hatte seidenglattes seehundbraunes Haar, also woher stammen diese roten Ringellocken?«

(Dabei übersah sie geflissentlich meinen Vater, der sowieso seidenglattes kohlrabenschwarzes Haar hatte.)

Doch die Person im Spiegel bin nicht ich, wie ich mich *kenne*. Viele Leute empfinden so. Wer in den Spiegel schaut, sieht ein Bild... mein Gefühl reicht über den Spiegel hinaus. Ich sehe zum tausendsten Mal einen Berg und denke, war diese Spitze immer schon so? War sie nicht früher ein bißchen spitzer? Und hat sich der Vorsprung nicht nach Süden verschoben?

Die andere Wirkung dieser späten Entdeckung der Kurzsichtigkeit war, daß ich weiß, was ich sehe (glaube ich), doch ich billige immer jemandem zu, dieselbe Sache ganz anders zu sehen – ich wundere mich nicht über eine dritte Sichtweise. Sehen heißt nicht unbedingt glauben: Sehen ist Ansichtssache.

Vielleicht sind Spiegelbilder keine Spiegelbilder.

Mondhexerei

Das Haus, in dem wir wohnten (bis Großmutter starb und mein Vater und ich auszogen), war alt. In dunklen Nächten hielt es Selbstgespräche. Auf der hinteren Veranda gab es Stellen, die waren selbst für ein Kind gefährlich zu betreten, und keine Tür schloß, weil sich die Balken und Schwellen gesenkt hatten. Draußen war ein Garten, so alt wie das Haus und im gleichen Zustand. Tatsächlich war schwer zu sagen, wo der Garten aufhörte und der undurchdringliche Busch und Sumpf begann. Zweierlei half: wer auch immer den Garten anpflanzte, er hatte eine Vorliebe für die feuerroten spitzen Storchenschnäbel, die immer noch in jedem Frühjahr auftauchten und den Garten grob umgrenzten; am Bach war ein Obstgarten, die

Bäume ungepflegt, unbeschnitten und voller Flechten, trugen immer noch Früchte. Ein Kind, das nicht in den Busch durfte, fand dort als hilfreiche Grenzmarkierung am Boden reife oder überreife Äpfel und Birnen. Kinder durften oft nicht in den Busch. Großmutter mochte den Busch nicht. Vielleicht lag es daran, daß mein Großvater dort verschwunden und nie mehr aufgetaucht war. Vielleicht lag es daran, daß sie ihr halbes Leben lang geholfen hatte, den Busch zu roden und in Farmland zu verwandeln. Vielleicht glaubte sie, der Busch nähme das ihr und den Ihren übel. Egal, jedenfalls hatte meine Großmutter unerfreuliche Methoden, sicherzustellen, daß ein Kind tat, wie ihm befohlen, und so war ich dankbar für den Obstgarten.

Für letzten an einem denkwürdigen Abend besonders.

Ich war elf und den ganzen Tag im Busch gewesen (warum, erzähle ich später). Als der Mond aufging, wußte ich, daß ich zu spät nach Hause kommen und Großmutter den Garten absuchen würde. Ich wußte, sie würde warten. Ich wußte, mein Vater war nicht zu Hause.

In der Rückschau aus einem Abstand von dreißig Jahren war es ein unbehagliches Licht. Die rote riesige Mondscheibe quoll aus den Baumkronen hervor. Die Abendluft war fauligreif. Meine Stimmung war düster. Der Junge also, der im Schatten stand und seinen Stock schwang, bis er pfiff wie er selbst, braucht nicht dagewesen zu sein (obwohl er mir so deutlich war wie am hellichten Tag). Ich weiß noch, daß er groß war, breitschultrig, schmalhüftig, und ich weiß noch, daß ich dachte, der Jägermond ließe seine Augen so schwarz leuchten und seine Haut so rot scheinen.

Ich sah ihn wachsam an, und er warf den Stock nach mir und pfiff, und warf einen Apfel nach mir und pfiff, und ich zögerte einen Augenblick, bis in einem atavistischen Winkel meines Hirns ein Gedanke entstand, ein alter, alter Gedanke.

Im nächsten Augenblick sammelte ich aufgeregt meinen

Rock voll dreckiger Äpfel, und im *nächsten* Augenblick rannte ich nach Hause.

Übrigens ist »Nicht-Denken« vielleicht der einzige Begriff, der diesen Zustand atavistischen Wissens beschreibt, aber »Mondhexerei« trifft auch gut, was dann geschah.

Als meine Großmutter kalt von der Veranda herunter sagte: »Nun, meine Dame, wo waren wir und was sagen wir dazu?«, kicherte ich. Ich setzte mich zehn Fuß entfernt hin und steckte einen Apfel auf den Stock und schoß ihn, und er sauste gewaltig und zermatschte an meiner Großmutter. Ihr Zorngeschrei entsprach meinem Gelächter, sie kam zwei Schritte auf mich zu, und ich schoß blitzschnell zwei Äpfel. Es war ein regelrechtes Sperrfeuer aus Äpfeln und Gelächter, was ich da veranstaltete, so daß sie den Rückzug ins Haus antrat.

Oh, es stach mir in die Nase wie Apfelweinduft! Und das Lachen gellte wie Kriegsgeschrei von zwanzigtausend streitlustigen Vorfahren, die aus dem Dunkel mir zur Seite traten und Äpfel warfen und tanzten unter dem blutigen Mond.

Als Vater nach Hause kam, waren die Fensterscheiben zerbrochen und überall Apfelspritzer und Apfelschmier, und seine Schwiegermutter hatte sich bleichgesichtig bebend vor Wut verkrochen, und seine wild gewordene Tochter wütete weiter gellend lachend hochrot.

Später schlossen meine Großmutter und ich Frieden.

Mein alter alter Gedanke heißt »atlatl«, aber »Mondhexerei« ist besser.

Gottes Späße und der Vorfahren Launen

Meine Großmutter starb schließlich, als ich achtzehn war. Sie nahm sich ihre Zeit dazu. Sie hatte einen Schlaganfall (leider kochte sie gerade Porridge und fiel auf unseren Herd) (Vater fand sie) (ich fand Vater), sie konnte danach

gar nichts mehr außer sprechen. Ich stellte ihr am Sterbebett noch eine Frage: Woher kommst du? »Ich bin Keltin«, antwortete sie stolz und feierlich.
Ihr Akzent war merkwürdig, irisch oder schottisch hätte er sein können. Sonst hat sie mir nicht viel erzählt. (Natürlich hätte ich sie nach ihrer Mutter, ihrem Vater fragen sollen...)
Was unsere Herkunft betraf, war Vater auch keine große Hilfe. Als man ihn nach seiner Schwiegermutter fragte, nach der Herkunft seiner Frau, meiner Mutter, sagte er: »Soviel ich weiß, kam der Alte aus Cornwall.«
Nach *seiner* Herkunft zu fragen, war heikel, denn er war im Waisenhaus aufgewachsen. Er wußte, er war teils Maori (das wußte Großmutter auch und machte ihre anzüglichen Bemerkungen), und irgendwann während seiner Waisenhauszeit hatte er die Sprache gelernt. Mir hat er nichts davon beigebracht – oder besser, nur einen winzigen Bruchteil.
Als ich 13 Jahre alt war, gerade zur Highschool ging, faßte ich Mut und fragte ihn: »Vater, hm, was ist mit deinem Maoriblut, unserem Maoriblut, *meinem* Maoriblut...?«, er lächelte kurz, und damit ich die Fragen Wer bist du? und Woher kommst du? auch bloß richtig beantwortete, sagte und schrieb er mir:
»Ko Pakatewhainau te iwi, no Wheatewhakaawi.«
Ich beging den Fehler, das laut und stolz in der Schule zu verkünden.

All die lächelnden Gesichter, die einsame Leute sich an die Wand hängen

Fotografien spielen im Leben mancher Leute eine wichtige Rolle. Sie strahlen beim Anblick alter Fotos, beweinen Porträts, durchleben noch einmal lang vergangene vergilbte Tage, die eselsohrig geworden sind. Ihre Freunde stehen auf dem Kamin, die Verwandten sind un-

ter Verschluß in Alben, die meistens muffig riechen, doch manchmal riechen sie auch nach Schweiß und Fettfingern und Tränen, so abgegriffen sind sie.
Sie sprechen lieber mit Bildern, weil deren Antworten erschöpfend sind.
Was auf meinen Vater nicht ganz zutrifft.
Im großen und ganzen ist er ein stiller Mann, und ich glaube, ich habe deutlich gemacht, daß tote Verwandte ihm völlig egal sind. Ich glaube, er hat meine Mutter geliebt (sie hat ihn, kurz nachdem ich vor dem Taniwha gerettet wurde, verlassen). Ich weiß, er liebt *mich*, was nicht so beruhigend ist, wie es sein müßte.
Also, er ist Abdecker, Pferdeschlächter. Auch diese Arbeit muß getan werden. Mein Vater ist, meines Wissens (ich habe ihm bei der Arbeit nie zugesehen), behutsam und leidenschaftslos und tüchtig. Kein Pferd in meines Vaters Schlachthof schrickt, soweit ich weiß, vor dem Tod zurück; kein Pferdebesitzer hat je beklagt, wie mein Vater tote Pferde behandelt, die er manchmal abholen muß. Tatsächlich schenken ihm die meisten noch Fotos ihrer Tiere, Bilder aus jenen Tagen, als die Pferde die Ohren noch spitzten und hell und wachsam dreinblickten.
Bekommt er kein Bild des Pferds, das er abholt oder schlachtet, geschenkt, dann fotografiert er selbst. Er wohnt in zwei Zimmern über der Abdeckerei. Und seine Wände sind voller Pferdefotos. Pferde umgeben ihn, traurige Pferdeblicke, glückliche Pferdeblicke, Pferdeseufzer und fröhliches Pferdewiehern.
Mein Vater liebt Pferde mehr als Menschen, doch ich hoffe, er wird einmal auch mein Bild aufhängen.

Episode mit Futteralmotten

Ich war als Kind soviel wie möglich im Busch, weil ich nach seltenen Insekten suchte, solchen vielleicht, die noch keiner entdeckt hatte. Oh, wie traurig, wenn ich fündig wurde...

Wenn man nun sehr kurzsichtig ist, sieht man nur, was einem vor der Nase liegt. So entdeckte ich früh jene Wesen, die sich feucht ringelten oder auf Fransenbeinen eilig davonkringelten. Als ich lesen lernte, las ich wie besessen – aber nur über Insekten. Sie faszinierten mich und trösteten mich und waren meine Garanten für späteren Ruhm (dachte ich).

Bei uns gibt es sagenhaft seltsame Insekten, von Giraffenwiebeln zu Asteliamotten. Es gibt eine solche Vielzahl, und ihre Entwicklungszyklen sind so schrecklich schön, daß ich als Insektenkundler bestimmt bis an mein Lebensende hätte glücklich und zufrieden leben können.

Ich war zwölf. Ich hatte eine Mottensammlung, nach der jeder Schmetterlingskundler sich die Finger abgeleckt hätte, doch etwas fehlte, zwar eigentlich keine Rarität, doch in unbeschädigtem Zustand sehr selten.

Kennen Sie die australische Karikaturistin Mary Leunig? Sie betreibt eine makabre Kunst, komisch, mehr oder weniger böse. Da steht eine männliche Motte mit bunten Flügeln und einem Koffer in der Hand und sieht auf die Uhr. Im Hintergrund an der Wand hängt ein verlassenes dünnes Mottenfutteral, seins. Daneben noch eins, dick und prall, natürlich die Frau, wie immer zu spät, denkt man und grinst, bevor man umblättert. Der Witz ist, daß die Frau nie fertig wird, daß sie nie aus ihrem Kokon herauskommt, ein Leben lang nicht. Die Weibchen sind flügellose Larvenwesen, die man umbringt, wenn man sie aus ihrem Seidengespinst zieht.

Männliche Motten verpuppen sich, flattern beflügelt und angriffslustig ans Licht. Die Sache hat nur einen Haken. Motten leben weit verstreut, knabbern sich ihren Weg durch den Busch, schleppen ihr Futteral hinter sich her. Wie immer im Leben, siegt der Schnellere. Wer zuerst kommt... Also flattert das Männchen in panischer Hast, schlägt seine Flügel gegen Zweige und Ästchen und rui-

niert sich, wenigstens aus meiner Sicht. Das einzige, was dagegen half, war Futteralmotten zu züchten in der Hoffnung, daß in der Zucht auch ein Männchen war, und dieses dann bei seinem Eintritt ins Leben zu Sammelzwekken zu betäuben.
Ich durchforstete den Busch nach Futteralmotten und fand eintausend und 33. Ich verwandelte meinen Kleiderschrank in eine Mottenzüchterei und raspelte ganze Manukaladungen, um meine Schützlinge zu füttern. Sie wuchsen alle heran, und *keine* Motte bekam Flügel. Wenigstens nicht die ordentlichen Flügel eines Oeceticus omnivorus.
Eines Nachmittags, als ich sie untröstlich betrachtete, eintausend und 33 Futteralmotten, die mit festverschlossenem Kokon Manukareisig benagten oder aussaugten, da sah ich es. Ein Kokon krümmte sich. Wand sich wie wahnsinnig. Das taten sie, meiner Erfahrung nach, nicht einmal, wenn sie von Wespen angegriffen wurden. Ein Mottenmännchen schlüpfte aus, spät, aber endlich doch!
Ich nahm die Brille ab und beugte mich über die zukkende Hülle. In der einen Hand die tödliche Chloroformflasche. Jetzt... aus den Tiefen des Futterals kam etwas zum Vorschein, zuerst ganz langsam, dann mit schrecklicher Geschwindigkeit. Insektenbeine, Insektenleib, sagenhaft? Rot! Flügel und ein winziger Kopf. Mit Zähnen. Sah ganz menschlich aus. Mit Menschenzähnen. Grinste mich an aus winzigen schwarzen, boshaft blitzenden Augen. Eine sehr lange Sekunde lang. Dann tauchte dieses Wesen kopfüber in die Luft und rauschte an meinen staunenden Augen vorbei durch die Tür. Weg.
Von da an habe ich Insekten weder gesammelt, noch angerührt, noch angesehen. Nicht einmal mehr gedacht habe ich an sie.
Übrigens, wollen Sie wissen, wie Futteralmottenweibchen und Männchen im wirklichen Leben zusammenkommen? Halten Sie sich ein Pärchen! Aber beeilen Sie sich. Sonst kommen Sie zu spät.

Kein Wind wie der andere

Es gibt, so habe ich festgestellt, nur eine Sache, die mich genauso begeistert wie damals die Insekten, und Sie können mir glauben, daß ich einiges durchprobiert habe.
Es ist das Atmen.
Gewöhnliches Atmen, tagein, tagaus, ist schön. Jeder Atemzug ist schließlich doch anders und besitzt so immer wieder den Reiz des Neuen. Tief durchzuatmen ist in manchen Situationen nicht zu verachten, und meditatives Atmen ist in Ordnung, wenn man gern meditiert. Doch was ich meine, ist Atmen mit Bewußtsein.
Manchmal morgens erwachte ich sehr früh und strahlte vor Begeisterung beim ersten bewußten Atemzug. Er schmeckte meiner Lunge besser, als je meiner Zunge ein Wein. Das ist reines Vergnügen, *köstlich*, Luft strömte, und meine Lungenbläschen sangen vor Freude, und meine Zellen waren randvoll mit Oxygenenergie. Ich fühlte mein Herz schwellen und schweben, nur Venen hielten es noch ... es flatterte, Freiheit, Luft, wie ein großer leuchtender leibhaftiger Ballon ... Halt! Noch einmal! Diesmal schaffe ich es!
Wie Lerchen sich ihren Platz am Himmel erkämpfen, wie sie ihren Luftraum verteidigen, Gegner mit geschwellter Brust versingen, so fühle ich mich manchmal, wenn ich atme, tagein, tagaus.
Atmen *liebe* ich. Wird mir schwerfallen, wenn es aufhört.

Großmutters Rache

Ich weinte, als meine Großmutter starb, doch nicht um sie (der Tod war damals bei weitem das Beste für sie, und besonders gemocht hatte ich sie im Leben auch nicht). Wie gesagt, die alte Dame hatte ihr halbes Leben lang den Busch gerodet, geholfen, Farmland zu gewinnen. Wir

hatten immer geglaubt, daß mit jeder neuen Farm die alten Schulden bezahlt werden konnten. Und als mein Großvater nicht mehr aus dem Busch zurückkam, stand meine Großmutter mittellos da. Doch: sie hatte zwanzigtausend Pfund gehamstert, und die vererbte sie mir. Mein Vater lächelte schief, als er davon erfuhr. Er gab mir einen guten Rat: »Kauf dir ein Haus und leg das restliche Geld an, Mädchen«, und zog dann vergnügt ins Dachgeschoß seiner Abdeckerei. Ich tat, wie mir geraten, kaufte ein solides kleines Haus am Stadtrand, gleich am Strand, und ließ das Restgeld für mich arbeiten. Ich lebte bescheiden, doch ohne Arbeit.
Mensch, wie sehr muß mich die alte Dame gehaßt haben. Die Äpfel damals hat sie mir offenbar nie verziehen.

Frühgesäte Schädel

Wir waren eine wilde Strandgesellschaft.
Da war Elias, der mir am nächsten wohnte, eine Viertelmeile entfernt, klug und schwul und firm, was Drogen anging. Er war diskret, doch unaufhörlich neuen Liebhabern auf den Fersen. Da waren Pinky und Molly und Chris, ein ungleichgeschlechtliches Trio, das sich unaufhörlich gegenseitig auf den Fersen war, doch das am liebsten vor Publikum. Da war ich, unabhängig und allein, und unaufhörlich auf den Fersen jedes Jungen oder Mannes, den es gelüstete, mir bei meiner weiblichen Selbsterfahrung zu helfen.
Bitte nicht gähnen! Ich erzähle weiter nichts dergleichen, lediglich, daß ich über mich und andere vieles lernte und daß das Lernen in den drei Jahren, die es dauerte, meistens Spaß machte. Wenigstens glaube ich das heute. Denn bei dem Quantum an Alkohol und Zigaretten und Pillen, die Elias fröhlich freigebig verteilte, kann ich mich an Einzelheiten kaum erinnern.
Ich erinnere mich allerdings an den jungen Kiffer, der

eines Nachts, wohl vom Rauch angelockt, an unser Lagerfeuer kam.
»Man riecht es meilenweit«, sagt er mit seiner rauhen Stimme. Er ist stämmig und jung, sein Gesicht seltsam mager, das Haar wirr und schwarz. Das Feuer tanzt auf seiner bloßen Brust, seinen Schultern, seinen Zähnen, als der Joint die Runde macht und er langsam lächelt: »Mann, ist das gut«, dabei die Hände um die Glut höhlt. Er saugt und saugt und saugt, er atmet bis in die Bauchhöhle, tiefer, noch tiefer, bis zu seinen hornhäutigen Fußsohlen, und der Joint wird zu Asche und schrumpft und schrumpft, eine miese glibberig gelbe Kippe, die er schließlich von seinem Sog befreit und anerkennend betrachtet. Übrig geblieben ist kein Zentimeter, haltbar nur mit spitzen Fingern.
Ohne auszuatmen, scheinbar ohne den Atem anzuhalten, ohne die geringste Andeutung geblähter Wangen, Brust, reicht er das Etwas weiter. Pinky saß neben ihm und ließ es fallen, und wir konnten es im Sand nicht wiederfinden.
Der junge Kiffer schenkt uns sein langsames mageres Lächeln, und diesmal scheint es zuviele Zähne zu haben. Keiner von uns lächelt übermäßig begeistert zurück. Soweit ich mich erinnere, atmete er niemals wieder aus.
Über kurz oder lang lebten Elias und Pinky und Molly und Chris glücklich und anständig wie die Paare vor ein paar hundert Jahren.

Der Strandaraber

Als ich noch nicht wußte, was ich jetzt weiß, sagte ich, der Strandaraber sei der Vetter des Kiffers. Ich sagte es nur halb im Scherz, denn obwohl er lang und dünn war, war sein Lächeln ähnlich langsam und sein Haar ähnlich wirr und schwarz. Er trug nie etwas anderes als abgeschnittene Jeans, und seine Haut war kräftig rötlich braun. Am

Strand hörte man ihn meistens, bevor man ihn sah, denn er spielte eine kurze kleine Flöte aus Bein, solange er allein war. Zuerst kam er schüchtern an unser Lagerfeuer und aß alles, was wir untereinander teilten, mit den Fingern, selbst das Lachsmousse, das Elias, der Feinschmekker, eines Märzabends bereitet hatte. Mit der Zeit ließ seine Schüchternheit etwas nach und er schloß Freundschaft mit Elias, dann mit Chris und Molly, und schließlich mit mir. Bald darauf verließ ich für immer den Strand – doch die Geschichte kommt später.
Er hatte einen seltsamen Humor, der Strandaraber (nein, wie er wirklich hieß, hat er nie gesagt).
An einen Nachmittag erinnere ich mich in allen Einzelheiten: drei amerikanische Touristen hatten sich zu unserem Lagerfeuer gedrängt und redeten lautstark, amüsierten sich mit den Leuten aus dem Ort. Wir hatten mehr Sherry und Rauch als sonst gehabt und saßen ruhig und reglos da, lächelten verträumt und höflich, und ihre Worte dröhnten in unseren Ohren härter als sonst. Der Strandaraber betrat die Szene, gleichsam auf den Spuren seiner Flötentöne.
Und bald sagte einer der Yankies überschwenglich: »Und was eßt ihr Mayories eigentlich?« Chris, die Dänin aus Dannevirke, sah Elias an, dessen Eltern beide aus England stammten, und Elias sah Pinky an, Glasgowerin mit Leib und Seele, und Pinky starrte Molly an, die über ihr ganzes irisches Gesicht errötete, und während ich laut: »Huch...« dachte (was zum Teufel aß mein Vater außer Pferdefleisch, und das schien mir doch nicht typisch Maori), verneigte sich der Strandaraber lächelnd und sprang davon und vom Felsen und bohrte nach einer kleinen Krabbe und förderte sie zutage und steckte sie sich in den Mund, kaute und lächelte. Die Amerikaner bekamen den Mund nicht mehr zu, Meingotthastdudasgesehen? und die (halben) Beinchen krabbelten auf seinen Lippen, bis der erste Bissen verschluckt war und auch sie an die Reihe kamen.

Es geschah ihnen recht. Ich meine, haben Sie einen ziegelroten Maori gesehen? Okay okay okay, mir geschah es auch recht, ich weiß.

Federvögel

An jenem Abend war zunehmender Dreiviertelmond. Wir lagen dicht am Feuerschein, hörten zu, wie die anderen redeten. Später, als die anderen gegangen waren, spielte der Strandaraber auf seiner beinernen Flöte: sprach vielmehr in sie hinein, und die Worte verstanden sich als Musik. Sein rundes Gesicht sah unter dem Mond sehr dunkel und sehr orientalisch aus.

Nachdem wir uns geliebt hatten, belächelte ich den Mond. Ich hatte ein Haus; ich hatte ein Leben, das mir gründlich gefiel, und brauchte dafür nicht zu arbeiten. Ich hatte Freunde, die waren eine warme gute Freude, und hier lag ich zufrieden in den sanften Armen eines jugendlichen Liebhabers. Ich schlief glücklich ein und träumte von Taniwha.

Als ich bei Sonnenaufgang erwachte, war er weg, doch nicht weit. Da war er, am Wasser, nackt, wusch sich. Ich lief, um ihm Gesellschaft zu leisten.

Ich weiß noch, daß ich dachte, mit meinen Kontaktlinsen sei etwas nicht in Ordnung, er könne da doch keine Federn haben.

Ich weiß noch, daß ich zögernd sagte: »He, das sieht aber komisch aus«, doch da war es schon geschehen, und die schimmernden bronzegrünen Federn fächerten sich säuberlich um seinen Penis.

Ich weiß noch, daß ich auf die silberne See sah und das Wasser im Wind zitterte.

Ich weiß noch, daß er lächelte, o ja. Ich hatte dieses Lächeln schon zu oft gesehen, auf zu vielen Gesichtern.

Ich weiß noch, daß ich nach Hause lief und meine Tür verriegelte und *nie* wieder an den Strand ging.

Komisch: was ich nicht weiß, ist, ob er unter dem Dreiviertelmond auch Federn hatte.

Zuhause ist, wo das Herz ist

Mein sicheres kleines Haus hat vier Zimmer; Schlafzimmer, Waschraum, Küche und Wohnzimmer. Drei Jahre lange habe ich es makellos gehalten. In den nächsten zehn Jahren ließ ich – die Dinge wachsen. Verstehen Sie mich nicht falsch: Es war durchaus angenehm. Im Waschraum saßen schleimige schimmelige Hausgeister und sonstige Boten des Verfalls, die ich nach dem Motto: leben und leben lassen, gewähren ließ. Schirmpilze saßen auf einem Küchentuch, an das ich gern zurückdenke, und Phosphorlicht leuchtete in einer unberührten Schlafzimmerecke. Einmal im Monat, wenn der Schnapshändler des Ortes mir eine Kiste Gin brachte, sammelte ich alle leeren Büchsen auf und packte sie ordentlich in Müllsäcke, die ich zum Abholen herausstellte. Jemand holte sie ab. So wie jemand die Büchsen mit Fertiggerichten lieferte, die ich bestellte.
Ich hätte so weiter gemacht, bis meine Leber nicht mehr mitgemacht hätte, doch ich wurde in eine Reihe von Unfällen verwickelt.

Trockenes Entsetzen

Gegen vier Uhr morgens wachte ich mit ausgedörrter Kehle auf. Das war weiter nicht ungewöhnlich, ebenso wie mein Gegenmittel: ich taumelte aus dem Bett in die Küche, holte mir ein Glas Wasser und trank einen großen Schluck. Nach dem zweiten Schluck fiel mir etwas ein.
Also, seit zwölf Jahren trug ich Kontaktlinsen, seit vor Urzeiten Elias mir gesagt hatte, sie seien besser als jede Brille. Er hatte wirklich recht: Ich mochte mit einemmal

den Regen; Schwimmen machte mehr Spaß; Dampf – Dusche, Backofen, Körperwärme – ließ mich nicht mehr lebensgefährlich erblinden, und ich habe mich auch nie auf meine Kontaktlinsen gesetzt.
Ich verschluckte sie einfach.
Hast du nicht gestern das Etui zerbrochen? Hast du deine Linsen nicht vor dem Zubettgehen in das Wasserglas gelegt? Ganz richtig.
Ich dachte an ein Brechmittel.
Ich dachte weiter.
Ich wimmerte bis zum frühen Morgen.
Verzweifelt rief ich meinen Vater an. Er schnaubte. »Hm«, sagte er, offenbar nicht erstaunt, mich so plötzlich nach zwei Jahren zu hören. »Na ja. Flachs macht Durchfall. Soll es wieder aufhören, nimm kleine Korimakoblätter.«
Ich war nicht sicher, ob er meinte, ich sollte die Korimakoblätter als Korken benutzen, und fragte auch nicht weiter.
»Ich wühle nicht in meiner Scheiße«, sagte ich.
»Du solltest vielleicht Muscheln essen, das hilft auch.« Er schnaubte eindeutig.
Gespräche zwischen einem Pferdeschlächter und einer Trinkerin sind keine einfache Sache, selbst wenn es sich dabei um Vater und Tochter handelt. Er versprach, mich zum Optiker zu fahren, und drei Stunden später stand er geschniegelt und gebügelt vor der Tür. Er schnupperte, weil es so schimmelig roch, und warf nur einen kurzen Blick in mein aufgedunsenes Gesicht. Er war schon immer der Ansicht gewesen, jeder solle nach seiner Fasson selig werden, deshalb sagte er nichts, sondern führte mich zum Taxi, führte mich zum Optikerladen und wieder hinaus und nach Hause.
»Paß gut auf dich auf«, sagte er dann, und das war das letzte, was ich von ihm hörte und sah.
Wie gesagt, nahe haben wir uns nie gestanden. Vielleicht hätte ich als Fohlen zur Welt kommen sollen.
Bis meine neuen Kontaktlinsen kamen, lebte ich wieder

in einer verschwommenen Welt. Ich konnte nicht ausgehen, weil ich nicht sah, wer oder was mir entgegenkam – und zum erstenmal seit zehn Jahren wollte ich hinaus. Zurückversetzt in einen kindlichen Zustand, wurde ich zwar nicht wieder zum Kind, doch irgendwie erneuerte ich mich. Die halbleere Kiste Gin stand unberührt, während ich meinen Krieg gegen drohende Verbrennungen führte (haben Sie schon mal kochendes Wasser aus einem Kessel, den Sie nicht sehen können, in eine Tasse, die Sie nicht sehen können, gegossen?), und lernte wieder, mit den Fingern zu sehen.

Als meine neuen Kontaktlinsen kamen, setzte ich sie ein und begriff sofort den Fehler, den ich da machte.

Sie verschmolzen mit meinen Augen, und ich sah wieder klar, doch nicht nur, was ich sehen wollte.

Der Mond ist der Schädel einer schönen Dame

Es geschieht drei nüchterne Tage und Nächte später auf dem Heimweg in mein gereinigtes Haus. Am Himmel steht eine hauchdünne Mondsichel. Seit Jahren zum erstenmal atme ich tief und zufrieden durch, und es kümmert mich ehrlich gesagt kein bißchen, ob es wirklich Wesen mit gefiederten Penissen gibt.

Zwei Menschen stehen schwankend an der Bushaltestelle. Sie ist kurz und stämmig, fast gedrungen, und sie ist lang und knochig, und sie halten sich umschlungen. Die Kurze raunt: Der Mond ist heut' ein Schädel, und geht dazu im Takt, während die Lange traurig von einer verlorenen, fernen Schönen singt, und die Worte mischen sich geisterhaft, raunender Singsang. Als ich vorbeischleiche, hören sie auf zu raunen und zu singen und starren mich an. Ihre Augen leuchten.

Ich sehe hastig beiseite und sehe, daß der grinsende Mond wirklich ein Schädel ist und die hauchdünne Sichel ein Licht auf fleischlosen Wangenknochen.

Ausgänge und Eingänge im Überfluß

Jemand oder etwas benutzt mein Bild als Fluchtweg. Dabei handelt es sich um eine Reproduktion von George O'Briens *Ansicht des Hafens von Dunedin, gesehen von Flagstaff Hill*, und manchmal, immer wenn ich gerade nicht hinsehe, schwups, taucht ein Lichtfleck ins Wasser hinter der Werft links im Bild. Genau an der Stelle fliegen drei Möwen im rechtwinkligen Dreieck.
Den ovalen Druck aus dem 19. Jahrhundert stört dieser Überfall nicht im geringsten, selbst dann nicht, als ein ähnliches (identisches?) Licht *aus* dem Wasser wieder auftaucht (hinter dem Boot, das durch den Hafen tuckert).
Da! Schon wieder! Fast erwischt!

Die Beständigkeit der Straßen

Heute entdeckte ich, daß während meiner zehnjährigen Selbstverbannung die Praxis meiner Augenärztin abgebrannt und sie auf die Nordinsel gezogen ist. Ich hatte meinen Mut zusammengenommen und mich auf den Weg zu ihr gemacht. Sie sollte meine seltsamen neuen Augen untersuchen.
Auf dem Rückweg fand ich die Bushaltestelle nicht wieder.

Als sei da keine Maus

Ich kann sie hören. In der vergangenen Woche war sie jede Nacht da. Eßstäbchengeklimper gegen Schüssel, während Maus heimlich, still und leise sich Bröckchen sucht, Reste, Überbleibsel. Alles benagt ihr schändliches Mausegebiß.
Ich habe ihr gutes Gift hingestellt, auf gutem Geschirr. Nachts höre ich sie über meine List kichern.

Experten raten zu Köderfallen auf Mausewegen. Aber wie? Mausewege sind geheimnisvolle Pfade. Spurenlos winden sie sich, rein in die Wand, raus aus der Wand, und kein Mauseloch in Sicht. Schattige Eingänge, Ausgänge anderswo. Ich kann es nicht fassen, ich habe ein Mauseproblem. In all den Schmuddel- und Schimmeljahren ließ sich weder Ratte noch Maus blicken. Zieht mein blitzblankes Haus sie magisch an? Und noch etwas, das Ding ist dermaßen schlau; und das Kichern? Vielleicht ein Mausemann. Ein winziger Mausemensch mit Mausdreck aus Ton, auszulegen an strategischen Stellen – und eigentlich frönt er ganz anderen Lastern. Ich kann mir auch nicht vorstellen, wie er / sie / es seinen schmalen Hintern hebt und drückt. Nein, sie haben eine kleine Fabrik, in der sie klammheimlich Mausdreckimitationen produzieren.
In meiner Wand.
Komm raus! Ich weiß, du bist da. Wenn du dich nur einmal zeigst, töte ich dich nicht. Ich werde nicht einmal versuchen, dich zu töten. Ich stelle auch keine Fallen mehr, koche dir statt dessen gutes Essen. Los, sei kein Spielverderber.
Heute abend sind es zwei.

Selbst Schnecken schwimmen gelegentlich

Ich hatte die Wahl, zu Hause bleiben und mich zu Tode trinken, oder gehen und woanders ein Herz suchen.
Gleich am ersten Tag, als meine Annonce in der Zeitung stand, kam ein gieriger Käufer. Weil er ein unauffälliger Mann war, dünn und blaß mit farblosem Haar, bekam er das Haus für das Fünffache dessen, was ich dafür bezahlt hatte.
Er strahlte, daß seine Spiegelbrille leuchtete.

Zuerst verbrachte ich viel Zeit auf den Cook Strait Fähren. Es war tröstlich, vom sicheren Deck aus die Wellen zu beobachten, und ich mochte das Essen. Ich blieb eine Nacht in Picton, die nächste in Wellington, und ich hätte die restliche Zeit immer so weiter machen können, doch nach dem ersten Jahr fiel ich auf, und nach dem zweiten wurde ich berühmt.

Also gab ich auf und kaufte einen Campingbus und fuhr zuerst um die Nordinsel, blieb nirgends länger als eine Nacht. Ich hatte keine Bilder, und der Camper war mausesicher, und ich suchte weder Bushaltestelle noch Mond.

Ich nahm Anhalter mit – ich rede gern, und Selbstgespräche sind für mich nicht immer das Richtige.

Ich fuhr schon ein Jahr durch die Gegend, als ich es mir holte.

Am Straßenrand saß zusammengesunken ein müder junger Mann. Er hob seinen Kopf und gönnte mir ein schiefes müdes Lächeln, als ich anhielt. Er sagte nichts, während ich redete, hielt weiter den Kopf gesenkt, seine langen verfilzten Dreadlocks schwangen in den Kurven hin und her. Ich fand seine eine Kopfhälfte seltsam, als sei der Schädel leicht eingedrückt und dort die Haut dunkler und öliger, doch er war ruhig und müde, von der sprunghaften Energie und dem blitzenden Lächeln, das ich so kannte und fürchtete, hatte er nichts. Er sagte kein Wort, bis ich sagte: »Taumarunui, ich halte hier«, da sagte er »Ta, Kumpel«, und glitt aus dem Wagen, bevor ich richtig gehalten hatte. So müde er mit seinem hängenden Kopf und seiner gebückten Haltung schien, so außerordentlich behende war er dann. Als er auf der Straße landete, vollführte er einen kleinen fixen Tanz und schlurfte danach langsam und schwerfällig davon. Der Camper wirbelte ein wenig Staub auf, als ich in die Stadt fuhr.

Besser nie als zu spät

Nemesis soll so nicht aussehen.
Unterarme auf dem Tisch, Kopf auf geballten Fäusten, untersuche ich das Ding.
Es liegt im Lichtersee, in einäugigem Lampenschein.
Es sieht aus wie eine schmale rechteckige Hülse.
Seine Farbe ist trüb wie Blei, und teilweise steckt es in einem feingeflochtenen Netz.
Das Netz ist dunkelgolden und endet in einer Schleife.
Es ist zehn Zentimeter lang und keine zwei Zentimeter breit und keine zwei Zentimeter hoch.
Es wiegt vierzig Pfund.
Ich *weiß* selbst, daß das unmöglich ist.
Als ich es vom Sitz aufhob, fühlte es sich warm an. Ich drehte mich und sah suchend nach dem jungen Rasta, doch der war natürlich nirgends zu sehen.
Jetzt ist es sehr kalt. Dünne Eiskristalle kriechen daran hoch.
Ich berühre es mit der Fingerspitze. Eine schimmernde Perle rinnt heraus, blutet, wie frischgeschmolzenes Lot oder tückisches Quecksilber. Die Perle liegt da, starrt mich an.
Meine Fingerspitze schmerzt.
Danach genehmige ich mir einen Gin. Dann genehmige ich mir noch einen.
Am nächsten Morgen stehen kleine silberne Worte auf dem Tisch.
WAS AUFTAUCHT, WIRD VERSINKEN.
Und die Hülse liegt sicher in meiner schmerzenden linken Hand, und ich kann sie nicht loslassen.

Maultiere sind störrische Wesen

Ich traf ihn viele viele Monate später auf einem Marae weit im Norden wieder.

Er lungerte neben einer sehr alten Frau und hatte sich nicht die Mühe gemacht, sein Äußeres zu verändern. Er wußte, daß ich ihn eines Tages einholen würde, und er war darauf gefaßt.
Ich hielt meine unmenschlich geschwollene Hand. Er starrte mich an und ich starrte zurück. Trotz all seiner Übeltaten ist er bildschön, rot und schwarz und weiß in Vollkommenheit.
Er lächelt mich an, und sein Lächeln ist mitleidslos.
Ich frage wortlos: Wie werde ich es los? Und er antwortet, ohne sich zu rühren: Geh nach Rotorua und finde den See, der meinen Namen trägt. Im See löst es sich.
»Das ist mein Tod!«
Und er zuckt die Achseln und lächelt noch.
Die Alte schnüffelt an ihrer Zigarette, unordentliche Tabakfusseln spreizen sich an beiden Enden. Sie krächzt: »Es ist nur dein Bestes«, und grinst ein gespenstisches unpassendes Mahagonigrinsen.
Neben ihr sitzt eine Taube mit schwarz glänzenden Augen. »Sie kommen oft zu mir«, sagt sie heiser, »obwohl sie nie zugeben, daß sie einsam sind«, und von Osten kam ein Windstoß und wirbelte sie und den Vogel davon.

Das Labyrinth

Gibt es je eine wirkliche Antwort, oder hat eine Geschichte ein wahres Ende?
Ich hoffe, Sie begreifen, wie sehr ich versuchte, dem brodelnden Schlamm Rotoruas fernzubleiben, doch das 40 Pfund-Gewicht in meiner Hand hätte auch den Stärksten erschreckt.
Ja, ich wollte mir die Hand abhacken. Woraus dieses Senkblei auch ist, es ist unzerstörbar und durch meinen Arm gewachsen.
Ja, ich war mit meiner Hand bei jedem Doktor unter der Sonne, und keiner konnte etwas sehen oder fühlen.

Es läuft also darauf hinaus: es gibt Dinge außerhalb unseres Menschseins, gegen die wir machtlos sind. Wir müssen sie ihrem eigenen Wesen überlassen, damit sie heilen.
Bestimmt ist es möglich, wenn sie fühlen, daß wir und die Welt es wert sind.

Traue keinem Träumer, der auch Geschichten erzählen kann

»Gib mir die Flasche. Diese ist leer.
Ich habe Herzmuscheln gesammelt. Es ist Springflut. Sie graben sich ein wie immer, doch das Wasser spült sie frei. Wenn man durch den Schlamm geht, sieht man sie ihre Schalen zusammenklammern, verwirrte Fontänen spritzen. Ich habe zwei Körbe Herzmuscheln – ich weiß, das sagt Ihnen nichts. Ich weiß aber, daß zwei Körbe eine Mahlzeit sind und ein Rest dazu, der, eingelegt in Apfelessig, bis morgen hält.
Manchmal denke ich an diese Fontänen. Ein wäßriger Hilferuf. Schrecken. Entsetzen. Schüttet man sie aus dem Korb in den Topf, machen sie kein Geräusch. Nicht wie Kammuscheln. Die seufzen und zischen und quietschen manchmal. Herzmuscheln liegen einfach da und sterben im Dampf. Nur manche nicht. Hartnäckig. Bricht man sie endlich auf, hat man den Eindruck, sie hofften, sich durch ihre Verschlossenheit zu retten. Nein. Natürlich nicht. Auf Stein zerbrechen sie.
Ich mag meine Herzmuscheln roh. Drücke zwei Muscheln gegeneinander und knacke sie wie Walnüsse. Die Schwächere gibt immer nach. Köstlich, lebendes Fleisch. Oder koche sie kurz, bis sie sich öffnen, das Fleisch noch nicht verkocht, saftig, halbgar. Dazu eine Sauce. Essig, wenn Ihnen danach ist. Oder Ingwerwurzel (haben Sie am Berg die großen Lilien blühen sehen, als Sie durch den großen Sumpf fuhren?) und Knoblauch und Soja.

Wir bekommen immer noch Soja aus Dunedin. Himmlisch. Dazu ein Schuß Sherry – meiner kommt aus Nelson, die Ernte ist dort besonders reich. Für den Sherry gebe ich alles. Und für den Wein, natürlich. Komm, trinken Sie.
Also, man bereitet eine Sauce, Sherry, Ingwer, Knoblauch und Soja, und taucht das fasttote – halbgare Fleisch hinein und ißt.
Oh, ist das köstlich.
Ich hätte fast nichts dagegen, verspeist zu werden, wenn man mich so zu würdigen wüßte.
Mein Glas?
Oh, hier gibt es einen Glasmacher. Glasbläser. Magie aus Feuer, Atem und Kieselsand. Gefäße. Schmuck. Manchmal Waffen. Mein Glas. Da sitzt eine Frau neben dem Jäger mit den Kupferohrringen. *Treiben* wird sie genannt. Er heißt *Blitz*. Das ist natürlich meine Interpretation.
Also, gleich können wir die Muscheln essen. Freund, verstehst du, ich bin leicht überrascht, dich hier so bloß zu sehen. Ich möchte dir nicht zu nahetreten. Ja, der alte Wurm... du weißt schon, he! He, wie oft hat die Kreatur den Wurm gejagt. Das letztemal, als wir uns sahen, war Gewitterzeit. Vor sieben Zyklen. In den Bergen am Meer halten wir nur einen Jahresnamen fest. Doch das weißt du natürlich. Nicht, daß wir stolz auf unsere Unwissenheit wären. Das ist nur der Narr. Nur, wir stärken unsere Knochen, setzen Fett an, steigern unsere Stärke. Essen und Wachsen. Wir. Von Grund auf.
Ja, bloß ist vielleicht das unrechte Wort.
Ich sehe in deiner Stille deine Verwundbarkeit.
Wenn du in deiner Metallhaut gehst, denkt bald jemand: Aha! Fleisch und Pfanne zugleich. So sind wir hier, und du kennst dich genug aus, um das zu begreifen. Uns bedeutet deine Rüstung nicht Schutz und Überlegenheit. Wir haben unsere Spieße.
Diese Metallhaut abzulegen, bedeutet nicht Vertrauen.

Eine Hand wäscht die andere. Du hast uns nicht umsonst den Wurm gelassen. Du hast dich nicht umsonst gehäutet.
Du verstehst die Brutalität und Boshaftigkeit von uns Kindern nicht falsch, he?
Entschuldige den Rauch, die Höhle ist neu und schlecht gelüftet. Nee, das Feuer hat keinen besonderen Grund, ein Freudenfeuer für diese Nacht. In der Nacht suchen wir Zuflucht. Manchmal machen wir Feuer. Du lächelst, doch möchtest du draußen sein, mit oder ohne Rüstung. Sie ist wilder als wir, die Nacht, und draußen schleichen die, denen der Sinn nach zartem Fleisch steht.
Metallmeister, ich kann dir verzwickte Fragen stellen. Du kennst die Welt. Kannst du mir antworten? Seit kurzem habe ich Nachtgedanken. Was auch die Sänger sagen, ich glaube nicht, daß wir anders geworden sind. Haben wir uns je geliebt? Die Sänger sagen es. Ich für meine Person denke, daß wir immer die gleichen geblieben sind. Menschen, Herzmuscheln.
Ich bedaure deine Blöße. Schalenknacken macht mir Spaß.
Nimm die Flasche, es gibt noch genug zu trinken.«

Ich meine, wahrscheinlich war es ein Traum

Mehr war es nicht. Ein Zehn-Minuten-Gespräch, unsere Sprache, doch nicht unsere Sprüche. Sitzen in einem dunklen Raum voll Rauch mit vielen Leuten, die ihre Nicht-unsere-Sprache sprechen und etwas benagen. Sitzen in einem fremden Kopf und wissen, wie entsetzlich Angst ihm ist. Im Kopf sitzen und einem dünnen alten Mann zuhören, der erzählt, wie sehr er Herzmuscheln mag. Wenn seine Augen nicht so glänzend wären, nicht so schwarz, und ganz besonders, wenn doch unsichtbar wäre, woran alle übrigen Schwarzäugigen kauten!

War es kein Traum, dann wird die Zukunft schlimmer als die Vergangenheit.
Ich mag den Gedanken nicht, daß die Menschheit heute ihren Höhepunkt erreicht hat; morgen fallen wir alle.

Der glitzernde Rahmen

Seltsam, sein eigenes Leben festzuhalten. Wie ich anfangs sagte, nur die sonderbaren Bruchstücke ergeben einen Sinn, doch, daß sie ein Muster ergeben, diese Hoffnung hat sich nicht erfüllt.
Was ich geschaffen habe, ist ein altes Spinnennetz, eins, in dem vergangene Feste zu besichtigen sind. Hier der juwelengrüne Panzer eines Manukakäfers, dort der geplünderte Seidenbehälter der Wolfsspinneneier; zarte lilablaue, pudrigblaue, pelzige Schmetterlingsflügel zwischen den rauhen und gläsernen Überresten von Schmeißfliegen, und in einem löchrigen Winkel geheimnisvoll erhalten, so rubinrot wie eh und je, kleine Zikadenaugenlichter...
Was fehlt, was allem einen Sinn geben könnte, ist die Spinne.

Inseln tauchen auf und versinken wieder

Ich weiß genau, was geschieht, werfe ich das Senkblei in den brodelnden See. Unbeschreibliche Sekunden zwischen Bewußtsein und Nichtsein vergehen, doch es sorgt mich nicht.
Der Körper treibt zum Grund, tief, tief, und das Senkblei gleitet tiefer, schneller. Später erreicht es die Erdkruste, wo sie weich und empfindlich ist. Und dann, wie eine gute kleine Bombe, zersprengt es seine Hülse und zeigt sein wahres Wesen, ein Keim, Antimaterie. Und bevor der Fisch ein Archipel zerstört, donnert, holterdiepolter, die

weißglühende Wolke über Auckland und läßt das Nordmeer brausen. Und überall speien Vulkane und wilde Wellenriesen erheben sich und rasen als gewaltige Glaswände über jede unschuldige Insel. Und das Kanu bebt und verschwindet in den Wellen.
Und falls mein Vater nicht gerade ein Pferd schlachtet, betrachtet er ein Bild seiner verschollenen Tochter und fragt sich, ob er es wohl von der Wand nehmen und den lachenden Pferden Platz machen kann.

Frage an die Spinne im Herzen der Dinge

Wer machte den fatalen Fehler?
Eine Kindheit wurde verbracht: Inseln fischen und Großmutters Feuernägel verprassen. Kichern über Tunas Witze und dann Tuna töten, als wär's ein Witz. Der Sonne Stolpersteine in den Weg legen, den Stolz eines Sterns anschlagen, weil es die Welt glücklich machte. Dann wolltest du Erlöser spielen, und *nichts* ist schlimmer als der Zorn des verschmähten Erlösers.
Lange war dein Zorn ohnmächtiges Gebrabbel; du warst beschränkt auf winzige tödliche Witze. Dann, denke ich, lerntest du, so leicht wie früher von Mensch zu Vogel und zurück, von Sinn zu Sinn und Zeit zu Zeit zu fliegen. Danach war es ein leichter Sprung in die ganz und gar andere Welt, in der du wieder großes Spiel hattest.
Doch hier und jetzt die störende Erinnerung, lästig. Du hättest vielleicht die Geschichte ruhen lassen, der Alten Dame gelassen, was du ihr unklug gabst.
Jemand verletzte so sehr deinen Stolz, daß du ein Senkblei erfandest statt eines einfachen Hakens, und ich Glückliche sollte es finden.
Wer?

Der Windesser

He, das Wort gibt es gar nicht. Trotzdem gibt es von dieser Sorte viele.
Ich bekam das Wort als Geschenk, geschenktes Fundstück. Zerbrich zum Beispiel ein ordentliches Wort, beachtlich in all seinen Bestandteilen: du weißt, es heißt manches, Landstreicher oder Angeber, zum Beispiel. Oder Ritual mit einer Frau. Oder es bedeutet Eigentumerwerb ohne Gegengabe, und gleichzeitig heißt es Strafe für den eigennützigen Erwerber: wenn es ungebrochene ganze Worte sind. Doch spaltet man sie, entweicht ihnen eine Kraft und das Wort wird zur Frau, die ihren Sinn sucht, Sinn ihres Lebens und ihrer Welt...
Was nur beweist, wie hinreißend naiv wir Menschen sind.
Sinn der Welt. Na also!

Jetzt frag' mich, was du willst,
denn meine Hand wird mir schwer und
in einer Sekunde
bin ich nicht mehr da.

Nachwort

ANMERKUNG ZU EINER MAUI GESCHICHTE

Viele Geschichten werden
erzählt:
wie er seine Mutter einen Monat oder mehr zu früh überraschte
sie glaubte ihn lebensunfertig und legte ihn auf Tang,
bedeckt mit Kindspech und jenem sonderbar glatten Foetusfett
und letzterdings, als Trost für kleine verwirrte Seelen,
seiner Eltern langes kostbares Haar –
Eltern?
Ach, darum eine Geschichte: tikitiki a Taranga im Norden
doch tikitiki a Te Raka im Süden und er,
in wenigstens einer Version, war Vater des Jüngsten,
der Mann, der fliegen konnte, der jeden Morgen für die Welt
Feuer lieh
von seinem zündelnden Großvater Mahuika,
der seinerseits von Zeit zu Zeit und Raum zu Raum flitzte
und ein langes Leben in abgrundtiefem Brüten verbrachte
als Mutter der Inseln
– aber, höre ich Sie sagen: Das war doch seine Großmutter, Mahuika! Großmutter!

Also, der Stammbaum ist verworren: Ich meine, es war bestimmt seine Tante,
die ihn vom Meer errettete und mit Sonnenlicht und Wasser nährte bis

er rechtzeitig kam
(was für einen Gauner früher oder später sein kann)
doch, war sie wirklich Der Wind? Oder nur ein Wind von vielen?
Und es gibt Vermutungen, viel später, über die Zahl
der Schwestern, die Irawaru hatte
doch nicht über die Tatsache, daß er Irawaru in den ersten Hund verwandelte
– nicht besonders freundlich seinem Schwager gegenüber
selbst wenn man diesen Faulpelz nicht ausstehen kann – aber immerhin, Freundlichkeit hat ihm auch niemand vorgeworfen – Heldenmut, ungöttlicher Erfindungsgeist, verheerender Witz? O *ja* doch da ist die winzige Schwierigkeit, daß diese Wesen nicht-ganz-menschlich sind, nun, nicht ganz menschlich...

Nichtsdestotrotz, es *war* Tuna, Vater aller Aale
(und manchmal auch der halbe Busch)
den er erschlug, weil der sich Freiheiten erlaubte mit einer
oder beiden, oder mehreren
der bereitsgenannten Frauen,
und was sein Ende angeht, gibt es keinen Zweifel:
zermalmt zwischen den Schenkeln des Hinenuitepo.

(Auf die hastige Sonne bin ich nicht eingegangen;
den mystischen Kieferknochen jener
oder das Auffischen (gähn) so vieler Inseln –
gebe aber gern eine gewisse Vorliebe für Fächertauben zu)

– im Ernst, da glitt und schlitterte er bäuchlings am Boden
um den Tod zu verdrängen und Sie
sieht zu, lüstern schon damals – das heißt dann Tunas Rache he!

Tötete Sie nur sein Mana?
oder den Mann (was auch immer)
selbst?

Es hängt
von der Geschichte ab,
die du hörst